孤高のメス
死の淵よりの声

大 鐘 稔 彦

幻冬舎文庫

孤高のメス　死の淵よりの声

この作品は、著者の実体験をもとに、臓器移植法案成立（一九九七年）以前の時代設定で書かれたフィクションです。但し一部の登場人物は実名のままにさせていただきました。

およそ臨床、特に外科医の仕事は、万巻の書物を読み、いかに高等な理論を持ったとしても、目の前の患者さんの病苦を自らの技術によって救えなければ何の価値もない

羽生富士夫

湖上の別れ

湖面の緑が深まった晩春の昼下り、当麻《とうま》は矢野《やの》のボートを借りて宿舎裏の乙女ヶ池から琵琶湖に漕ぎ出した。松原富士子《まつばらふじこ》と潤子《じゅんこ》が並んで向かい合っている。

富士子はゴールデンウィークの合い間に博多を出て芦屋の潤子のマンションに泊り、今朝方二人で出てきたのだ。

「先生、目が少し腫《は》れぼったいみたいだけど、寝不足ですか？」

湖西《こせい》駅まで二人を迎えに出た当麻の車に乗り込んで、バックミラーで目が合うなり潤子が言った。

「なかなか観察眼が鋭いね、潤子さんは」

当麻は苦笑を返し、ついでに富士子とも目を合わせた。

「ひょっとして、当直をなさったんですか？」

富士子が心配そうに言った。

「いや、当直は矢野君だったんだけど、彼に呼ばれて、緊急の手術になったんですよ」

「夜中に、ですか？」

富士子が目を曇らせた。

「ええ。コールを受けたのは昨夜の十一時頃かな。その三十分程前に救急車のサイレンが鳴っていたので、ひょっとして、と思っていたら、案の定でした」

「どんな患者さんだったんですか？」

「肝臓で作られた胆汁を十二指腸へ運ぶ総胆管という通路に石がたまって、そこにバイ菌がくっついたために炎症を起こしてしまったんです」

「すぐに手術をしないと駄目なんですか？」

潤子が口を出した。

「総胆管は膵臓《すいぞう》ともつながっているから、バイ菌を含んだ胆汁が膵臓の管に逆流すると膵臓の炎症も引き起こして取り返しのつかないことになるんだよ」

潤子は小首を傾《かし》げる。

「だから一刻も早く、その汚い胆汁を外へ出してやらないといけない」

「外へ……？　どうやってですか？　お姉さん分かる？」

「さあ……」

「富士子さんは癌《がん》の末期の患者さんにしか接してないから、分からないと思うよ」

当麻が合の手を入れる。

「総胆管にチューブを入れて脇腹から汚れた胆汁を外へ出すんだよ」

「ふーん」

「後で絵を画《か》いて説明してあげよう」

「それで、手術はどれくらいかかったんですか？」

富士子が尋ねた。

「手術自体は一時間そこそこで終わりましたが、看護婦さんを呼んだり、何やかやで二時間程掛りました」

「じゃ、お寝《やす》みになったのは二時か三時かしら？」

「そうですね、三時前だったかな。でも今日は休みだからまあ寝れましたよ」

「よかった。患者さんも助かったんですね？」

「ええ、さっき診《み》てきましたが、よく眠り込んでました」

「お医者さんて、尊いお仕事だけど、大変だなあ」

潤子が改まった面持ちで言った。

「赤の他人のために、夜中も眠い目をこすって起きてこなければなりませんものね。夜泣きがうるさいって血を分けた我が子に手をかける母親もいますのに……」

「潤子さんの今の言葉、医療の本質をついた至言だな」

「えっ、そうなんですか……？」

潤子は頬《ほお》を赤らめながら顔を綻《ほころ》ばせた。

「夜中に起こされて気分がいい者は誰もいません。でも、不機嫌をもろに顔に出して患者の前に出るようなら、医者ばかりでなく、ナースとしても失格です。

昔ね、研修医の頃、当直が一緒になった看護婦にそんな不心得者がいて、夜中の急患に起こされると、ブスッとしたまま一言も口をきいてくれない。患者にも顔をそむけたままでね。三度目にはさすがに頭に来て、僕より年長で主任の肩書きがついていた四十前の人だったけど、患者が出て行った後、あなたのその態度は何だ、そんな不機嫌な顔のままでしか患者の前に出てこれないなら、さっさと白衣を脱いで職業を替えた方がいい、て言ってやりました」

「ウワァ、凄《すご》い！　さすがは当麻先生！」

「それで、どうされました？　その看護婦さん」

潤子と富士子が身を乗り出したのでボートが揺らいだ。国道一六一号線の下をくぐって琵琶湖に入っている。風はほとんどない。

「当麻先生の当直は患者がよくついて寝不足になるって皆厭《いや》がってたけど、本当ですね、と、厭味な捨て台詞《ぜりふ》を残し、さっさと背を向けて行きましたよ」

「うふふ」

「あはは」

姉妹は上体を揺らして笑った。ボートも揺れた。

「その看護婦さんとは、もう当直を一緒にすることはなかったんですか？」

「それがね」

当麻はオールの手を休めた。潤子はまだ笑いがおさまらず、取り出したハンカチで口もとを押さえている。

「廊下でたまたますれ違ってもプイとそっぽを向いて行くし、当直など二度と一緒にしたくないと思っていたんだが、大学を辞める前にまた一緒になってしまって……」

「はい……？」

「僕と当たることは事前に分かっているはずだから、他のナースに代わってもらえばいいのにね」

「ええ……」

返すのは専《もっぱ》ら富士子で、潤子はまだハンカチを手放せないでいる。

「僕の方も他の研修医に代わってもらえなくはなかったんだが、もう最後の当直で、数日後には上京することになっていたから、まあいいや、相変わらずブスッとして口をきかなかったら、駄目押しに、あなたは道を誤った、一刻も早くナースをやめなさい、と、それこそ餞《せん》別《べつ》を兼ねて捨て台詞の一つも吐いてやろうと身構えていたんだけど……」

「ええ、ええ……」

「ところが、意外なことに、打って変わって愛想良くなっていたんです」

二人は目を瞬《しばた》いた。

「僕にも、患者さんにもね。その夜も三度程起こされたけど、前のような仏頂面は一度も見せなかった」

二人はまた目を瞬き、潤子はハンカチを口もとに戻した。

「三度目は明け方だったけど、患者を送り出したところで、彼女が初めて自分から声をかけてきてね。やっぱり先生の当直は当たりますね、て言うんだよ。悪かったね、と返すと、いえ、今夜はほんとは他の人が当直だったんだけど、当麻先生が当直と知って、代わってもらったんです、色々ご迷惑をかけたので、お詫《わ》びしたくて、とこれまた意外なことを口走ってね」

二人の目が潤んだ。

ボートは浜の方に流れて行っている。それと気付いて当麻は慌ててオールを握り直した。

「その看護婦さん——」

ボートが沖に向きを変えたところで潤子が言った。

「きっと、当麻先生のことが好きだったんですね」

「いや、そういうことじゃないと思うよ」

当麻の脳裏に、母校の大学病院での最後の当直の夜のひとコマひとコマが蘇《よみがえ》っていた。

「僕と最初に当直が当たった頃は、ご主人との離婚問題で頭が一杯で、心ここにあらずだった、と打ち明けてくれてね」

「離婚問題って、どちらがどうだったんですか？」

「夫によそで女性が出来て、子供まで作っていたらしくて……」

「その看護婦さんとの間にお子さんは……？」

口を開きかけた潤子を制するように富士子が問いかけた。

「結婚してすぐに流産して、それっ切りだったそうです」

「じゃ、子供が欲しくて他の女の人と……？」

「夫はそう弁解したようですね」

「ひどいわ。もし本当に子供が欲しいんだったら、他に色々な手だてがあったでしょうに」

「他の手だてって……？」

潤子が姉を訝《いぶか》り見た。富士子は困ったという顔で当麻を見た。

「子供が出来ないのは、半分は男の人の方に問題があるんですよね？」

潤子は当麻に視線を向ける。

「うん。でも、一度は妊娠したんだから、その看護婦さんの場合は、夫の方に問題があったんじゃないだろうね。それに、愛人との間には子供が出来たんだから」

「あ、そうか。じゃ、やっぱり看護婦さんの方に……？」

「うーん……流産が習慣性になる女性もいるようだけど、一度限りの流産では、女性の方に問題があった、とも言えないだろうね」

当麻は看護婦が打ち明けた機微に触れる事実までは潤子に言えなかった。看護婦の夫は、彼女が流産して間もなく愛人を作ったこと、彼女との夜の営みは、久しく絶えてなかったこと、など。

「ふーん、結婚って、必ずしも幸せ尽くめじゃないんですね」

潤子の腑《ふ》に落ちたような物言いに、当麻は苦笑した。夫に浮気され、原因は自分が乳房を失ったからだと思い込んで乳房再建術を求めて来た病棟婦長の長池幸与《ながいけさちよ》のことが脳裏をよぎっていた。

子供を欲しながら宿痾《しゅくあ》のために与えてやることのできなかった亡き翔子《しょうこ》や、今その遺骨が富士子の胸に抱かれている江森京子《えもりきょうこ》の面影も錯綜《さくそう》していた。

「それで、結局――」

視線の合ったところで富士子が当麻を見返した。

「その看護婦さん、離婚なさったんですか？」

「多分ね。やっと気持ちの整理がつきました、と言ってたから」

まだ少し潤んでいる目に富士子は笑みを浮かべた。

「ウチの病院にも、似たようなことで悩んでいる看護婦さんは何人かいるようです。逆のケースもあるみたいですけど」

「逆のケース、て……？」

「女の人の方が浮気をして、男の人が苦しんでいる……」

「お姉さん、病院でそんなケースを見てるの？」

「たまにね。職場結婚しているカップルがいるのよ。で、女の人が、同じ職場の他の男性といい仲になってしまって……」

「フーン、男女の仲って、そんなに脆《もろ》いものなの？」

　富士子を見返した潤子の目が当麻に振り向けられる。

「ナースは経済力があるからね。一般女性より離婚率は高いみたいだね」

「私も、いざという時のために、何か職業を身につけておいた方がいいのかなあ？　一応、教員免許は取るつもりだけど……」

「そうね、取っておきなさい。と言うより、学校を出たらまずお勧めする方がいいわね」

「でも私は、お姉さんのようにこれと言う得意な学科はないし、英語も教えられる程上達してないから、教師になる自信はないな。小学校の先生だって、里子《さとこ》姉を見てると大変そうだし」

「じゃ、幼稚園の先生でもいいんじゃない？」

「あーん、また人を馬鹿にしてっ！」

　潤子がむくれてみせたので当麻は笑った。

「ひどーい！　当麻先生まで……」

「いやいや、そういうつもりじゃ……学校の先生が嫌なら、江森京子さんのように、医局の秘書なんかどうかな？　亀山病院にもいるんでしょ？」

当麻は富士子に目を向ける。

「ええ、新しい人が来たばかりで、生憎塞《あいにくふさ》がってるわね」

「その女《ひと》、独身？」

「と、思うわ。今年、学校を出たばかりだから」

「来年、辞めてくれないかな。私が卒業して代われるように」

「本気で言ってるの？」

「だって……当麻先生がそう言って下さるんだもの。特に何かができなきゃいけないってことはないんでしょ？」

「ワープロが打てれば充分。潤子さんなら、きっと医局のマドンナになれると思うよ」

「そして、当麻先生のような素敵なドクターと巡り会えますか？　江森京子さんのように……」

「いや、僕なんかよりもっと優しいいい人と出会えるよ、きっと……」

「先生より優しいいい人……？　そんな素敵な男の人、いると思う？　お姉さん」

「いない、でしょうね」

「あーん、おのろけを抜け抜けと……むかつくう」

潤子が大袈裟《おおげさ》に両手で膝《ひざ》を打ち叩《たた》いたのでまたボートが揺らいだ。

夏には水泳場となってテントも立ち賑《にぎ》わう浜も、人の気配はまるでない。湖岸の松林の間に車が数台止まっているくらいだ。傍らのベンチで肩を寄せ合っているカップルが数組、小さく見える。かつて当麻も幾度《いくたび》か翔子と並んでとりとめのない話を交わしたベンチだ。

「大分、沖の方に来ましたね」

富士子の声が翔子の幻影を吹き払った。

当麻はオールの手を止めた。

「この辺でいいですか？」

頷《うなず》いて富士子は膝の上のハンドバッグを開き、一昔前の薬袋のような包みを取り出すと、自分の手に一つ残し、当麻と潤子に一つずつ手渡した。

「私も……？」

潤子が姉を訝り見た。

「僕の部下に青木君という男がいてね」

富士子でなく当麻が答えるように言ったので潤子は驚いた顔を見せた。

「京子さんにずっと思いを寄せていた。彼がこちらにいたらきっと一緒に弔いたいと思っただろうけど、生憎もう遠くに行ってしまったから、潤子さんに代理でお願いしようと思って、お姉さんと相談したんだ」

「その先生、どちらへ行かれたんですか？」

「奄美大島。行ったことあるかな？」

「いいえ。鹿児島まで行ったことはありますけど……その先生も、外科医ですか？」

「ああ、勿論《もちろん》」

「京子さんも、その、青木先生を、好きだったんですか？」

「いや……まあ、嫌いではなかったと思うけどね……青木君は東京へ行ってしまったし、京子さんは、病気になってしまったからね」

「フーン……」

半分以上納得しかねるといった顔で潤子は当麻に目を凝らした。こちらは目の遣《や》り場に困って富士子から手渡された包みに視線を落とした。

「結局」

当麻の視線を引き戻そうとするかのように潤子が間髪を容《い》れず口を開いた。

「悲恋に終わったんですね？」

「そうだね」

青木と佐倉《さくら》、更に連鎖反応のように中条三宝《みほ》の顔が瞼《まぶた》に浮かんでいた。秋に富士子の実家を訪ねる折には、時間が許すなら奄美大島に足を延ばしたいと思った。

「さあ、それじゃ……」

富士子が当麻の困惑を察したかのように口を挟んだ。

「皆で、散骨して、お祈りしましょうか」

三人は包みを開き、富士子が粉末状にして来た骨を指ですくっては黙礼して湖面に撒《ま》いた。

「京子さん、どうぞ安らかにお休み下さい」

富士子が合掌し、当麻と潤子もそれに倣《なら》った。

「京子さんの好きだった〝アメイジング・グレイス〟を歌いましょうか」

目を開いたところで富士子が言った。

「潤子も知ってるわね？」

「ええ、大好きよ。翔子さんのお葬式のＢＧＭにも流れていたわね」

葬儀は自宅で、無宗教で行うこと、ＢＧＭにアメイジング・グレイスを流すこと。

「父母は反対するかも知れないけど、鉄彦《てつひこ》さん、押し切ってね」

それが今際《いまわ》の際《きわ》の翔子の頼みだった。

富士子が歌い出し、当麻と潤子が遅れ気味に和した。

翔子の葬儀と共に、亀山総合病院のホスピス病棟のデイルームで富士子がこの曲をピアノで奏で、背後の車椅子で京子がじっと聴き入っていた日のことが当麻の脳裏に蘇っていた。

不定愁訴

　患者は湖西高校を定年退職したばかりだという六十歳の女性だった。実年齢より十歳は若く見える。大きくはないが明眸《めいぼう》と感じさせる目には笑みがたたえられているから、訴えが深刻に聞こえない。

　左下腹の鈍痛、尿意や便意をしょっ中覚える、でも思うようにすっきり出ない日がもう三週間程続いている、と問診票に書かれてある。

　独身でお産の経験も無いと知って腑に落ちた。若く見えるはずだ。保健体育の教師でバレーボールが特技、これまで医者に罹《かか》ったことはほとんどない、文字通り病気知らずで元気そのものだったという。

「退職して気が抜けた訳ではないんですが、何か急にガタが来てしまったようで……」

　そう言いながらも手が下腹に行っている。

「妹が同じような症状を訴えて婦人科を受診したら、大きな子宮筋腫《きんしゆ》が出来ている、それで膀胱《ぼうこう》や腸が圧迫されてそういう症状が起きるんだ、生理が上がれば筋腫も小さくなるかも知れないがそれまで待てないだろうと言われ、手術を受けました。妹は、スッキリした、嘘《うそ》のように楽になった、と言っていたので、私もそれかな、と思って近くの婦人科を受診したんですけど、子宮は何ともない、卵巣も少し大きめだが何ともない、ただ、少しばかり腹水がたまっている。その原因はよく分からないが、と言われました」

五年前に対岸の湖東《ことう》高校から転勤してきたという。やはり独身で町役場に勤めている妹が母親と一緒に住んでいるが、母親も年老いて大分体が弱って世話が焼けるようになったので自分も手助けしなければと、志願して古巣に戻ってきた。

「じゃ、亡くなった家内や、後を継いでくれた松原富士子さんもお世話になりましたね？」

「お世話だなんてとんでもありません」

小泉茂子《こいずみしげこ》と名乗る元教師は大きく首を振った。ポニーテールの後ろ髪が揺れた。

「お二人ともお綺麗《きれい》でご聡明《そうめい》で、体育会系のおばさん教師の私なんか、近寄り難い存在でした。でも、奥様のご葬儀には、武井《たけい》先生の後について伺わせて頂きました。奥様は、美人薄命を地でいかれたような方で、先生もどんなにお辛かったことかとお察し申し上げました」

弔問客が去り際に挨拶《あいさつ》して行くのを、大川夫妻と並んで受けて立っていたが、「どうかお気を強く持って下さいね」と、武井静《しず》が泣きはらした目を上げて言ってくれた記憶はある。

小泉茂子はそれに続いて黙礼なり寄越してくれたのだろうが、半ば茫然《ぼうぜん》自失の体《てい》でいた目には影がよぎったくらいにしか映らなかったのだろう、その顔形が脳裏に刻まれることはなかった。だから彼女は当麻にとって初対面の患者に等しい。

小泉茂子をベッドに寝かせると、まず下肢にむくみが無いかを診た。体育の教師で自らバレーボールを得意としてきたと言うだけあって、筋肉質でふくらはぎも弾力性がある。脛《すね》を指で押して粘土のように凹《へこ》んで戻らなければ心不全や低蛋白《たんぱく》血症が疑われるが、指の圧力で僅《わず》かに凹むもののすぐに平坦《へいたん》に戻るからその懸念はない。

膝を立ててもらって腹部の診察に移る。腹水が少したまっていると婦人科医に言われた由だが、打診でも触診でもそれを思わせる所見は無い。むしろ、幾らか張り気味の下腹は打診で鼓音を呈する。つまり、ガスがたまっている。

腫瘤《しゆりゆう》らしきものは触れない。

「便が出難《でにく》いということですけど、今朝も、ですか？」

「ええ、便意を催してトイレに駆け込むんですけど、ガスばかりで……」

「ではちょっと、便が下りてきていないかどうか、見させてもらいますよ」

「あ……はい……どうしたら……？」

「壁の方を向いて横向きになってもらって、お尻を出して下さい」

当麻がベッド脇から腰を上げると同時に、外来の主任看護婦尾島章枝《おじまあきえ》が素早く指嚢《しのう》を取りに走った。

外科病棟の主任看護婦だった尾島は、最近になって〝一身上の都合により〟当直業務から身を引きたい、ひいては外来に配置換えをお願いしたいと申し出て看護部長の許可を得ていた。〝一身上の都合〟とは、老父母の足腰が弱り出して〝老老介護〟を見かねるようになったので、せめて夜は家にいてやりたい、ということらしかったが、一方で、近く結婚するのではないか、あちこちでデートの現場を目撃した、相手は色の浅黒い、スラリとした長身のスポーツマンタイプで尾島より年少者と見受けられる、との噂も聞こえていた。

「ショーツ、おろしますよ」

壁を向いた患者に言って、尾島は当麻にキシロカインゼリーを差し出した。指嚢の先につけるためのものだ。

「ちょっと、気持ち悪いですが……」

当麻はゆっくりと指嚢を小泉の肛門にさし入れる。日頃の体操で鍛えられているのだろう、肛門はキュッと締まっている。示指をさし入れたところで、空いている左手を下腹部にあてがう。〝双手診〟で、子宮の形状を把握できる。

ややにして当麻の目がかげった。直腸と膣《ちつ》は粘膜の壁一枚隔てているだけで、前者に挿入した指先にまず触れるのは膣内に突出した子宮頸部《けいぶ》だ。弾性があり、硬い。普通は可動性がある。が、指先に辛うじて触知できる小泉茂子のそれはびくとも動かない。

当麻は指先を更に頸部の背後に滑り込ませ、直腸の奥を探る。

（うん……!?）

当麻が胸の裡《うち》で自問を放つのと、患者がくの字の体勢から身を捩《よじ》って足を突っ張るのがほとんど同時だった。

「あ、膝を伸ばさないで」

尾島が小泉の下腿《かたい》に手をかけて、再びくの字に戻した。

「直腸鏡を用意して」

尾島の耳もとに当麻は小声を放った。

「それと、塩見君を呼んでくれる。内視鏡室にいるはずだが」

二人いた研修医のうち、塩見悠介《ゆうすけ》は二年目に入っても湖西に残っている。もう一人の高橋は、心臓外科も学んでみたいと言い出して、徳岡鉄太郎《とくおかてつたろう》が東京病院から引き抜いた雨野厚《あまのあつし》がチーフとして着任した千葉北病院に移って行った。

塩見が息せき切って駆け込んできた。当麻は問診票を示し、塩見がそれに目を通している間に、

「指嚢、もう一つ用意して、彼に」

と尾島に耳打ちした。

「直腸診、やってみて」

当麻の促しに塩見は無言で頷き、尾島が差し出した指嚢を右の人差し指にはめた。尾島は直腸鏡の準備に回った。

指嚢をさし入れた塩見の表情がややにして変わった。

「これは、直腸の……？」

「フム。じゃ、直腸鏡で見てくれるか」

「あ、はい……でも、何も付いてませんね」

引き抜いた指嚢の先端を目の前にかざして塩見が言った。直腸癌なら指先に悪臭を放つ血液が付着していてもよいはずだ。

「小泉さん、ご免ね、もう少し奥の方を覗《のぞ》かせてもらいますよ」

「何か、見つかったんでしょうか？」

顎《あご》を持ち上げて、小泉茂子は不安気な目を返し、当麻を、次いで塩見を流し見る。

「いや、まだはっきりとは……」

当麻は曖昧《あいまい》に答え、低い丸椅子に腰を落とした塩見の背後に回った。

直腸鏡は三十センチ程の長さの筒で、外来で簡単にできる。大腸癌の六割は大腸末端部の全長十五センチ程の直腸に出来るから、たとえば、下血を見た、と訴えてくる患者は、痔《じ》か直腸癌からの出血が疑われるが、この直腸鏡で即座に見分けることができる。もっとも、便がたまっていると視野が妨げられて観察できない。

　容易にできると言っても、それなりのテクニックが要る。大腸内視鏡《CF》のようにしなやかなものではなく、プラスチック製で結構固いから、空気を送って内腔を広げ、先端がその内腔にあって腸壁に突き当たっていないか確認しながら、ゆっくり、確実に進めていかなければならない。直腸の走行によっては十五センチも進めたところで壁に突き当たり、それ以上はどうしても進めないことがある。無理やり押し込めば痛みをもたらし、下手をすれば腸壁を突き破って事故につながる。これは、CFでも同じで、強引に捻ったり押し込んだりすると穿破《せんぱ》してしまい、緊急手術で穴を閉じなければならなくなる。大腸ポリープを切除する時も穿孔《せんこう》を起こしてしまうことがある。根本を電気で焼き切るのだが、ポリープでも茎がしっかりあるものはいいが、粘膜から丘状に盛り上がっているものは正常粘膜との境界が見定め難いから、後者も焼き切ってしまうことがままある。その場ではっきり破ったと確認できなくても、数時間ないし一日置いて穿孔部から空気や便が漏れて腹膜炎を起こし、救急車で運ばれてくることもある。

　直腸鏡をする場合、当麻は塩見や高橋を呼んで手技を見せ、やがて当人にやらせるようにしたが、二人ともなかなか要領を摑《つか》めず、患者を結構痛がらせた。

直腸の内腔を追って行くには、術者は相当に体を捩らなければならない。その辺のコツが新米には摑めないのだ。しかし、会得したのは塩見の方が早かった。自分はどうも消化器は向いていないと高橋が循環器に宗旨替えした訳もそんなところにあったようだ。

「これ以上、内腔《ルーメン》を拾えませんが……」

直腸鏡を挿入してややもしたところで、塩見が音を上げたといった面持ちで背後の当麻を振り返った。

「八センチか、うん、ちょっと代わろう」

当麻が素早くとって代わる。

「そうだね、これ以上進まないね。と、いうことは？」

直腸鏡を引き抜き、尾島に手渡しながら塩見に小声で問いかける。

「はい、終わりましたよ。今、お尻を拭《ふ》きますからね、もう少しそのままでね」

尾島が小泉に話しかける間に、当麻と塩見はベッドサイドを離れる。

「さっきゴリゴリと触れたものは、直腸のものでなく、シュニッツラーですか？」

当麻は頷く。

「それにしてもだよね。エコーをしてみよう。胃カメラ《GF》の方は……？」

「もう終わりました。昨日入った木津《きづ》さん、胃は何もなかったですね。大塩《おおしお》先生は首を傾げてましたが……」

昨夜は大塩が当直で、明け方に腹痛で家人に伴われて来た四十代の男性に起こされている。今朝のミーティングでは、腹膜炎の症状がないから鎮痛剤だけで様子を見ることにし、念の為入院はしてもらった。診に行ったら腹痛は治まっていたが、今日の内視鏡当番は矢野だから、取り敢《あ》えず胃を診てくれるように頼んだ、と大塩が申し送った。大塩も回診や外来当番でない日にはGFを行っているが、CFは矢野の専売特許で、大塩は時間の許す限り矢野について修得を目ざしている。手術のセンスは一年下の大塩が勝っているが、内視鏡は矢野が兄貴格だ。

「なるほど。確かに腹水はあるね」

小泉を仰向《あおむ》けにしてエコーのプローブを腹にあてがった塩見に当麻は言った。

「肝臓の下から骨盤腔に広がっていますね」

「膀胱はどうだろう？　尿が思うように出ないということだが……」

塩見は恥骨をえぐるようにプローブを当て直す。

「尿はたまってますが、大した量じゃないですね。それより、この凹凸《おうとつ》は……？」

塩見が画面の一点を指さす。

「さっき触れたシュニッツラーだよ」

「ああ……！」

「それで膀胱が圧排されている。つまり、膀胱がしっかり広がらないし収縮もしない。だからオシッコがチビチビしか出ないんだね」

「これ」

塩見が再び凹凸を示す白い影を指さした。

「膀胱内部のものではないですよね？」

「うん、外からの圧排だ。前立腺が膀胱を押し上げるようにね」

「ああ、なるほど……」

「恐らく、直腸も外から左迫されて細くなってる。だから便が思うように出ない」

「何か、できてるんですか？」

小泉茂子が不安気な目を当麻に向けた。

「骨盤の奥、つまり、膀胱や直腸の周りのリンパ節が腫れているんですね」

「それは、どうして……？　婦人科的なものではないんですか？」

「その点は婦人科の先生の見立て通りです。腹水がたまっているということも……」

「腹水は、どうしてたまるんですか？」

小泉は矢継ぎ早に問いかける。

「二つばかり原因が考えられます。そのうちの一つを除外するためにも、お疲れでしょうが、このまま胃カメラに回ってもらえますか？」

「あ、じゃ、矢野先生に言ってきます」

塩見が当麻の目配せに頷いて、腰を上げた。

「今準備をしますからね」

宥《なだ》めるように言って、当麻は塩見から受け取ったプローブを小泉の腹に這《は》わせる。

「採血も用意してね」

塩見と入れ代わるように顔を出した尾島に指示を出す。

「項目は、何にしましょう？」

「入院時一般に、ＣＡ19－9、それと、ＣＡ１２５、ＣＥＡを加えてくれるかな」

追加の検査項目はいずれも腫瘍《しゅよう》マーカーだ。ＣＥＡは主に消化器、ことに胃癌や大腸癌で上昇をみる。時に肺癌でも異常値を示す。ＣＡ19－9は胆嚢《たんのう》や膵臓癌、ＣＡ１２５は卵巣癌の特異抗原である。腫瘍マーカーが正常値をオーバーしているから即癌とは限らない。男性に特有の前立腺癌の腫瘍マーカーＰＳＡはかなり特異的であり、前立腺以外の癌で上昇することはないが、肥大や炎症でも時に正常値を超える。腫瘍マーカーが右肩上がりに増加の一途を辿《たど》る場合は多分に癌が疑わしいが、上下しながらもあるレベルに止まっていれば癌の心配はない。

胆囊や膵臓も炎症を起こすことがある。その場合は腫瘍マーカーも増加するが、卵巣に炎症が起こることはまずない。卵巣で生産された卵子の通路である卵管には、若い女性でしばしば炎症——いわゆる〝骨盤腹膜炎〟——が起こるが、CA125が上昇することはない。

採血を終えた小泉を尾島が内視鏡室に案内してすぐに戻ってきた。正午近いが中待合室にはまだ七、八人の患者が控えている。当麻の外来診療が午前中に終わることはない。大概午後一時か、時には二時近くに及ぶこともある。腎移植の相談に訪れる患者も増えているからだ。

半時間程して、塩見が息せき切って駆け込んでくるや当麻に耳打ちした。

「小泉さん、胃の方は何もありませんでしたが、どうしましょう？」

「MRIに回してくれるかな。その後、また外来に来てもらって」

「はい」

当麻の外来は放射線科も忙しい。一時を回って職員食堂に来るのは当麻と外来ナースを除いては鈴村と部下の高木、二人の放射線技師くらいだ。

結局この日も小泉茂子一人に一時間程かかったことで、当麻と尾島が食堂に赴いたのは二時前になっていた。カルテカンファレンスが三時に控えている。

入院を勧めたが、用意をしてきていないというので、小泉の入院は明後日となった。

GIST

カルテカンファレンスは白熱した。まずは昨夜、正確には今朝方大塩が暁の夢を破られた急患木津明《あきら》の診断をめぐって議論が沸騰した。

「精々胃潰瘍《いかいよう》くらいかと思ったんですが、意外でした」

大塩が型通り現病歴と現症を説明してから、エコーとMRIのフィルムをシャウカステンにかけた。

「胃というよりも十二指腸と連続性があるように見えますので、後腹膜腫瘍ですね。直径八センチはあります」

大塩はMRIのフィルムの一枚にスケールをあてがった。

(翔子の命を奪ったものとは違う！)

当麻は人知れず独白を漏らしてから、

「右の肝下面の充実性腫瘍だが、何が考えられるかな？」

と質問を投げかけた。

「患者は去年、町ぐるみ健診で胃の透視を受けてますが、何でもないと言われています」

大塩がつけ足すように言ったが、もとより答にはなっていない。

「胃カメラ《GF》でも胃十二指腸粘膜面は全く綺麗なんですが」

矢野が言った。

「十二指腸球部《ブルブス》に入り難かったんですよね。何かブルブスが引きつれてる感じがして。潰瘍でも繰り返して変形しているのかな、とも思ったんですが、その既往は無いということですし……」

「これだけのシロモノで後腹膜に落ち込んでいるから、引っ張られているんだろうね」

「と、なると、十二指腸由来のもの、ということになりますか？」

大塩が当麻を見返す。

「そうとしか考えられないね」

「ひょっとして……」

矢野がキラリと目を光らせた。

「GIST《ジスト》でしょうか？　僕は経験ないんですが、だいぶ前、『胃腸外科』で特集やっていて、一度経験してみたいな、と思っていたんです」

「胃腸外科」は月刊の医学雑誌で、医局で定期購入しているものだ。

「そうかあ！」

大塩もハタと思い至った風に相槌《あいづち》を打つ。

「生憎僕も経験ないなあ」

「最近新聞なんかでも取り上げられているから、そのうち出くわすかと思っていたんだが、このケースは多分それだよ」

当麻の言葉に三人は頷く。

「確か、悪性ですよね？」

大塩が言った。

「肉腫ではない、〝消化管間質腫瘍〟と訳されているが、まず悪性だよね？」

「ええ」

矢野が答える。

「放っておいたら、巨大なものになって、オペも難しくなるケースがあると書いてありました」

「『胃腸外科』のその特集号を見てみようか。塩見君、医局から持ってきてくれるかい？」

るから」


「あっ、ハイ……いつ頃のですか？」

「確か、去年の秋頃だったと思うけど……バックナンバーは書架の下の引き出しに積んであるから」

矢野が塩見に返した。

「全部でなくていいよ」

踵《きびす》を返しかけた塩見の背に当麻が言った。

「総論的なことが書いてある論文だけでいいから、コピーを取ってきて」

「分かりました」

「うちのナース達の分も、いいですか？」

カンファレンスに立ち会っている婦長の長池が言った。

「じゃ、二十部くらい要るね。ちょっと時間がかかりそうだから、加納《かのう》君に頼んで持ってきてもらえばいい」

加納とは医局の秘書で二十六歳、大津の実家から通っている。父親が京都に本社のある製薬会社に勤めていることから医療の世界に関心を持ったという女性で、地元の女子大を出ている。病院のトラブルが続いて倒産騒ぎになったこともあって、江森京子が退職してからは医局秘書は空席のままだったが、鉄心会が病院を買い取った時点で募集をかけた。すぐに応募してきた数名の中から加納江梨子《えりこ》が採用された。とりたてて美人という程ではないが、気立てがよく仕事もてきぱきとこなす。まだ独身だが、当分結婚する気はないと言っている。

もっとも、ひょんな噂が当麻の耳に聞こえてきたことがある。研修医の高橋が加納に好意を抱いてプロポーズまでしたらしいが加納は応じなかった、悲観した高橋は居たたまれず病院を辞める気になったのだ、と。二年はいてくれるはずと思っていただけに、そんな噂を耳にして程なく、辞めます、と言ってきた時には、さては噂は図星だったのか、と思った。否でも青木隆三《りゅうぞう》のことが思い出された。

「ここを辞めて、どうするのかな？」

加納江梨子の名が喉《のど》もとまでこみ上げてくるのを押し止《とど》めながら当麻は尋ねた。高橋は、一瞬口ごもってから、意外なことを口にした。

「鉄心会の月報で名越《なごし》先生のエッセイを読んでいるうちに、心臓外科も面白そうだな、と思うようになったんです。こんなことを言ったら先生には申し訳ないですが、昭和天皇の手術なんかその典型例と思われますが、消化器外科ではバイパス術はあくまで姑息《こそく》的ですよね。でも、心筋梗塞《こうそく》に対する冠動脈のバイパス術は、根治術なんですよね。それに、外科は範囲が広過ぎて、僕のような不器用な人間にはアレもコレもは務まらないような気がして来たんです。先生のようなオールラウンドプレーヤーにはとてもなれそうにないと。心臓なら心臓一つに集中する方が、まだしも活路が開けるような気がして、一度そちらも覗いてみたいな、と……」

言われてみれば至極尤《もっと》もで、失恋云々《うんぬん》は単なる噂に他ならないと思われた。

「じゃ、名越先生のいる神奈川の病院へ行くのかな？」

名越は鉄心会の鎌倉の病院を辞めて久しい。

「いえ……鉄心会を出るつもりはありません」

「と、言うと……？」

「千葉北病院に雨野厚という心臓外科医が来られたと会報で知りましたので、そちらに行きたいと思ってます」

「ああ、それはいいね」

高橋がそこで活路を見出《みいだ》してくれればいい。縦《よ》し加納江梨子に失恋してここを離れる気になったとしても——。

「徳岡理事長の新大学設立の構想に胸が熱くなりました。共感共鳴することばかりでした。ですから、鉄心会にはずっとしがみついていたいと思います」

高橋は最後にこう言って当麻に別れを告げた。

塩見が戻ってきてカンファレンスが再開された。木津明に対しては念の為ＣＴを追加するくらいで、ＧＩＳＴの診断で開腹するとの方針が立てられた。今週の金曜日、執刀医は大塩と当麻は決めた。

「じゃ、その前に」

ナースを代表してカンファレンスに加わっている婦長の長池幸与が口を挟んだ。

「勉強会を開いて下さいね。私達も経験のない病気ですので」

「勿論、でも今日は時間がないから、今加納君が持ってきてくれる文献を読んどいてもらって、術後にでもしようか」

当麻が答える。

「オペですが、膵頭十二指腸切除《PD》にならずに済むのでしょうか？」

大塩がやや緊張の面持ちで当麻を窺った。

「十二指腸壁を部分的に取ることはあってもＰＤにまではならないだろうね。他に転移は無さそうだし、十二指腸の粘膜面は綺麗なようだから」

矢野が大きく頷いた。

「ＧＩＳＴは十二指腸下行部に五センチはへばりついているかと思われますが、腫瘤と共に十二指腸壁をそれだけ切り取ることになりますか？」

大塩が上体を乗り出してＭＲＩのフィルムの一点を指さしながら言った。

当麻が頷く。大塩はテーブルに広げていたノートの一頁《ページ》にさらさらっとスケッチをし、

「こう切って、ここをこう縫う訳ですか？」

と当麻に尋ねる。前後左右から矢野、塩見、長池がのぞき込む。

「そうだね」

「縦にそれだけ切り取って縫うことになると、どうしても縫縮《ほうしゅく》という形になって、内腔の狭《きょう》窄《さく》を来《きた》しませんか？　胆石イレウスということもありますけれど……」

胆嚢炎が十二指腸壁に波及してその壁を破ることがある。すると瘻孔《ろうこう》が胆嚢と十二指腸の間にトンネル状に出来て、胆石が十二指腸から小腸に落ち込む。たまたまそれが大きなものであると、小腸の細い部分にひっかかって栓をした形になり、腸閉塞《イレウス》を起こす。滅多に起こるものではなく、当麻は関東医科大の修練士時代に一例経験しただけだ。

大塩も静岡の前任病院時代に一度経験したという。

「胆石イレウスって、何ですか？」

長池幸与が大塩を、次いで当麻を見やって言った。

大塩はまたノートの余白に絵を描いて説明した。

「へえ、そういうこともあるんですか？」

長池が感心したように言ったので、横から何人かのナースが大塩の絵をのぞき込んだ。

「もし狭窄が懸念されるようだったら、どうしたらいいかな？」

当麻は大塩に問い返し、矢野と塩見にも視線を巡らす。

「その時は、ＰＤですか？」

二人の先輩が首を傾げているのを見て取って塩見が口を挟んだ。

「と、なると、大変なオペになるね」

「はあ……」

「バイパスを作ったらいいんじゃないですか？」

矢野が言った。

「胃空腸吻合《ふんごう》を設けておけば、たとえ十二指腸に狭窄部が生じてもイレウスにはなりませんよね？」

「なるほど！」

大塩が相槌を打って当麻を見た。こちらはコクコクと頷く。

「君達、ＳＭＡＳの経験はあるかな？」

一同が顔を見合わせてから首を振る。

「ＳＭＡＳとは、Superior mesenteric artery syndrome、ＳＭＡは、つまり上腸間膜動脈

のことだが、大動脈から分岐していて、十二指腸の第三部がその間を通っているんだよね。ちょっと借りるよ」

当麻は先刻来大塩が絵を描いていたノートを引き寄せて作図してみせた。

「こんな風にね。ＳＭＡは腸間膜に包まれているから普段はどうということはないんだが、急激に痩《や》せたりすると腸間膜の脂肪が薄くなってＳＭＡが索状になってしまい、十二指腸を絞めつける形になるらしい。そのために流れがせき止められてイレウスになる」

「先生は経験されたことがあるんですか？」

大塩が尋ねた。

「いや、幸か不幸かないんだが、昔、学会で発表していたのを聴いてひどく印象付けられたんで、文献を調べたことがある。確かファイルしてあるはずだから、今度、抄読会に出してみよう」

「でも、そのＳＭＡＳが今度のＧＩＳＴと何か関係があるんですか？」

すかさず大塩が返した。

「直接の関係はないよ。ただ、十二指腸が狭窄を起こしたら、と君が心配したんで、対策はＳＭＡＳに対するそれと同じ、つまりは、矢野君が言ったバイパス術に他ならない、ということを言いたかっただけなんだが……」

「狭窄部の前後にバイパスを作ればいいんですね？」

「そう」

「じゃ、さっき矢野先生が言われた胃空腸吻合か、水平部が通らなくなっているんなら、その手前の第二部の下行部と、狭窄部の先の空腸をつないでもいいんですね？　こんな風に」

大塩が当麻の手許《てもと》のノートに作図を加える。

「そう、やや面倒だが、腸液が胃に逆流するのを極力抑える意味では後者の方がいいね。僕が学会で聴いたケースレポートは前者で凌《しの》いでいたが、文献を読むと後者の方が多かった記憶があるよ」

「失礼しまーす」

と、その時ナースセンターの出入口に若い女の声が響いた。

一礼して入ってくると、加納江梨子は抱えていたプリントの束を塩見に手渡し、振り返っている面々に会釈してすぐに踵を返した。

「じゃ、それを読んできてもらうことにして、次に行こうか」

塩見がプリントを配り終えたところで当麻が言った。

カンファレンスはいつもより長引いて病棟ナースの申し送りが始まる四時半ギリギリまで続いた。ナース達は申し送りにカルテを使うからそれまでに切り上げなければならない。

当麻は矢野と塩見を伴って病棟の回診に回る。大塩は木津明をナースセンターに呼び、一連の検査結果と手術予定、麻酔を含めた手術の手順等の説明に掛る。

五時半からは放射線科に集まる。その日の透視やCT、MRIのフィルムを鈴村と部下の高木が供覧する。シャウカステンの前に立ったまま読影を進めて行く。異常な所見は大体鈴村がチェックしている。これにざっと半時間程かかる。

六時半からはホスピス病棟に集まり、〝会堂〟で抄読会が始まる。主催者は当麻だが、参加するのは外科医ばかりではない、他科にも呼びかけているから、常時ではないが院長で内科医の徳岡銀次郎《ぎんじろう》や、その部下の内科医新藤、麻酔科の白鳥《しらとり》、ホスピス病棟長の人見《ひとみ》が加わる。英語の外国文献をプレゼンテーターが一文一文訳して行く。誤訳にはクレームがつくからプレゼンテーターは予習していかなければならない。文献は医局で毎月取っている外国雑誌が数種類あるからそこから選び出し、秘書の加納にコピーを取ってもらい、一週間前には参加者に配っておく。

今夜のプレゼンテーターは矢野だ。〝Gastroenterology〟なる雑誌から選んだ論文を供覧した。議論が白熱すると九時に及ぶこともあるが、大体一時間半で終えることを原則としている。

当麻と塩見、それに白鳥を除いては、皆遅まきの夕食を家に帰って摂る。当麻は翔子がホスピス病棟に入院して以来病院で食事をしてきた。彼女が他界してからは言わずもがなである。

この夜、当麻が白鳥と共に地下の食堂に下りて行ったのは八時半だった。塩見が先に行っているかと思ったが、食堂に明かりは点《とも》っていない。

「はてな、塩見君はもう食べ終わったのかな？」

スイッチを入れながら当麻は首を傾げる。

「まだ十分も経《た》ってませんが……」

白鳥も疑問を放つ。

「抄読会にでも出ないと、なかなか英語の論文に目を通す機会が無いので、是非また参加させて下さい」

当麻が台湾から戻ってきて再び抄読会を始めたことを知ると、白鳥はこう申し出た。プレゼンテーターも買って出て、麻酔に関する難解な論文を供覧してくれている。

「トレーが無いから、今夜は予約してないみたいだね」

月曜の夜の食器棚には当麻と白鳥、それに塩見のトレーが並んでいるのが通例だが、今夜は二人分しか見当たらない。

「ああ、彼のところ、今夜はチェック入ってませんよ」

白鳥が部屋の片隅の掲示板に貼《は》られてある一カ月分の食事予約表をなぞりながら言った。

「彼女とデートじゃないですか？」

塩見の事情

白鳥の当て推量は図星だった。当麻と白鳥が病院の食堂で夕食を摂っていた頃、塩見は加納江梨子と湖畔沿いのレストランで向き合っていた。江梨子の自宅がある大津からは半時間程だ。

二人はもう何度か逢瀬《おうせ》を重ねてきている。落ち合う場所はこのファミリーレストランか、大津に近い似たような店だ。

月曜にデートするのは珍しい。塩見のスケジュールは詰まっており、抄読会が終わるまでフリーになれない。抄読会の終了時刻も定まっていない。江梨子の方は、抄読会用のコーヒーを淹《い》れてホスピス病棟の会堂に運んでおけばその日のノルマからは解放されるが、塩見と会うことはできない。自《おの》ずとデートは、塩見の都合次第で、塩見から声をかけるのが常だ。

しかし今夜は江梨子の方から誘いをかけた。塩見がＧＩＳＴの文献を医局に探しに来た時だ。

「抄読会、何時頃終わります？」

文献を探し当てて江梨子に持って行ったところで、踵を返しかけた塩見を呼び止めて江梨子が言った。

「八時か、ちょっと過ぎるかも。どうして？」

江梨子に向き直って塩見は訝った目を向けた。二日前の土曜日の午後に対岸の湖東へドライブしたばかりだ。二人とも車を持っているから、病院は別々に出る。目的地近くで落ち合い、そこから江梨子が塩見の車に乗り込む。おとついは長浜城を見に行こうということになって、近くのファミレスで落ち合っている。

「ちょっと、お話ししたいことが……」

「おとついは言えなかったこと……？」

「ええ……」

コピー機が動き出し、フリーになった手で額にかかった髪をかき上げながら江梨子が答える。

「いいけど、それまで時間を潰《つぶ》せる？」

「それは大丈夫。先生方の机の上、片付けてますし、時間が余ったら本を読んでます。抄読会が終わる十分程前に携帯で合図して下されば、先に出てますから」

「分かった。場所は？」

「坂本の〝ガスト〟でいいかしら？」

落ち合う先は毎回変えている。〝ガスト〟はこれまで二度ばかり行っている。座席は大方コンパートメント風に仕切られているから、少なくとも食事中は他人と目が合うことはないので気楽だ。

「じゃ、先に行って席を取っててくれるかな」

「はい、そうします」

塩見がそっと携帯を取り出して江梨子に合図を送ったのは八時十分だった。抄読会を終えてあたふたと駐車場に走り、時速百キロで一六一号線を飛ばした。それでも江梨子の方が五分ほど先に着いていた。

店に入ったところで、コンパートメントの一つで立ち上がった男を見て塩見は一瞬ドキッとした。

（井上君……！）

検査技師の一人だ。上背はないががっちりした体格の持ち主で、病院の野球チームでピッチャーをしている。二十五、六、まだ独身のはずだ。

（連れは……？）

と流し目をくれた時、女も立ち上がった。髪が肩にかかっている。後ろ姿なのでよく分からないが、小太りで横目にも大きいと分かる目の特徴から、内科病棟で時折見かける看護婦のような気がした。外科のナースは大方名前は覚えているが、たまに顔を合わせるだけの他科のナースの名前はほとんど知らない。

こちらに顔を向けているが目はまだ合っていないから井上に気付かれてはいまいが、愚図愚図していたら、レジでバッタリ鉢合わせしかねない。

「塩見です。連れが先に来ているはずですが……」

頷いたウェイターが逸早《いちはや》く塩見に先立つ。二人に背を向ける形で塩見は彼の後についた。

江梨子は文庫本を読んでいたが、

「こちらです」

というウェイターの声で本を閉じて目を上げた。

「井上君と鉢合わせするところだったよ」

滑り込むように江梨子の向かいの席に腰を下ろしながら塩見は言った。

「あたしも気付いてアッて思ったけど、彼は喫煙席だったので顔を合わさずに済んだわ」

「連れの女性は、知ってる？」

「目が合ったらまずいと思ったから、見ないようにしてたの。病院の人かしら？」

「多分ね。内科病棟のナースだと思う。滅多に行かないから、内科の看護婦の名前はほとんど知らないけどね」

「デートとなると、平日でもやっぱりこの辺まで足を延ばすのね」

「ガストはお手頃だしね。深夜までやってるし……」

先刻のウェイターではなく若い女性がお冷やとお絞りを運んできた。塩見はコップの水を一気に飲み干した。

「よっぽど喉が渇いているみたい」

コップが空になったのを見届けて江梨子が言った。

「抄読会でコーヒーを飲んだだけだからね。大急ぎで出てきたし……」

「ご免なさい、急に……」

「いや、それはいいけど、余程何か急ぐことでも……？」

江梨子が口を開きかけたところへ先刻のウェートレスがメモを手にやってきた。

「ご注文、お聞きしていいですか？」

塩見と江梨子は慌ててメニューを手に取って頁を繰った。

「僕は生姜《しょうが》焼きでいいや」

「あたしは、ハンバーグ定食」

ウェートレスがメモを取って引き下がったところで、塩見は改めて江梨子を見すえた。

「食事の後がいい？　先でもいい？」

「あ、じゃ、後で……」

一瞬戸惑いを見せてから江梨子は言った。

「何かこみ入った話みたいだね？」

「いえ、そんなことは……でも、お腹が空《す》いてるでしょ？」

「うん。腹が減っては何とか、じゃないけど、まずは食べることに専念しようか？」

「ええ、あたしもお腹ぺこぺこです」

塩見の方が早かったが、二人とも運ばれてきた料理を黙々と食べ、平らげた。その間も客の出入りは結構あって、店員達の忙《せわ》し気な足音や声が飛び交う。

「ご馳走様」

口もとを拭《ぬぐ》って江梨子がそっと手を合わせ、小さく言った。自分が奢《おご》る訳ではない、二人の給料はさして変わらない、食事代にせよ何にせよデートの費用は折半にしているから、江梨子の「ご馳走様」は塩見に言ったものではない、慣習的なものだ。育ちの良さを窺《うかが》わせて、江梨子のそんな仕草を塩見は好ましく見詰める。繊細な静脈がかすかに青く浮き出た手にも見惚《みと》れる。何度目かのデートで、別れ際に初めてその手を握った。江梨子は一瞬ためらいを見せて手を引っ込めかけたが、塩見は放さなかった。

「コーヒーを二つ、お願い」

通りがかったウェートレスを呼び止めて塩見が言った。食後のコーヒーは暗黙の了解事項だから江梨子は頷く。

「じゃ、そろそろ、用件を聞こうか」

二人が平らげた食器類を手にウェートレスが立ち去ったところで、やおらとばかり塩見は上体を乗り出した。

「はい……」

江梨子が微笑《ほほえ》んだのを見て、深刻な話ではなさそうだな、と塩見は安堵《あんど》した。

「ゆうべ、父に、先生のこと、話してしまったんです」

単刀直入だ。塩見は「えっ!?」と小さく声を放った。

「それはいいけど、また、どうして……?」

「お見合いの写真を持って来られたんです」

「へーえ……どんな人?」

「父の部下で、プロパーをしている人……イチローに似た好青年だから目をつけていたんですって……」

「幾つ？」

「二十九歳」

「三つ違いか、丁度いいね。イチローに似ているなら尚更《なおさら》」

「意地悪」

「えっ……？」

江梨子が口を尖《とが》らせたのに塩見は驚いてみせる。

（深刻な話じゃないか！）

「先生は、あたしにお見合いを勧めるの？」

コーヒーが運ばれてきた。江梨子の視線を避けられる。カップを引き寄せ、シュガーとミルクを注ぐ。

「ご両親は、君に早く結婚してほしいんだね？」

コーヒーを一口二口すったところで、カップを手にしたまま塩見は上目遣《づか》いに江梨子を見た。

「二つ下の弟が、この前、彼女を連れてきたんです」

「確か、県庁に勤めているという……？」

「ええ、一応順調に大学を出たのでもう三年目になります」

「それにしてもまだ二十四、五……？　結婚するには早過ぎるよね？」

「でも相手の方は大学の同期生で同い年なので、ご両親がそろそろいいのでは、と仰《おつしや》ってるみたいで……」

「それで弟さんは君のご両親に会わせたかったんだね？」

「ええ……」

「で、姉貴をさしおいては、と言うんで、君に見合い話を持ってきた……？」

江梨子はコーヒーカップを手に取って視線を落とした。

「別に、あたしは、弟が先に結婚したって平気よ、て父母に言いました。お見合いの話も断って……」

今度は江梨子の方が上目遣いに塩見を見る。

「えっ、もう断ったの？」

昨日の今日だ。二、三日は考えてからでもいいのに、と口に出掛って、思い止まった。自分の気持ちと裏腹なことを口走って徒《いたず》らに江梨子を悩ますことはない。安堵と共に、自分は、素直に喜んでいるではないか！

「だって、先生とお付き合いしているんですから」

心なしか江梨子の目が潤んでいる。塩見の胸に熱いものがこみ上げた。

「有り難う。でも、ご両親はがっかりされたろうね？」

「最初は、少しね」

カップをテーブルに戻した江梨子は、ピンクのマニキュアが入った指で目尻を拭ってから微笑を広げた。

「でも、先生のことを話したら、分かってくれて……」

「イチローのような男前ではないことも話した？」

「えっ……!?」

江梨子が目を見開いた。

「そんなこと、話しません。イチローは、賢そうだけど、いわゆるハンサムではないでしょ？」

「そうかな？」

「味のある顔って言うのかしら？　でもちょっと気難しくてとっつき難い感じ……」

「なるほど」

「それで父が、是非その塩見さんという人に会いたいから、週末にでもお連れするように、て」

「この週末？」

「ええ」

「また、急な話だね」

塩見の顔に緊張の色が走った。

「何か、予定、入ってます？」

「いや、特には無い、けれど……」

曖昧に答えながら、塩見はポロシャツのポケットから手帳のようなものを取り出した。某製薬会社が毎年、年が明ける前にカレンダーと共に持ってくるものだ。

「日当直に当たっているのは来週ですよね」

江梨子は医局のホワイトボードで今週末の日当直医は大塩と内科の若手の新藤であることを確認してきている。医局長の矢野から月末毎に手渡される当番表をホワイトボードにうつすのは江梨子の仕事だ。

「土曜の夜か、日曜の昼だね」

手帳を収めながら塩見が言った。

「京都へ、映画でも観に行こうと思っていたんだけどね」

「一人で？」

「いや、勿論君とだよ」

「何か、いい映画が……？」

「うん、幾つかあるんだけど、どれとまだ決めていないけどね」

「じゃ、土曜日の夜ウチへ来て頂いて、日曜日に映画へ行きましょうか？」

「大津へ行って、戻って、また翌日京都……？」

「よかったら」

瞳を悪戯《いたずら》っぽくめぐらしてから江梨子が幾らかためらい勝ちに言った。

「ウチへ泊って下さっても……」

「えっ……？」

塩見は小さく驚いたような声を上げた。

「幾ら何でもそれは……」

「小さな家ですけど、お客様に泊って頂ける部屋はあります。翌日は京都へ行くから、と言えば、それなら泊って頂け、て父は言うと思います。晩酌のお付き合いをして下さったら喜ぶでしょうし、お酒が入ったらもう車では帰れないでしょ？」

「うーん……お父さんはお酒が好きなの？」

「晩酌は欠かさないわね。ほんの一、二合程度だけど。弟が家にいれば彼を相手に飲んでます。息子と盃《さかずき》を交わすことが夢だ、て、よく言ってましたから」

仲睦《なかむつ》まじい小市民の家庭のひとコマを髣髴《ほうふつ》とした。塩見が味わったことのない世界だ。物心ついた時、父親の姿を家で見かけることはほとんどなかった。お父さんはどうしてたまにしか家にいないの？　と尋ねたことがある。遠い所でお仕事しているから、と母親は答えた。何のお仕事、と尋ねると、お医者さんよ、と返った。母親は大阪の老舗《しにせ》旅館の仲居だった。

「ご両親に会うの、まだちょっと気が引けるな」

江梨子の晴れやかな顔を眩《まぶ》し気に見やってから塩見は言った。

「どうして？」

何か聞き違えたかのように江梨子は訝った。

「だって僕らは――」

問いた気な相手の目に促されるように、塩見はわだかまった沈黙を破った。

「お互いのことを、まだそんなに深く知り合ったわけでもないし……」

「あ……」

江梨子が何か思い至ったように小さく声を上げた。先刻までの明眸に影がさしている。

「だから、土曜日に映画に行こう。食事も一緒にして。それで僕は君を送りがてら帰るよ」

江梨子は唇をかんだ。

「君を家まで送って行くついでに、ご両親にご挨拶だけするよ。それで、どう？」

「そうね」

目をかげらせたまま即答できずにいたが、ややあって江梨子は舌先で湿らせた唇を開いた。

「じゃ、父にはそう言っておきます」

「うん」

塩見の安堵の表情を、江梨子はまだ少し納得のいかない顔で見返した。

検査室の葛藤

小泉茂子が入院してきた。妹の典子《のりこ》が付き添っている。典子は姉とひと回り違いで四十八歳だ。

「随分年が離れているので、姉が母親代わりに私の面倒をみてくれたようなものです。ですから今度は私が恩返しをしなければと思っています」

心配でたまらないといった顔で、典子は縋《すが》るように当麻を見すえた。

「姉の病気は、悪いものなんでしょうか？」

茂子が入院の手続きを取っている間に、典子がそっと当麻に問いかけた。当麻はスケッチをしてみせる。

「分かっているのは、骨盤の底にゴリゴリした腫瘤が出来ていて、これがこんな風に膀胱や直腸を圧迫しているということです。この腫瘤が何であるかを突き止めるのが先決で、さし当たって、お尻から針を刺入《しにゅう》してこの腫瘤から細胞を取り、顕微鏡で調べてみます。悪いものかどうか……」

「もし悪いものだったら手術になるのでしょうか？」

「目下の段階では、手術は考えられません」

「でも、外科病棟に入るんですね？」

「検査のために細胞を取るにしても、内科の先生ではできないので、取り敢えず私の方で見させてもらいます」

「この数日間で、お腹が張ってきたと訴えておりますが」

「そうですね。少し、腹水がたまりかけていますね」

骨盤底ダグラス窩《か》のるいるいたる腫瘤と腹水となれば、いわゆる〝癌性腹膜炎〟で癌の末期症状だ。しかし、そこまでは典子に言えなかった。

茂子は個室に入った。午後の最初の手術はＧＩＳＴの木津明になっている。木津が入室し、白鳥が麻酔にとりかかっている間に、当麻は隣の手術室で茂子のダグラス穿刺《せんし》を行った。矢野と大塩にはその前に直腸診をさせている。二人共即座に一驚の目を当麻に振り向けた。

ダグラス穿刺を終えると、次いでエコーガイド下に下腹部に針を刺入して腹水を採取した。典型的な癌性腹膜炎では多少とも赤味を帯びた腹水が得られるが、意外に透明な黄色液が吸い上げられた。

木津明の手術の執刀医は大塩だ。当麻が前に、当麻の横に矢野が立つ。器械出しは丘で、外回りは紺野と病棟から日替わりで回ってくるナースだ。大塩の妻浪子《なみこ》は男児を出産したばかりで、産休三カ月目に入っている。お産は湖東日赤の産婦人科で済ませた。途中まで逆子だったから、ひょっとしたら、ここで帝王切開をお願いすることになるかも知れません、と大塩は真顔で当麻に言っていたが、生まれる二カ月前には頭が下になっていた。

木津は中肉中背で、開腹にはさ程手間取らない。大塩はスピーディに手術を進めていく。開創器と肋骨牽引鉤《けんいんこう》で充分に視野を展開して腹腔《ふくくう》内の臓器を探る。

肝臓の下の球状の腫瘤の下に大塩は手を滑り込ませる。

「癒着は無いですね」

その言葉通り、手まりのような腫瘤は早々と大塩の手にすくい上げられている。しかし、一部が術前のＣＴ所見から推測された通り十二指腸とつながっている。

「約五センチくらいですか？」

「うん、楔状《けつじょう》切開して、空腸とつなげそうだね」

腫瘤と十二指腸を探り終えて当麻が言った。

「ちょっと僕にも触らせて下さい」

矢野が横から手を腹腔に差し入れる。

「何か、子宮筋腫みたいですね」

麻酔医の白鳥が頭の位置から上体を乗り出して言った。丘や外回りのナース達が相槌を打つ。

「メチレンブルーを貸して」

大塩が丘に言った。

丘は顔を引っ込めて器械台の上を探り、メチレンブルー液を入れた小皿をそっと大塩に差し出す。大塩はペアン鉗子《かんし》の先端をそれにつけ、ＧＩＳＴがつながっている十二指腸壁にマーキングを施す。

「これくらいでいいですか？」

ＧＩＳＴを片手に摑んで手前に引きながら大塩は当麻に尋ねる。

「そうだね。充分だろう」

「大分デフェクトになりますがROUX《ルー》‐Y《ワイ》でつなげるでしょうか？」

「端側吻合《たんそくふんごう》は無理かもしれないね」

「えっ……？」

「だから、側側《そくそく》吻合でいけばいい」

「あ、なるほど」

〝端側吻合〟とは、切断した空腸の断端と十二指腸の側壁とをつなぐ方法だが、空腸の断端の口径は精々三センチだから、十二指腸壁を削り取った五センチのデフェクトとは口径が合わないことを大塩は懸念したのだ。〝側側吻合〟とは、切断した腸の断端は閉じ、それより数センチ隔てた腸管に十二指腸のデフェクトに見合う長さの切開を縦に入れてつなぎ合わせる方法だ。

（こんなことを思いつかないなんてなあ）

大塩は密《ひそ》かにひとりごつ。予期せぬ状況に出くわしても臨機応変の対応策が講じられてこそ一流の外科医だ。

（自分はまだまだ頭が堅い）

自省の独白を人知れず胸の内に落としたが、大塩の手は淀《よど》みなく動いて、ざっと一時間で

ＧＩＳＴの切除とＲＯＵＸ－Ｙ吻合を終えた。

腹腔内を洗浄し、ドレーンを肝下面のウインスロー孔に入れたところで、当麻が先に手を下ろし、矢野と入れ代わった。

「鈴村君を呼んでくれる」

膿盆《のうぼん》に移して器械台に置かれたＧＩＳＴにメスで割を入れながら当麻は紺野に言った。

「はい、写真ですね？」

「ああ。僕はちょっと検査室へ行ってくるから」

切除した臓器を撮影しホルマリンに漬けるのは鈴村の役目になっている。強いられて厭々やっているのではない。自分が撮った透視やＣＴの所見と実物を見比べて後学の資にしたいという向学心によるもので、鈴村のその姿勢は何年経っても変わらない。

鈴村が自前のカメラを手に手術棟へ上がってきた時、当麻は検査室に駆け込んでいた。

顕微鏡を覗いていた松尾が当麻に気付いて目を瞬いた。

「それ、小泉さんのを見てくれてるの？」

「ええ、腺癌《せんがん》だと思うんですが……」

促されるまでもなく、当麻は松尾の正面に回って彼が覗いているディスカッション顕微鏡の一方のレンズに目をあてがった。

「確かに。これは、生検標本のタッチスメアの方だね？」

「ええ。腹水のはこちらです……」

松尾は顕微鏡の横に置かれたスライドを指さした。

「やはり似たような細胞が見られます」

腹水に癌細胞が見られるということは、紛れもない〝癌性腹膜炎〟状態で、原発がどこにせよ、癌が腹腔内に散っている末期状態を示唆する。

当麻は腹水を染色したスライドに取り替える。

「なるほど。確かに腺癌のようだが、原発はどこだろう？」

「消化管は何ともないんですね？」

松尾が問い返す。

「胃は何ともない。大腸は、まだ透視もファイバーもしてないが、去年の健診でヒトヘモは陰性だったようだしね」

〝ヒトヘモ〟とは便中の血液（潜血）を見る検査で、これが陽性なら大腸のどこかに出血源が潜んでいることが疑われる。出血源は〝癌〟とは限らない。〝憩室《けいしつ》〟や〝ポリープ〟、最も卑近なものでは〝痔〟であることも稀《まれ》ではない。固い便の場合〝切れ痔〟を生ずることがあり、その折の便を検査に出せばヒトヘモは陽性と出る。検査は一日か二日を置いた便を二回取って調べる。二回のうち一回陽性というのは、たまたま〝切れ痔〟による血液が混じってもたらされることがあるからだ。二回とも陽性であれば、まずは癌、次いで憩室やポリープが疑われる。

一方、二回とも陰性であれば、九五パーセントの確率で癌は否定できる。

「そうなると、他に考えられるのは、卵巣癌くらいですか……」

松尾が覚束《おぼつか》ない口ぶりで返した。

「卵巣もね、右側が少し大きい程度で、癌を疑われる程ではないんだよ」

当麻はＭＲＩの画像を思い返している。

「そうなると、腹膜そのものの癌、ですか？」

「えっ……？」

「つまり、腹膜癌、ということになりますが……」

「腹膜原発の癌というのは、僕も経験ないが、腺癌で矛盾はしないのかな？」

「どうでしょうね？　僕も初めてなので何とも……。ちょっと、僕の持ってる細胞診図譜を見てみます」

松尾は席を立った。

検査室は生化学部門と病理細菌部門に分かれている。どちらも四、五人のスタッフを抱えている。前者のトップは塚本という男で松尾とほぼ同年輩だ。コツコツと真面目にやる男だが、松尾にライバル意識を持っている。内科医はさ程でもないが、外科医は専ら病理部門に出入りして松尾から細胞診の手ほどきを受けているから、塚本はそれを妬《ねた》ましく思っている。放射線科は鈴村が技師長で一つにまとまっているが、検査部門は技師長を立てておらず、塚本と松尾が肩を並べている格好だ。

当麻は副院長と検査室の部長を兼任している。後者は最近になって拝命したものだ。

「生化学と病理のトップが仲が悪い。君なら両方ににらみを利かせられるだろうから、調停役を宜《よろ》しくな」

院長の徳岡銀次郎が、辞令を渡しながら当麻にこう言ったものだ。

「責任者会議に検査部門から二人が出ているが、放射線科や栄養課、医事課と同じく、一人に絞りたい。人間的な魅力では松尾だが、経営面では生化学が病理の上だし、塚本の方が古株だから、どうしたものか迷っている。じっくり観察して、君の裁量でいずれかに決めてくれないか」

徳岡はこうも言った。

辞令をもらって間もなく、「折り入ってご相談があります」と、塚本が深刻な面持ちで面会を求めてきた。何事かと訝る当麻に、

「先生が腎移植を手がけられるようになったので、私も部下達と勉強会をするようになりました。腎移植の対象になりそうな、BUNやクレアチニンの高値を示す症例に留意し、これはと疑問を抱いたら私に報告するように、自分は即刻当麻先生に知らせるからと指示を出しました」

と、塚本はいきなり媚《こ》びを売るようなことを言った。当麻は不快感を覚えたが、顔には出すまいと身構える。

「こんな田舎の病院で第三次医療の腎移植まで当麻先生はやってのけている、自分達はそれに与《あずか》っているんだから、誇りを持つようにと言い聞かせました。漫然と検査伝票を上に上げてちゃいけないんだと、部下達の目の色も変わってきました」

当麻が日頃塚本と話を交えることはほとんどない。責任者会議で顔を合わせるか、廊下ですれ違う程度だが、一見、目もと涼しい好男子で、慇懃《いんぎん》に会釈もするから悪い印象は持っていなかったが、これだけ媚びを売ってこられると、認識を新たにさせられる。

「それで、折り入っての相談というのは、何でしょう？」

早く会話を切り上げたい衝動に駆られて当麻は言った。

「あ、はい……」

塚本は自らの饒舌《じょうぜつ》に思い至ったように口ごもった。

「実は――」

上体を屈《かが》め、組み合わせた手を膝に置いて前後に動かしながら、塚本は当麻を上目遣いに見た。

「ひょんなことから、ある噂が聞こえてきたものですから……」

「どんな噂？」

「検査室を一体化して技師長を置く、というような……」

（耳が早い！）

この件は自分と院長の間で取り交わされただけのはずだが、どこから彼の耳に及んだのだろう？

「確かに院長は、そんな考えを持ってるようですが、僕は別に、今のままでいいのではないかと思ってますよ」

塚本の目と顔がパッと輝いた。

「放射線は鈴村君が技師長になってますが、たとえば放射線科に治療部が出来たら、全く分野が違いますから、そちらはそちらで長を立てて責任者会議にも出てもらうべきでしょうからね」

「それを伺って安心しました」

　塚本が上体を起こし、揉《も》み手をするようにしていた両手を引き離した。

「そんなことはないと信じてますが、万が一松尾君が検査部の代表者、つまり技師長になったら、当麻先生が腎移植などやられるようになって、私も勉強会を開き、それなりにやる気になってついてきてくれたスタッフの士気が挫《くじ》けるんじゃないかと案じたのです。ご存知のように、検査部門でもウチの方が収入の面で病院に貢献していると思います。無論、先生方のオーダーがあってこそですが、私が常日頃スタッフにより迅速に正確にデータを先生方にお伝えするようにと発破をかけていることも、回転を良くし、能率を上げることにつながっていると思います」

　一気に喋《しゃべ》ってから、塚本はまたフッと眉根《まゆね》を曇らせた。

「ですのに、院長がなぜ検査室を一本化して技師長を置こうとするのか、私にはよく分からないのです」

「そうだね。僕にもよく分からない」

「ひょっとして――」

　塚本がまた上体を屈め、当麻を上目遣いに見やった。

「鈴村君あたりが院長に差し金を入れたんでしょうか？」

「鈴村君が？」

「邪推かもしれませんが、検査室は二人も責任者を立ててけしからん、とか……」

「まさか、そんなことはないでしょう」

もしそうなら、院長は率直にそう言ったはずだ。

「そうですか……」

塚本の目からかげりが失《う》せた。

「それなら、いいんですが……」

松尾が検査部の代表になったからと言って塚本の部下達の待遇が悪くなるわけでもなし、やる気がなくなるのは塚本本人なのだろう。

「それで当麻先生には是非とも現状維持をお願いしたいと……万が一技師長を出すということでしたら、実績をご考慮頂きたいと、そう思いまして……」

当麻は気分が悪くなった。塚本の目からかげりは失せたが、媚びの色が新たに浮かんでいる。

「分かりました。肝に銘じておきます」

澱《おり》のようなものが胸底に淀んでくるのを覚えながら、目は逸《そ》らさず当麻は言った。

「あ、有り難うございます」

塚本は媚びの色を更に深めて破顔一笑した。

松尾が本を手に、首を傾げながら戻ってきた。

「腹膜原発の癌細胞というのは載っていませんね」

松尾は開いたままの本を当麻の傍らに置いた。

「類似のものとなると、やはり卵巣癌しか……」

松尾がさし示す写真に見入って当麻は頷く。

「組織診の方は、まだだよね？」

「それは、固まらせないといけないので、明日以降になると思います」

「竹田先生は、木曜日だったよね？」

「ええ、昨日だったので、一週間後になりますね」

竹田とは西日本大の病理学教室の助教授で、週に一度、病理標本の診断に来てくれている。事の発端は大塩と松尾の働きかけだった。竹田は二人が勤めていた静岡の病院に月に一度病理標本の診断に遠路京都から出向いていた。大塩を頼って松尾が甦生《こうせい》記念に移ることに決まった時、先生もいらして頂けませんか、と竹田に持ちかけたのだ。

「栄子も一緒に来てくれるので病理標本は作れます。京都から車で一時間ちょっとで来れますし、症例もここより多彩で豊富のようですから、週に一度でも来て頂ければ。大塩先生に相談しましたら、当麻先生に話してみると言われて、すぐに快諾の返事をもらいました」

「それまで、その病院では細胞診や組織診はどうしていたのかな？」

「検査センターに出していたようです」

「そちらを急に断れるのかな？」

「それはもう、先生が来て下さる方が経営的にも遥《はる》かにメリットがありますから。当麻先生も、台湾の病院で知り合われた病理医が日本に来たがっている、日本の医師免許がないから民間病院では雇えないが、学術交流の名目で短期間でも来てもらえたら、とさえ考えておられたようですから」

こんなやり取りがあって、松尾が妻の栄子と共に静岡を去ってから竹田は甦生記念病院に来るようになった。高雄博愛医院《カオシユンボーアイ》の病理医　張博英《チヤン・ボーイン》は、当麻が台湾を去って甦生記念に戻ってからも時々便りを寄越し、何とか日本の病院で働ける手だてはないものか打診もしてきた。一度などは国際臨床細胞学会が京都で開かれているので、遅れ馳《ば》せの新婚旅行を兼ねて妻と一緒に来ました、と京都から電話をかけてきた。先生の病院を是非拝見したいのですが、と言って、湖西線で訪ねてきた。高玲玉《カオ・リンユー》を伴っていた。

週末で竹田は不在だったが、当麻は二人を大塩と松尾、それに栄子、更に若い細胞検査士に引き合わせた。張は何枚ものスライドを見て松尾とのディスカッションを半時間も楽しん

だ挙句、

「ここで働けたらいいですねえ。妻も日本に住みたいと言ってますし、琵琶湖沿いの景色、それにこの界隈《かいわい》、とても気に入ったようなので」

と嘆息交じりに言って当麻を困惑させた。

当麻は二人を吉野屋に伴い、大塩夫妻、松尾夫妻、それに細胞検査士も招いて歓待した。

酒が入ったこともあって、張は饒舌だった。しきりに王文慶《ワン・ウェンチン》亡き後の誠秀《チェンシュウ》と息子子文《ズウェン》の横暴振りを愚痴った。高玲玉が相槌を打ちながらも時にたしなめるように張の袖《そで》を引っ張った。

誠秀は兄亡き後の国会議員の補欠選挙に打って出て、文慶の地盤があるだけに易々《やすやす》と当選を果たし、子文も県会議員に当選した、文慶の息子文堂《ウェンタン》も県会議員に名乗りを上げたが、僅差《きんさ》で子文に敗れ、失意の日々を送っている、等々を話した。

翌朝張は玲玉と共にホスピスに翔子を見舞った。術中に採取した翔子の後腹膜の組織を診てくれた先生と奥さんだよと二人を紹介した。

「じゃ、私がこんな風になることもお見通しだったんでしょうね？」

翔子は精一杯の笑顔を見せて言った。張は困った顔をし、玲玉は涙ぐんだ。

「何でしたら」

と当麻は別れ際に張に言った。

「私の敬愛する陳《チエン》 肇隆《チャオロン》先生が高雄医科大学の教授になっています。ご紹介しましょうか？」

「ああ、陳先生は新聞で見かけます。でも、大学病院ならもう立派な病理の先生がおられるでしょうね。ひょっとしたら僕の知っている人が勤めているかも……」

「大学病院にポストがなくても、長庚紀念医院《チャングーン・メモリアル・ホスピタル》は他に幾つか病院がありますから、陳先生が紹介してくれるかも知れませんよ」

「そうですね。基隆《キールン》と台北《タイペイ》ですね。一度、下見に行かせてもらいます。その上で、改めてお願いに上がるかも知れません。どうか、奥さん、お大事に」

だがその後暫《しばら》く張博英からは音沙汰《おとさた》がなかった。クリスマスカードが贈られてきたのは翔子が亡くなった年で、博英は三歳ばかりの男の子を、玲玉は生まれて間もない女の子を胸に抱いた家族写真が刷り込まれていた。住所は変わっていないし、封筒は博愛医院のものだった。

当麻はふっと、張博英が身近にいたら小泉茂子の一件も気軽に相談できただろうにと思った。竹田の来るまでの六日間が惜しまれる。病理医もやはり常勤でいてくれたらと思う。あまたある鉄心会の病院で常勤の病理医を置いているのはほんの二、三で、五百床以上のベッド数を誇る大病院だけだ。

理事長の徳岡鉄太郎は病理の重要さをわきまえている。院長副院長を本部に召集して新設医科大学の構想を滔々《とうとう》と述べた折も、医学生のカリキュラムで基礎医学中欠かせないのは病理だけだと喝破した。

（そうだ！　医科大学が創設されたら、学術交流として張先生を招けるかも知れない！）

こんな考えも脳裏を掠《かす》めた。それにしても小泉茂子の治療法を早く決めなければと当麻は焦りを覚えた。

遠来の患者

竹田の診断日を待ち侘《わ》びている間にも小泉茂子の腹部はどんどん膨らんできた。腹水がたまってきたのである。

当麻は脇腹から針を刺してチューブに連結し、時間をかけて腹水を抜いた。

「ああ、楽になりました」

一時間かけて一〇〇〇ccも引けたところで、茂子は頬を弛《ゆる》めた。三十分後、更に一〇〇〇

cc引けたのを見届けて、

「じゃ、今日はこれくらいにしておきましょう」

と、まだ五〇〇ccは残っているなと踏みながら当麻は言った。蛙腹になっていた腹は、ほぼ平坦になっている。腹水は無論細胞診に回している。

「やはり前回と同様の腺癌細胞が出ています」

松尾からすかさず連絡が入った。

「僕も見てきます」

大塩が検査室に走った。入れ代わるように生化学の塚本から当麻に電話が入った。

「小泉茂子さんのCA125が凄い値になってます。今、伝票を持たせます」

CA125は卵巣癌の特異的腫瘍マーカーだ。先日の談判に手応《てごた》えを覚えて気を良くしているのだろう、塚本の口調は普段よりトーンが高い。値を聞かせてくれればいい、わざわざ部下に検査データを持ってこさせなくても、と返そうとした時には、もう受話器が下りていた。

「塚本先生から、当麻先生に至急お見せするようにとのことです」

ものの二、三分も経たず伝票を持ってきたのは、この春に検査技師の専門学校を出たばかりの女の子だ。当麻はまだ確《しか》とは名前を覚えていない。

「有り難う」

ちらと胸もとの名札を見やって「川口」の姓を確認したが、その容貌をしっかり捉えようとした時には踵が返って、若々しい黒髪が肩先で揺れた。

今度は彼女と入れ代わるように大塩が戻ってきた。当麻は検査伝票を見せた。

「三六五〇!?」

大塩が吃驚《きっきょう》の声を上げた。CA125の正常値は閉経後の女性では二五以下だから百倍以上の高値だ。

「卵巣癌以外でこんなにCA125が上がるものはありますか?」

「僕は経験ないが、腹膜癌でも上がるようだ」

「画像上も卵巣は異常ないようですから、やはり腹膜癌、ですか? 腹水もたまり出して癌細胞も見られますから、もう末期ですよね?」

「うん。唯一考えられる手だては抗癌剤だね」

「抗癌剤、ですか……」

大塩が意外といった目で当麻を見返した。

「焼け石に水、て感じがしますが……」

「そうかも知れない。しかし、似て非なるものだが、悪性リンパ腫は抗癌剤が奏功することがあるからね」

「ああ、確かにそうですね。僕も二、三例経験があります。一例は顎の下のもので顎下腺《がっかせん》の腫瘍かと思いましたが。もう一例は胃の上部大彎《だいわん》側に出来たもので、まだ三十代の未婚の女性で、胃を切りたくないと言うので、セルディンガー法で左胃動脈から抗癌剤を何度か注入したところ、ものの見事に消失しました」

「それは凄いね」

「ええ、咄嗟《とっさ》の思い付きだったんですが。でも、小泉さんのケースは手強《てごわ》いですよね。腹膜や直腸S状結腸まで圧排しているあのゴリゴリの腫瘍が消えるとはちょっと考えられませんが……」

「一か八かだね」

「腹腔に抗癌剤を入れる、というのはどうですか？　少なくとも腹水中の癌細胞は叩けるような気がしますが……」

「うーん、やはり血管から注入した方が効くだろうね。副作用はその分強く出るかも知れないが……」

「抗癌剤は、何を考えておられるんですか？」

「取り敢えずはカルボプラチンかな」

「まだ試験段階のようだが、患者の同意が得られるならタキソールもどうかなと考えてるが」

「一剤だけですか？」

「タキソール？　聞いたことないですが……」

「カルボプラチンと同じく、ブリストル社の製品だよ」

大塩が立ち上がり、ナースセンターの片隅のカラーボックスに向かった。ナース向けの医学書が何冊か並べられている。中から保険適用のある薬を収載している『今日の治療薬』を取り出して戻ると頁を繰り始めた。

「カルボプラチンは、卵巣癌、子宮癌……等に有効、とありますね」

ナース達も仕事の手は動かしたまま聞き耳を立てている。

テーブルの上の電話が鳴った。婦長の長池が受話器を取った。

「個室ですか？　相部屋ですか？」

電話の相手は外来のナースらしい。入院を要する患者が出たようだ。

「取り敢えず相部屋？」

長池が送話口を押さえて病室の空き状況に目をやった。大方の部屋には名札がかかっている。

「四人部屋が一つだけ空いてるけど、そちらでいいかしら？」

今度は外来のナースが電話をキープにしたようだ。付き添って来ている家人に打診しているのだろう。

沈黙が流れた。

「あなた方、食事に行っていいわよ。後は私がやるから」

何やら言いたげにテーブルの周りでモゾモゾしているナース達に長池は言った。

「でも、点滴か何かの指示があるんじゃないですか？」

菊地《きくち》則子《のりこ》が言った。

「あ……ちょっと待って……」

長池は受話器を耳に戻した。

「了解。それで、点滴の指示などは……？　えっ、イレウス管……？　はい、分かりました」

受話器を下ろすと、

「入室前にX線室へ直行してイレウス管を入れるんですって」

長池が菊地達に言った。

「何？　イレウス？」

『今日の治療薬』を繰っていた大塩が手を止めて長池に問いかけた。

「ええ。七十六歳の男性で、ここ二、三日何度も吐いてるそうです」

「ちょっと見てきます」

大塩が素早く腰を上げた。

「僕も指示を書き終えたら行くよ」

当麻が返した。長池は菊地達に向き直った。

「患者さんが入室したら忙しくなりそうだから、あなた方は先に食事に行ってきて」

「すみません。じゃ、イレウス管だけ用意します」

菊地が返したところでナース達は一礼してセンターを出て行った。


当麻がX線室に下りて行った時には、矢野がプロテクターをかけて撮影室に入っており、大塩と鈴村が遠隔操作室でモニターに見入っている。長池と若い技師の高木も背後に立って見ている。

当麻に気付いて大塩が立ち上がり、シャウカステンにかかっている腹部単純写真を指さした。

「幽門狭窄ですね。イレウス管、通って行かないようです」

「うん」

当麻はフィルムを一瞥《いちべつ》して頷いた。

「胃液を引けるだけ引いて、胃カメラだね」

胃液はざっと一リットルも引けた。患者をすぐ内視鏡室に運び、矢野がカメラを入れた。

モニターに映し出された映像に、一同は「オッ！」と小さく声を放った。

「ボールマンII型ですね」

矢野の言葉に、当麻と大塩、いつしか駆けつけていた塩見が頷く。

「ブルブスには入って行きません」

これにも一同は頷く。ドーナツ状の腫瘍の数ヶ所と、正常とみなされるそれより上部の胃粘膜を数ヶ所生検して、患者はX線室へ戻された。CT撮影のためである。

「終わったら中心静脈栄養《IVH》を入れるから、用意しといて」

CT室に患者を搬送したところで、矢野が長池に耳打ちした。長池は腕を返して時計を見た。

「もう一時を回ってますね。オペ患の前投薬《プレメディ》どうしましょう？　遅らせますか？」

午後は二件手術が入っている。一件は六十歳の男性の鼠径《そけい》ヘルニア。もう一件は北海道の札幌から当麻を頼って来た〝エホバの証人〟の女性で、四十四歳、妊娠十カ月程の腹を抱えている。妊娠子宮ではない。筋腫が巨大に膨れ上がったのだ。

患者が筋腫に気付いたのは二年前、下腹が何となく張るようになり、ある日、何気なくそこへやった手に〝しこり〟が触れた。癌でも出来たのではと心配になり、取り敢えず近在の内科医を訪ねた。

「消化器のものじゃないね」

エコーのプローブを下腹部にあてていた医者が言った。

「子宮筋腫らしいから、婦人科に紹介するよ」

紹介状を手に少し離れた総合病院を訪ねると、婦人科医は内診を終えて事もなげに言った。

「紛れもない筋腫だよ。子供の頭くらいあるが、取るのは造作ない。手術の予約、しておきますか？」

「手術以外に方法はないんでしょうか？」

子供は二人産んでいるが、体にメスを入れたことはない、それに自分は〝ある事情〟を抱えているから手術は避けたい、と患者は返した。

「ある事情、て……？」

医者が怪訝《けげん》な顔を返した。

「もし、手術をして頂くとしたら、輸血はしないでやって頂けるんでしょうか？」

医者の顔色が変わった。

「あなた、ひょっとして〝エホバの証人〟?」

「はい」

素直に答えると、医者は苦虫をかみつぶしたような顔を作った。

「筋腫のオペくらい、輸血無しでやれんことはないが、相当大きいからね、万が一ということもある。絶対に輸血無しで、ということなら、ウチでは引き受けられんからヨソを当たってくれないか」

〝ヨソ〟と言われても他に頼れそうなのは大学病院くらいだから、北斗《ほくと》大医学部附属病院にセカンドオピニオンを求めた。しかし、返ってきた答は同じだった。

大学病院で駄目ならもうどこを当たっても同じと諦《あきら》めた患者は、同じ信者仲間が食事療法とサプリメントを勧めてくれたのでそれに望みを託した。

だが、子宮は二年後には倍に増大し、下肢のむくみも出てきた。ストッキングを穿《は》くにも腹がつかえて難渋するようになり、見かねた娘達が教団の〝医療連絡委員会〟に何とかならないものかと訴えた。連絡網を辿った挙句、東京の関東医科大の羽島富雄《はじまとみお》教授に膵頭部の嚢胞や総胆管結石を無輸血手術してもらった信徒が何人かいる、しかし羽島先生はご自分が病気になられてもう手術はしておられない、たとえ復帰されても専門外の婦人科の手術には手をつけられないだろう、唯一頼めそうなのは、滋賀県の甦生記念病院の当麻先生だ、今、そちらの連絡委員に当たってもらっている、との情報が入った。待つこと数日、当麻先生が引き受けて下さるようだ、との朗報が入り、女性は、空路飛んできたのだった。

予定より三十分遅れで患者が手術台に横たわった時、スタッフ達は思わず息を呑《の》んだ。こんもりと下腹部を突き上げている子宮の大きさに驚いたのだ。

これまで何例もの子宮筋腫の手術を手がけている当麻だが、こんなに大きいのは初めてだ。皮下静脈は怒張し、メスを入れればドッと血が飛び散りそうだ。ましてや、これだけの子宮に出入りしている動静脈はさぞかし太く、うっかり傷つけようものなら多量の血が溢《あふ》れ出すだろう。第一、両手にも余るこれだけの子宮をどう支え持って手術を進めるのか？　さすがの当麻も難渋するだろうに、よくも引き受けたものだ——患者の腹をチラチラと流し見ながら、麻酔医の白鳥以下、スタッフ達の目がそう語っている。

これまでの子宮筋腫の手術は全例下半身麻酔で行っている。手術時間は一時間そこそこ、出血量も一〇〇ccで終わっていたからそれで充分だった。しかし、さすがにこの患者は気管内挿管による全身麻酔となった。手術予定時間は三時間と当麻は書いている。

「出血は、どの程度で済みそうですか？」

カンファレンスの場で大塩がやや不安気な面持ちで尋ねた。前立ちに指名され、責任の重大さを感じたからだ。自分の結んだ糸が万一緩むようなことがあれば大出血につながりかねない。

「何とか一〇〇〇cc以下に止めたいと思っているんだが」

患者のヘモグロビン値は幸い一四gある。一gは血液三〇〇ccに相当するから、一〇〇〇cc出ても三g強減るだけで一〇gは下らない。元より輸血は要しない。当麻の自信の程が窺われ、大塩はほっと安堵したが、当日はしっかり兜《かぶと》の緒を締めてかからねばと身を引き締めたものだ。

当麻はいつもよりゆっくりとメスを走らせた。これまでは下腹部の横切開であったが、それでは視野が充分でないと判断し、臍《へそ》を迂回《うかい》して上腹部にまで及ぶ縦切開を選んだ。

皮下へは電気メスで切り込む。普通の開腹では出血部をペアンで捉え、それに凝固用の電気を通すだけで止血を得られるが、この患者はそうはいかない。大塩と第二助手の矢野が捉えた血管は怒張して輪切りにされた切り口が見える程だから電気凝固では心許ない。3－0の糸で結紮《けっさつ》して行く。

薄く引き伸ばされた感じの腹膜から、子宮表面にこれまた怒張した血管が透けて見える。

腹膜はその表面に張りついているから、無造作につまみ上げたりすると静脈を損ないかねない。大塩は慎重に血管を避けて二本の無鉤鑷子《むこうせつし》で腹膜をつまみ上げる。当麻がクーパーを鑷子の間に入れる。巨大な子宮がヌッとばかり顔を出した。凸凹した表面、怒張した静脈がミミズのように脇を走っている。

「よくもここまで放っておいたものですね」

大塩がつくづくといった口ぶりで言って嘆息を漏らした。

「まだ閉経期に程遠いから、自然食とサプリメントで筋腫が小さくなるはずはないのに」

無言で頷き返した当麻は、大人の頭より大きい子宮を引き上げると、通常の三倍にも太くなっている頸部を右手に把握し、頭部は小脇に抱えるようにして自分の胸に押し付けた。

左手の自由はそれで奪われるが、頸部に回した手の指先は遊んでいない。右手に持った曲《ケ》がりペアン《リー》で子宮壁の血管をすくい上げる時、巧みに鉗子《かんし》の尖端を誘導している。

（この左手だよなあ。ここでもあ・うんの呼吸で右手と連動している！）大塩は感嘆の声を胸の奥で漏らす。

（このテクニックを会得しなきゃ）

筋腫化した子宮は血行に富み、基靭帯を頸部から小まめに剝《は》がしていくだけで、壁からジワジワッと血が滲《にじ》み出る。矢野が脇から吸引器をあてがっているが、ズルズルッという吸引音が途絶えることはない。

　大塩は結紮に追われる。腰を落とし、両手の指先に力をこめ、当麻のペアンが把持した基靭帯を締め上げる。

「出血量、ガーゼが一四六、吸引二二〇ccです」

　外回りの紺野がガーゼの秤量計と患者のベッド下の吸引瓶を見て告げる。白鳥が時計を見やって麻酔チャートに記入する。手術室のデジタル時計は経過時間二時間を示している。濃いピンク色を呈していた子宮の表面が血行を断たれて紫色に変わってきている。

　当麻は頸部を摑んだまま指先で頸部の疎性結合組織をそぎ落とし、子宮頸の腟部《ポルチオ》を指先に捉えると、

「触ってごらん」

　と大塩に言った。

「あー、ポルチオですね。もう、ここで切断できますね」

「僕にもちょっと触らせて下さい」

　矢野が身を乗り出し、指先を当麻の指の下に伸ばす。

「出血量、ガーゼ二五〇、吸引二八〇ccです」

　矢野が触診を終えるのを待っている隙《すき》に紺野が告げた。

「悠々ですね。もう余り出ませんよね？」

白鳥がチャートに記入してからひょいと顔を上げ、弾んだ声で言った。当麻が頷くより先に大塩がコクコクと顎を落としている。

矢野が上体を引いたところで当麻はペアン鉗子をポルチオの直下の膣壁に相向かう形でかけ、電気メスを走らせた。膣の内腔が開き、太いタコイボのようなポルチオが顔を出した。

「消毒」

「はい」

丘がイソジン液を浸した綿球をつけたペアン鉗子を大塩に手渡す。

「標本出まーす」

当麻の声に、丘が慌てて大きめの膿盆を差し出す。当麻と矢野が二人がかりで子宮をそこに移す。

「うわぁ、重い」

実際丘の両手は器械台に沈みそうになった。

当麻はペアンを膣の断端の十二時、三時、六時、九時の位置にかけ直し、二本を大塩に託す。四本のうち二本を左手に持った大塩は、当麻が引き上げている二本のペアンとの間にのぞいている膣腔に先の消毒綿を押し込む。

「三一二〇gあります」

丘から手渡された子宮を秤《はかり》にかけて紺野が上ずった声で言った。

「大分スリムになって帰れますね。ハローセン、切りまーす」

白鳥の声も弾んでいる。当麻のことだからまず大量出血につながるような血管の損傷はしでかすまいが、子宮壁を長大なイモ虫のように這っている青々と怒張した静脈を見た時は、万が一、ということも頭に閃《ひらめ》いていた。その緊張感から解放されて声が弾んだのだ。

膣の断端はラフに縫合する。ペンロースを念の為置くが、これは二、三日で抜去の予定だ。普通ならここで当麻は手を下ろし、閉腹は矢野と大塩に任せるところだが、巨大な筋腫に突き上げられていた皮膚は薄く伸び切ってしまってそのまま縫合したらたるみが生じてしまうから、余剰な皮膚を切り取ってやる必要がある。そのデザインを施してから当麻は手を下ろした。

「ヘルニアの患者さん、前投薬を打ってもらって」

紺野に指示する矢野の声を背に、摘出した子宮を持って当麻は「家族控室」に向かう。昨日から来て吉野屋に一泊していた患者の夫と、今日の午前中に大阪から来た〝エホバの証人〟の医療連絡委員会のメンバー二人が、リアルタイムで手術を映しているテレビから目を逸らして一斉に立ち上がった。いずれも四十代かと思われる、中肉というよりはやや痩せ気味の、人の好《よ》さそうな面々だ。二人はなじみの顔だ。これまで〝エホバの証人〟の手術の折に何度も立ち会っており、今回も〝折り入ってご相談が〟と、この患者の一件を持ち出してきた人物達だ。

「ご覧頂いた通り、無事に終わりました」

「仰ってた通り、三時間かっきりですね」

年長と思われる一人が腕の時計を見ながら当麻に破顔一笑してみせた。

「ええ、これまでの子宮の手術では一番長くかかりました」

「出血量は、どれくらいだったのでしょう？」

もう一人の信徒が尋ねた。ビデオは音声を消してあるから、紺野が逐次伝える出血量までは彼らに伝わっていない。

「六〇〇cc程度です。普通は精々二、三〇〇ccなんですが、何せ、これだけの筋腫ですから」

当麻は膿盆の覆いを取った。

「いやあ、テレビではもっと大きく感じましたが……」

リーダー格の信徒が言った。

「そうですね。血管ももうペチャンコになってますからね」

三人の中では一番年長と思われる患者の夫は寡黙な人物で唯《ただ》相槌を打つばかりだ。女房の腹がどんどん大きくなっていくのを黙って見ていたのだから、余程のお人好しに違いない。何せ、自然食で治すという彼女の言い分を二年余も聞き流していたのだ。

「ともかく、有り難うございました」

リーダー格の信徒が深々と頭を下げ、他の二人も倣った。

「これを見ても」

と、リーダーは改めて切除された子宮を見やりながら言った。

「当麻先生が引き受けて下さらなければどうなっていたかと思うと、ぞっとします」

弟格の信徒と患者の夫も大仰に頷く。

刹那《せつな》、ドアが開いて、紺野が顔をのぞかせ、検査伝票を差し出した。

「検査室です。先程の血算の結果です。白鳥先生が当麻先生にお見せするようにと」

Hbが一一g／dlとなっている。術前は一四g／dlだから三g／dl、出血量にして九〇〇cc相当の減少でガーゼカウントよりオーバーだが、意に介する程のことはない。点滴で血液が少し薄まって値が低く出ているものと当麻はみなした。

「大丈夫でしょうか？」

リーダーの信徒が少し不安気な目を流す。

「問題ありません。退院までに鉄剤を補えば失った血液は元に戻りますよ」

三人は安堵の表情を浮かべた。

患者は二週間後、

「すっかり身軽になりました。羽が生えて飛んで行きそうです」

と言い残して北の地へ帰って行った。

腫瘍マーカー

幽門狭窄を来した七十六歳の患者岡田伊助《いすけ》の手術は矢野が執刀した。

術前のCTでは他臓器に転移は見られず、胃周辺のリンパ節にも転移を思わせる目立った腫大《しゅだい》はない。

「不思議ですね。これほど大きいのに」

カンファレンスで話題になったのはこの一点だ。

「ボールマンⅢ、Ⅳは駄目だが、Ⅱ型はこういうことがあるよ」

当麻のコメントに、

「先生は経験があるんですよね？」

と、すかさず大塩が返した。

「関東医科大でね、何度もある」

「僕も修練士時代に一度似たケースを見てますが、一群のリンパ節には転移がありました」

大塩はいっとき羽島教授の門下生だった——と記憶が蘇った。同期生の藤城《ふじしろ》が音頭を取った羽島の生前葬の案内がこないとぼやいていたことも、つい最近羽島から届いた手紙の内容と共に思い出された。

その手紙は、かつて誰からももらったことのない、便箋《びんせん》三十枚にも及ぶ長文のものだった。末期癌の患者のそれとは思えない、闊達《かったつ》で大きな文字が躍っていた。一読して納得した。

腫瘍マーカーのＣＥＡが一五四〇にも達し、画像上肝臓の転移巣も増大するばかりで、もはやこれまでと覚悟し、これがお前と最後の旅行になるよと言って年末年始にかけ妻とオーストラリアへ四泊五日の旅に出かけたが、抗癌剤治療に力を入れている門下生が、一か八かで未承認のオキサリプラチンを試させて下さいと言うので身を委《ゆだ》ねたところ、意外も意外、ＣＥＡがどんどん下がり、三桁《けた》から二桁、更に一桁ギリギリの一〇まで低下し、画像上でも転移巣が消失した——と書かれてあったからである。

（しかし、正常値には戻っていない。癌は完全には消えていない）

「私の人生でもこれ程長々と手紙を書き綴《つづ》ったのは初めてです」

と末尾に書かれているように、正しく前代未聞の長文の手紙を認《したた》めるエネルギーに感服しながら、読み終えた当麻の胸に一抹《いちまつ》の危惧《きぐ》の念が残った。

手紙には「追伸」が書き添えられてあった。羽島の生前葬の帰途、ラウンジで相対した久《く》野章子《のあきこ》に放った疑問への、改めての答だった。

「久野君から耳に挟んだ昭和天皇のオペに対する君の疑問——私が執刀医に指名されて然《しか》るべきではなかったか、と言ってくれた由、嬉しく聞きました」

と書き出され、久野から聞いた通りのいきさつが綿々と綴られていた。

更には、六月に京都で開かれる日本癌治療学会でコメントを求められている。出られるようだったら是非貴君と一献傾けたい、と書かれてあった。

「十二指腸球部《ブルブス》にゆとりがありますね」

矢野のややトーンの高い声が当麻の脳裏から羽島の幻影を払った。

「リンパ節も、腫れてないようですが……」

当麻の横で第二助手に就いた塩見が言った。

「そうだね。ひょっとしたら、I群にも転移《メタ》はないかも知れないね」

「でも、R2がいいですか？」

R2とは深部のII群のリンパ節まで胃と共に一括切除する手術だ。

「うん、一応それで行こう」

「縫合《アナスト》はどうでしょう？　B－IIが無難ですか？　B－Iでも行けそうですが……」

B－IIとはビルロートII法のことで、十二指腸を球部で切断、縫合閉鎖し、胃と小腸の上部の空腸とを吻合する方法だ。B－IのビルロートI法は、球部を閉じず、その断端と残胃をつなぐ方法で、生理的にはこちらの方が理に適《かな》っているし、手間も省ける。

当麻は腫瘤と球部を丹念に触診し、ややあって断を下した。

「B－Iで行けそうだね。もう少し剝離《はくり》すれば二センチはのりしろが得られそうだ」

「はい」

矢野が何とか無難にR2の手術がこなせるようになったのは最近になってだ。それまでは、胃に分枝を出す腹腔動脈周囲のリンパ節や結合織の郭清《かくせい》の段階に至ると途端に手の動きが鈍くなり、見かねた当麻がイニシアティブを奪うことが専らだった。明らかに転移を思わせる腫大したリンパ節に遭遇すると、剝離用のペアンを持った手が震え出し、いっかな先に進まない。それが漸《ようや》く、半年程前、早期胃癌でリンパ節転移が考えられない患者の手術を任せたところ、淀みなくスイスイと手が動いた。

「転移のあるリンパ節は不気味で、うっかり傷つけて癌を散らしちゃいけないと思うから余計緊張してしまうんですよね。その点、今日は気楽にできました」

いいオペだったよ、と術後に褒めると、矢野は嬉しそうにこう返した。

岡田伊助の手術もスムーズに運んでいる。

横行結腸から胃の大網《だいもう》を分離し、前後二葉から成る結膜間膜の前葉《ぜんよう》を後葉から剝がして行くと胃の裏側で膵臓前面の薄い膜につながる。これを膵臓の実質から剝がす段階で手が止まり、マスク越しにも嘆息を漏らすのが聞こえたものだが、前回の手術ではそれもなかった。当麻や大塩が大胆にクーパーの刃を閉じて膵臓の被膜の下に差し入れるのを何度も見て会得したのである。

術後の経過も順調だった。五日目にガスが出て、透視で吻合部にリークが無いことが確認され、流動食が始まった。ドレーンも翌日抜去、患者はトイレに立つのはもとより、院内の散歩も独りでできるまでになった。

八日目には手術創の抜鉤《ばっこう》を行い、二週間後にはいつ退院してもよいと家人に告げた。

退院の当日、迎えに来た岡田の長男が、お礼旁《かたがた》折り入ってご相談したいことが、と言って当麻に面会を求めてきた。

「実は、お袋のことなんですが」

　副院長室で相対するや、息子はおずおずと切り出した。岡田伊助の妻を見たのは一度限りだ。小柄で痩せて色の黒い、六十代後半と思える女性だ。

「もう五年来人工透析を対岸の湖東日赤で受けています。送り迎えが大変で、ワシと嫁が交代でやってますが、嫁も女の血の道とやらで月に何日かは体調が思わしくなく、そんな時は専らワシが送り迎えをやってます」

　岡田の妻のくすんだ土色の顔色の原因に思い当たる。地黒ではなく、腎不全で長年透析を受けている患者に特有の色素沈着のせいだ。

「お母さんは糖尿病がお有りで？　それとも、慢性糸球体腎炎で透析をやるようになったんですか？」

「糖尿病はないんで、後の方だと思います。清水先生にかかってたんですが……」

　清水は湖西町内の開業医では一番患者が多い。甦生記念病院にもしばしば患者を送ってきて、自分の診断が正しかったか否か、ＣＴやＭＲＩの画像も見にくる熱心な医者で、当麻が戻って来たことを喜んでくれた一人である。

「一カ月程前、ワシがインフルエンザにかかって清水先生に厄介になった時、お袋のことを相談したんです。嫁の体調が思わしくない上に、ワシも農繁期ともなればお袋を隔日に湖東日赤へ送り迎えするのが難しくなる。自宅で透析をやる方法もあるそうだが、どんなものかって。そうしたら、それもいいが、いっそひと思いに腎臓を取り換えるという方法もある、甦生記念で当麻先生が始めてもう何人も成功しているから、相談してみたらどうか、と言われまして」

清水は当麻の腎移植成功の記事が載った京阪新聞や滋賀日日新聞の切り抜き記事を持ってきて岡田に見せたという。

滋賀日日のそれは、元事務長島田三郎の腎移植を取り上げたものだ。当初デスクは、当麻の脳死肝移植の特ダネを京阪新聞に出し抜かれた、腎移植はもう何年も前からやられていて事新しいことではない、トップニュースにもならないだろうから、と乗り気を示さなかったが、出向いてきた記者の寺谷は当麻の手術に始めから終わりまで食い入るように見入っていた。

暫くして、寺谷の伯父《おじ》という人物が妻に伴われて当麻を訪ねて来た。甥《おい》から腎臓移植の件で一度ご相談するようにと言われまして、と前置きしてから、こちらの病院の元事務長様が奥様から腎臓提供を受けられて命拾いされたとのお話を甥が書いた新聞記事を読んで感銘を受けました、長年透析に通っております湖東日赤では腎臓移植という選択肢があるなどとのお話は一度も聞かされませんでしたので、〝目から鱗《うろこ》〟の思いでした、妻が私の腎臓をあげてもいいよと言ってくれましたので、ご相談に伺った次第です、と続けた。話はトントン拍子に進み、一カ月後に腎臓移植の運びとなったが、転院に際して一波乱があった。湖東日赤の主治医の患者離れが悪かったからだ。透析患者一人で月に百万円の収入が病院に入る。透析部門は経営難の病院にあってドル箱的存在で、一人でも失いたくなかったのだ。

どこで腎臓移植を受けるのかと問われ、甦生記念病院でと答えると、あそこは最近始めたばかりで大した実績もない、当麻医師は法律で認められていないのに敢えて脳死者をドナーとして肝臓移植に踏み切った、いわば第二の和田寿郎とでも言うべき目立ちたがり屋の異端児で、果たせるかな、マスコミのバッシングを受けて日本を逃げ出した男だ、消えてくれてやれやれと思っていたら、甦生記念がつぶれて鉄心会に買収されたのをキッカケに日本に舞い戻ってきた、同じ穴のムジナの徳岡鉄太郎を頼ってきたんだろう、何にしても、彼は肝臓移植はもう手がけられないと悟って、腎移植で売り込もうとしたんだ、透析は手間かも知れないが、それで二十年、三十年と生きながらえることができるようになった、あなたはもう六十三歳、このまま透析を続けていれば天寿を全うできるじゃないか、移植術はまかり間違えば〝拒絶反応〟で呆気《あっけ》なく命を落とす危険性を孕《はら》んでいる、当麻さんの甘い言葉をあんまり真に受けない方がいいよ、等、さんざ嫌味を言って翻意を促した。

さすがに心配になって甥にかくかくしかじかと相談すると、僕の調べたところでは、透析だって色々なアクシデントがある、段々年を取るにつれてその頻度は増し、天寿を全うできる患者は限られている、日赤の人工透析に携っているのは外科医だから、当麻先生のことも当然知っていて、その盛名をやっかんでそんなことを言ってるんだ、当麻先生に取材して教えられたことは、腎臓移植は肝臓移植より技術的にはるかに易しいし、レシピエントはもとより、ドナーの負担も少ない、術後の拒絶反応も肝臓移植に比べて少ない、万が一駄目だったらまた透析に復帰することもでき、命取りになることはまず無い——等、懇々と諭され、納得して引き下がった。

妻とは血液型も符合し、手術も術後経過も問題なく過ぎた。

「いやあ、万が一のことがあったら、手術を勧めた僕の責任だと思って、内心穏やかならぬものがあったんですが、リアルタイムのビデオはいいですね、スムースな先生方の手の動き、手術の捗《はかど》り具合を見ているうちに、あっという間に時間が過ぎました。この前は手術室の生の現場を立ちっ放しで見学していただけに、さすがに疲れましたが……」

手術当日、始めから終わりまで家族控室でビデオに見入っていた滋賀日日新聞の寺谷は、手術を終えて控室に入ってきた当麻に安堵の面持ちでこう言った。

寺谷は早速その見聞記を書いた。それを読んだと言って何人かの透析患者が当麻を訪ねてきて移植を受けた。

島田三郎は心機一転、京都に近い宇治に移り、当麻の口利きで鉄心会系列の病院の医事課に就職口を得た。持病の糖尿病はそこの内科で診てもらっているが、移植後のフォロースタディに三カ月に一度当麻の外来を訪れている。すっかりスリムになり、血糖値も安定していて、血糖降下剤も一剤で済んでいるという。

手術患者は次々と軽快退院して行った。当麻の当面の気懸りは、メスを入れられない「腹膜癌」の患者小泉茂子だ。カルボプラチンとタキソールの抗癌剤治療を始めて二クール目になる。

食欲は落ち、吐き気も訴え、髪も抜け始めたが、健気《けなげ》に耐えている。

「父は早くに亡くなりましたが、九十歳に近い母が残っています。足腰が弱って外出もままならないので退職後は私も世話を焼いてきました。妹が一緒に住んでくれていますが、母は頭はしっかりしていて、私がこんな風になってしまったことをとても心配してくれています。母より先に逝くことはできません。何としても生きたいのです。そのためにはどんな苦しい治療にも耐えます」

ある日の回診の折、小泉茂子は切々とこう訴えた。回診に付いていた長池幸与と菊地則子がもらい泣きした。

抗癌剤治療を始める前に、小泉茂子はもう一度腹水を抜いている。二〇〇〇cc引けた。

「楽になりました」と茂子は微笑んでみせたが、食べていないこともあって、更に一段とやつれた面持ちだ。

「癌細胞を濾過《フィルトレーション》して腹水を戻す手だてもありますよね？」

カルテカンファレンスで小泉の腹水が話題になると、大塩がこう発言した。

「毎週二〇〇〇ccも抜かなければならない状況が続くようだったら、考えなくちゃいけないね」

癌細胞を含んだ腹水を血管に流したらそれこそ癌が全身に広がるが、癌細胞は赤血球や白血球よりも数倍大きいから、特製の濾過装置に腹水を通せば癌細胞だけ除去できる。癌の治療そのものにはならないが、徒らな蛋白の喪失を防ぎ、僅かでも消耗を遅らせるという点では意味がある。

だが、それから一週間経っても小泉茂子の腹は膨らんでこない。腹水はたまらなくなっている。

「おーっ！」

カンファレンスのさ中に、「塚本先生が至急お見せするようにとのことです」と言って例の若い検査技師がナースセンターに馳せてきて手渡した伝票を受け取った大塩が、目を丸めて大きな声を放った。

「小泉さんのＣＡ１２５、一桁下がりましたよ！」

一同が大塩の手許を流し見る。

「ほー、三四五!?」

当麻も手渡された伝票をのぞき込んで感嘆の声を放つ。

「抗癌剤が効いてきたね」

「道理で腹水がたまってこないはずですね」

矢野の声も上ずっている。

「小泉さんの前向きな姿勢もプラスになってるんでしょうね」

長池の言葉に一同が相槌を打つ。

小泉茂子は日に日に目ざましい回復を見せた。更に一カ月も経つと、腹水は画像上からも消えた。直腸と膀胱を圧迫していた腫瘤塊もみるみる小さくなった。当初の大小便の訴えも無くなっている。

回診の折、当麻は小泉の直腸を指診して驚いた。あれ程るいるいと触れていた腫瘤が跡形もなく消えている。

「まるで悪性リンパ腫並みですね。こんなこともあるんだ」

シャウカステンに並んだＭＲＩの、入院時と今回の画像を見すえて大塩が言った。

「食事もほとんど綺麗に平らげておられます」

長池がカーデックスの食事の欄を指さした。

「そろそろ退院できるかしらと言ってますが……」

当麻は頷いた。

「できるよ。もういつでも。後は外来でやれるだろうから」

「じゃ、患者さんに希望日を聞いておいていいですか？」

「うん」

小泉茂子は一週間後、〝大安〟の日を選んで退院した。昼食の食堂でそれが話題になった。

「僕は〝仏滅〟の日でいいんじゃないかって言ったんだけど」

矢野の言葉に、

「えーっ、どうしてですかあ？」

若いナースが口を尖らせた。

「おめでたいことは〝大安〟の日って相場が決まってますよ。特に田舎では」

「へーえ、君達のような若い人でもかつぐんだ」

矢野が剽軽《ひょうきん》に眉を吊り上げてみせた。

「だって……どうして〝仏滅〟でもいいんですか？　ねえ、塩見先生」

「それはね」

矢野は残ったライスをかき込み、茶を一口二口飲み干してからおもむろに言った。

「実は、当麻先生の受け売りなんだ」

「当麻先生が……？　仏滅に退院するのがいい、ですって？」

「あ、いや……君も覚えてるだろ？」

矢野に振られて塩見は目をパチクリさせた。

「何を、ですか？」

「この前腎移植をした岡田伊助さんの女房に当麻先生が手術日をいつといつと話した時、彼女は咄嗟にカレンダーを手に取って、あ、その日は仏滅ですね、変えてもらえませんかって言ったろ」

「あー、思い出しました」

ナース達の目が塩見に移る。

「確か、朝から時間が取れるのはその日しかないから、と仰って……」

矢野が相槌を打つ。

「手術を受ける人にとって〝仏滅〟は悪い日じゃない、仏様が代わって死んで下さるから、患者さんは助かるんだよ——でしたか？」

「そうそう」

矢野が、どうだい、分かったかい、そういう訳だよ、という顔をナース達に向けた。

「何かこじつけ臭いけど、でも、そうなのかなあ？」

ナースの一人が同僚に問いた気な目を送った。

「ま、嘘か本当かは分からないけれど」

矢野が二人に向き直った。

「岡田さんの女房がそれで納得して仏滅の日に移植を受けたのは事実だからね」

私生児

江梨子が塩見とのデートを終えて帰宅し、二階の自室に上がろうとした端、話があるからリビングへ来るようにと、父の泰造《たいぞう》に呼び止められた。

着替えを済ませて下へ下りて行くと、泰造と母親の重子《しげこ》、それに弟の秀樹が並んでソファに腰掛け、申し合わせたように気難しい顔を江梨子に向けた。

「どうしたの？」

厭な予感を覚えながら、江梨子は強いて陽気に言った。

「何だか、深刻な家族会議が始まりそう」

ソファは三人で一杯だから、江梨子はテーブルを挟んで相対する位置のカーペットに横座りする。

「あれっ、何見てるの？」

テーブルの上に見かけぬ書類のようなものが広げられている。

重子がついと席を立った。

「コーヒーは飲んできたでしょうから、お茶でいいわね？」

隣のダイニングルームに向かいながら重子が言った。

「ええ……」

と返して江梨子はテーブルの上の書類を手に取った。

「あら、戸籍謄本じゃないの。誰の？」

一旦《いったん》閉じたそれを開きかけた時、秀樹が上体を倒して刺すような視線を江梨子に注いだ。

「姉ちゃんが付き合ってる医者の謄本だよ」

「塩見先生の……!?」

江梨子は秀樹に、次いで父親の泰造に視線を返した。

「困ったものだ」

先刻から胸に組んだままだった腕を解《ほど》いて、泰造は江梨子が開いた謄本を指さした。

「彼は、母一人子一人だって聞いたが、そうじゃないんだ」

江梨子は父親の指の先に目を凝らした。

「塩見というのは母親の姓で、父親は別姓の熊川大介だ」

「両親は離婚したってこと？」

「そうじゃないよ」

秀樹が膝をボンと叩いて声を荒らげた。

「両親は不倫の仲で、塩見悠介はその間に生まれた子、ってことだよ」

「庶子、つまり、認知はされているが、私生児ってことだ」

泰造が駄目を押すように続けた。

「待って」

江梨子は瞼を閉じ、手を上げて二人を制すると、両のこめかみに親指を押し当てた。

重子は故意にゆっくり湯を沸かしながらリビングの様子を盗み見ている。

「どうして、彼の謄本がここにあるの？」

江梨子は瞼を伏せ、こめかみに手をあてがったまま言った。額にうっすらと青い静脈が浮き出ている。

「虫の知らせっていうかな。なじみの司法書士に取り寄せてもらったんだ」

「そんな……」

江梨子は声を詰まらせた。目尻に涙が溢れ出ている。

「調べてもらってよかったよ」

秀樹がクールに言い放った。

「そういう素性の人が僕の義兄になってもらっては、ちょっと困るし……後で分かってもそれこそ〝後の祭り〟だったからね」

「あたしは」

目尻を拭い、唇をかみ直してから、弟の方は見ず、江梨子は父親を見すえた。

「この、熊川大介という人と結婚するんじゃない、塩見悠介と一緒になるんだから」

「そうはいかんよ」

泰造が気色ばんですかさず返した。

「生憎お父さんは、この熊川大介という人を知っている。私の部下達もね」

「どうして？　何故《なぜ》知ってるの？」

「昔、プロパーをしていた頃、何度かこの人と面会している。大阪の比較的大きな民間病院の内科部長をしていたからね」

「つっけんどんで、尊大な人だったんだよね？」

秀樹が脇から言い添える。

「ウム。医者は大概そうだが、この人の印象もよくなかった。面倒臭げで、早く引き揚げろ、と言わんばかりの顔をしていたよ」

「そういう人と親戚になるのは嫌だよね。滅多に会うことはないだろうけど」

「彼は、父親がこういう人だってこと、つまり自分が私生児だってことを、お前には話してないよね？」

息子には頷きを返しただけで、泰造は江梨子の顔を見詰める。

こめかみの指を目尻に移すと、こぼれかけた涙を拭って、江梨子は無言で立ち上がり、つながっているダイニングルームとは別の出入口に走り寄った。

「待ちなさい、江梨子！　まだ話は終わってない！」

泰造の叫び声も、ドアをバタンと勢いよく閉めた音にかき消された。


「今度の日曜日」

国道一六一号線沿いのいつものレストランで落ち合って食事を終えたところで、江梨子はおもむろに口を開いた。

「うん……？」

塩見が訝った目を返した。

「もし一日空いてたら、先生のお宅へ連れて行って」

「また急に、どうして？」

虚を衝かれたように塩見は目を瞬いた。

「急、じゃないわ」

江梨子の方は瞬きもせず相手を見すえる。

「この前はあたしの両親に会って下さったでしょ？　だから、今度はあたしをご両親に紹介して下さってもいいでしょ」

塩見はまた目をパチクリさせたが、言葉は出てこない。取り繕うように、ほとんど空になっているコーヒーカップを口もとに運んだ。

「高槻まで、片道三時間かしら？」

塩見の実家は、戦国時代の切支丹大名高山右近のお膝元高槻にあり、父親は地元の医科大学の出身で某民間病院の内科部長、とまでは聞いている。母親のことは分からない。

「父はさておき」

通りすがったウェートレスにコーヒーのお代わりを注文してから、塩見はおもむろに江梨子に向き直った。

「母は土、日が一番忙しいらしいんだ。平日しか休みを取れないって……」

「お母様は、お勤めなの？」

年齢は定かには聞いていないが、二十七歳の塩見の母親なら五十歳にはなっているだろう。

「うん……」

「どんなお仕事？」

「よく、知らないんだよ」

塩見の目がかげった。

「ホテルの接客業らしいんだが……」

新たなしこりが胸の奥に巣食った。

父の泰造に塩見の戸籍謄本を見せつけられて眠れぬ一夜を明かした江梨子は、出勤はしたものの心ここにあらずのまま半日を過ごした。塩見にすぐにも問い質《ただ》したい衝動に駆られながら、その日塩見の姿は捉えられなかった。夜、自宅に戻り、自室に閉じこもったところで塩見の携帯に電話をかけたが、三十分置きに三度かけても出ない。四度目、午後十一時近くかけた電話が漸く通じた。

「ご免ご免、手術が長引いて。携帯はオペ室のロッカーに入れたままだったものだから」

明るい弾んだ声はいつも通りで、うしろめたい〝私生児〟の影などまるで感じさせない。その齟齬《そご》に戸惑っているのは自分の方だ。

「今度はいつ会えるかしら？」

自分からデートを催促することはこれまで一度もなかった。塩見の日々のスケジュールが定まらないから、塩見の方から空いた時間にかけてくるのが常だ。病院内で二人だけになれる時間は滅多にない。たまに医局でそんな時間が取れるとしてもほんの数分で、デートの時間と場所の確認をする程度だ。

平日のデートは手術日以外に限られているが、緊急手術が入って行けなくなった、と塩見からメールが入ることも度々ある。

「携帯が無かった頃は大変だったでしょうね」

そんなメールが二度程続いた後のデートで塩見と相対するなり言ったことがある。

「女の人は待ち惚《ぼう》けを食わされたでしょうから、何度もそんなことが続いたら、ああ外科のドクターとはもうお付き合いできない、って見切りをつけた人もあったでしょうね」

「そうだね」

塩見は素直に答えた。

「僕らはいい時代に生まれたよね」

今夜のデートの確認も、昼食を終えた塩見が、午後から二件入っている手術に備えて仮眠を取るため医局に戻ってきた時を捉えてのものだ。

「六時には終わると思うから、七時半には行けると思うよ」

三日前、四度目のコールで漸く出た塩見が返した言葉だ。

「尤も、緊急手術が入らなければだけど……」

これはいつもながらの念押しだ。時々その念押し通り土壇場でキャンセルを知らせるメールが入ったから、今夜も病院を出る直前まで気が気でなかった。

この三日間、気が遠くなる程長かった。医局で塩見を見かける度、呼び止めて十分でも二十分でも二人だけで話したかったが、医局のデスクにじっと腰をすえたりソファで雑誌を読んだり雑談に耽《ふけ》っているのは他科の医者ばかりで、塩見を含め、矢野にしても大塩にしても、今姿を見たと思ったら二、三分後には医局から消えているのが常だ。当麻は普段は副院長室にいるから、たまに姿を見せるのは医局の医学雑誌を見に来る時くらいだ。

父の泰造に塩見の戸籍謄本を見せつけられて以来、江梨子の目に映る塩見は変わった。屈託なく、明るい青年で微塵《みじん》も〝私生児〟を思わせなかったが、事実を知ってからは、何となく影を引き摺《ず》っているように映った。医局で鉢合わせをしてもまたあたふたと出て行く塩見は、ひょっとして自分に出自を知られたと勘づいて逃げているのでは？　とさえ思われた。三日前のデートの約束も、何やかやの口実を設けて反古《ほご》にする腹づもりではないか、と。当日になって、漸く昼時に医局に姿を見せた塩見に、「今夜、七時半ね？」と囁《ささや》くと、「ああ、行けるよ」と真《ま》っ直《す》ぐこちらを見て素直に返してくれたことに、かえって戸惑いを覚えた程だった。


「お母様はいらっしゃらなくてもいいわ」

少し言い淀んでいたが、意を決して江梨子は言った。

「お父様だけでも、お会いしたい」

即答が返らない。塩見は視線を落とし、ウェートレスがコーヒーを注ぎ入れたばかりのカップに手を伸ばした。

「お父様は、日曜日はいらっしゃるんでしょ？」

江梨子は視線の落ちた相手の瞼を見すえる。

「父も――」

二口三口コーヒーをすすると、カップを置いて、塩見はおもむろに瞼を上げた。

「日曜日はほとんどいないよ。ゴルフに出かけてしまうから」

「あたしがご挨拶したいと言っている、と言って下さっても駄目なの？」

「うん……多分……」

「そんなに、ゴルフがお好きなの？」

「それより、江梨子さん」

「えっ……？」

「君のことを、父はもとより、母にもまだ言ってないんだよ」

目もこちらに据えられていない、手も落ち着きなくカップの持ち手に指を絡めたり離したりしている、これまでのデートでこんな風にこちらの視線を眩しそうにしている塩見を見たことはない。

「じゃ、いつ話して下さるの？」

「研修医を終えて、進路がはっきり決まってから、かな？」

「じゃ、来年の、春……？」

「うん」

塩見は事もなげに頷く。

「進路は、もう決まってるんでしょ？　僕は母校や他の病院に行くつもりはない、て、高橋先生が辞めた時、仰ってたじゃない」

塩見と共に二年間は甦生記念病院で研修生活を行うと思っていた高橋が、二年目に入ったこの春突如心臓外科の雨野厚に弟子入りすると言って千葉北の鉄心会病院に移った時、江梨子は不安に駆られた。ひょっとして塩見も足並みを揃えるのではないか、と。

「それは、変わってないよ」

やや間を置いて塩見は言った。

「外科医になると決めたし、当麻先生を始め、皆いい人達だから、ずっとここにいようと思っている。君もいることだし……」

「あたしのこと――」

左の乳房の下で心臓が高鳴った。それを鎮めようとして江梨子は思わず口ごもった。

塩見が「うん？」とばかり訝ってみせる。

「あたしのこと――」

自分でも聞き取れなかったような気がして、江梨子は繰り返した。

「君のこと……何？」

「真剣に考えて下さっているの？」

「勿論だよ」

左の胸が痛い程弾んだ。

「結婚、のことだよね？」

「ええ」

「それは、もう少し先でいいよね？」

「どれくらい、先……？」

「うーん……」

塩見はチェアに背をもたせかけて腕を組んだ。

「だから」

腕を組んだまま塩見は左手で顎をしごいた。髭《ひげ》の剃《そ》り跡が青々として、江梨子の好きな造作の一つだ。

「どんなに早くても来年の春だよね」

遠い先に思われた〝来春〟が、打って変わって切迫したものになった。

「じゃ、結婚の間際にならないとあたしをご両親に紹介して下さらないの？」

塩見は腕を解いた。次の刹那、両腕はテーブルに移り、肘《ひじ》をついた塩見は両手を組んでそこに顎を乗せ、江梨子を見すえた。

「一つ、提案したいことがあるんだ」

心臓がまた音をたてた。江梨子は身構える。

「結婚はするけど、形式張った式や披露宴はしたくないんだ。それでもいい？」

「いいわよ」

一つ、大きく頷いてから、江梨子は唇を開いた。

塩見が〝意外！〟といった目を返した。

「あたしも、同じことを考えていたの」

「入籍だけでいいって？」

「ええ」

「でも、ご両親は納得してくれないんじゃないかな？　製薬会社のお偉いさんとなれば、一人娘の披露宴は盛大にしたいと思っておられるんじゃない？」

「そういうのは、弟の時にしたらいいわ」

「でも、親御さんは娘の花嫁姿を見たいだろうし、君だってウェディングドレスを着てみたいだろうに、どうしてそんなにあっさりと……」

「ウェディングドレスは着たい」

江梨子は塩見の語尾を奪い取り、切り返すように言った。

「どこかで、そう、ハワイかバリ島へ行って、二人だけで式を挙げましょ。ちゃんと正装して。あたしの友達で、そうした子がいてよ」

「なる程、名案だね」

塩見はテーブルから肘を外して椅子に背をもたせ直すと、改まったように居ずまいを正した。

「でも、江梨子さん」

「はい……？」

「何故僕が結婚式や披露宴をしたくないか、理由を聞かないの？　あんまり素直に同意してくれたんで、かえって拍子抜けしてしまったよ」

「理由は、仰ったじゃない？」

「えっ、何て……？」

「だから、形式張ったことはしたくない、って」

塩見は絶句の体で江梨子を見返した。

外科医の敵

「先生、とんでもない本が出ましたよ」

地下の食堂で当麻が遅まきの夕食を摂っているところへ、グリーンの手術衣の上下に白衣をひっかけたいでたちで大塩があたふたと駆け込んできた。今夜は当直だから大塩も食事を注文してある。

「これです。ご存知ですか？」

手にしていた本を当麻の目の前に置くと、食器棚から自分の食事のトレーを引き出して、大塩は真向かいに腰を下ろした。

「ああ、新聞に大きく広告が出ていたね」

「こんなの、許せますか？」

手にした箸《はし》の先で『もう癌と戦うな』のタイトルをなぞりながら大塩はいきまいた。

「手術は無用！　抗癌剤の九〇パーセントは無意味、癌検診は無駄――か」

当麻は帯のキャッチフレーズを声に出した。

「過激だね」

「先生、そんな悠長なことを！」

大塩の鼻息は荒い。

「ゆうべ一気に読んだんですが、もう、腹が立って腹が立って、興奮して眠れませんでしたよ」

「この菅元樹《かんもとき》というのは、確か、慶京大学の放射線科医だよね？」

「そうです。癌治療の第一選択肢は放射線照射《イラディエーション》だと、我田引水的なことばかり書いてるんですよ」

「ま、癌によってはそういうものもあるけどね」

「子宮頸部癌や前立腺癌くらいでしょ？」

「あと、頭頸部の癌かな。抗癌剤は効かないし、手術をすれば人相が変わってしまうからね」

「そうですね。でも大部分は手術が第一選択ですよね。ところがこの本では」

大塩は『もう癌と戦うな』を指で叩いた。

「十年前に死んだテレビのニュースキャスターの玉川千秋を引き合いに出して、放射線治療を最初にやっていればまだしも延命できたものを、いきなりオペをやってしまい、術後の感染症で呆気なく逝ってしまった、などとほざいてるんですよ」

「ま、確かに一理はあるが……」

「〝がんもどき論〟なんてものを振りかざしてるんです」

「それは、どんな？」

「癌には本物の癌と癌もどきがある。転移の有る無しで分かれる。転移があるものは何をやって手遅れ、無いものは癌に似て非なるもので、放っておいても進行癌にはならない。つまり、早期癌と騒いでいるものがそれで、外科医は早期癌を見つけるとすぐに切ってしまうが、手術のミスや合併症で命を落とす確率の方が高い……」

「なるほど」

「胃癌のオペでR１（表層のI群のリンパ節を郭清する手術法）とR２（深部のII群のリンパ節を郭清する手術法で難度が高い）では何ら生存率に有意差は無いと、欧米のくじ引き試験（Aの治療法を選ぶ者とBの治療法を選ぶ者を分け、その治療成績を比較する方法）では実証されてるのに、日本の医者は、いや、外科医は、R２こそ腕のふるい所とやたらリンパ節を取りまくり、血管や神経を傷つけて、術後の由々しき合併症を引き起こしている……」

「外科医を目の敵にしているんだね」

「オペばかりじゃありません。抗癌剤にも矛先を向けているんです。しょっぱなから」

大塩は食事そっちのけでいきまいている。箸は持ったまま、左手で本をめくる。

「ほら、見て下さい。しょっぱな、第I章のタイトルがこれですよ」

当麻は自分の方に押しやられた本に流し目をくれる。

「抗癌剤は効かない――か？」

「『アメリカで癌と生きる』という本を書いたフリーランスのジャーナリスト仙波《せんば》美子《よしこ》さん

を引き合いに出してるんです」

「彼女は確か、乳癌だったよね？」

「ええ、四十歳で左乳房の癌を発見され、手術を受けています。十カ月後に乳房再建術をしています。アメリカにいたから、一歩先んじていたんでしょうね。日本だったら、切られっ放しだったでしょうから」

「そうそう、それで思い出した」

当麻は箸を置いた。

「菅さんは確か、乳癌に対して日本の外科医は悉《ことごと》くハルステッド手術（乳房とその下の胸筋を諸共《もろとも》切除する手術法）を金科玉条にしているが、女性美をいたく損なうことで欧米では疾《と》うに唾棄《だき》されているのに、といったことをあるジャーナル誌に書いて注目されたんだよね」

「そう、らしいです」

「その点では僕も同感だよ」

「だから先生も、仙波さんが受けた乳房再建術を早くになさるようになったんですよね。それも、仙波さんが受けた二期的（間隔を置くこと）ではなく、一期的（同時に行うこと）に」

「うん、奄美大島の佐倉先生も、ハルステッドではいかんと、再建術を始めたお一人だ」

当麻の脳裏に、ついこの前琵琶湖に富士子と共に散骨した江森京子の顔が浮かんだ。京子は確か右の乳房の癌だった。まだ二十代の後半で、若々しく美しかったであろう乳房を失った。乳房のみか、胸筋も切除するハルステッド法を受けていた、と、遠山を西日本大学病院に訪ねた折見せてもらった京子のカルテで知り、愕然《がくぜん》とした。何故海を越えてでも自分を頼ってきてくれなかったのか？　高雄博愛医院で、乳房再建術をしてやれたのに！　たとえその後不幸な転帰を辿ったとしても、胸の膨らみだけは不帰の人となるまで保ち得ただろうに――京子との思いがけない再会を喜びながら、一方で、しきりにこんな思いが去来したものだった。

「乳癌に関しては一歩譲るとしても」

忙しなく箸を上げ下げしていた大塩が、また手を休めて顔を上げた。

「我慢ならないのは、玉川千秋は手術で、仙波美子は抗癌剤で殺されたような言い方をしている点です」

「仙波美子さんは、結局、何年生きられたのかな？」

「えーと」

大塩は菅の本に手を伸ばし、付箋《ふせん》のつけてある頁をめくった。

「一九八一年一月に乳房切除術を受け、亡くなったのは八七年七月です」

「オペから六年半生きたんだね」

(江森京子の倍だ！)

「よく延命した方だよね。乳房再建もしたということだから、外見的にはそんなに悩むことなく生きられたんじゃないだろうか？」

京子は確か乳房を失ったまま三年余で他界してしまった。西日本大での再会や、富士子のいる亀山総合病院でのひとコマひとコマがまた当麻の脳裏に蘇る。

「仙波さんは、三年後に首の付け根のリンパ節が腫れたことに気付いています」

大塩は別の色の付箋を挟んだ頁を開いて言った。

「脇の下のリンパ節は切除すれば治ることが多いけれど、首の付け根のそれは肺や脳などへの臓器転移と同じだから、その時点で抗癌剤による治療などは諦めるべきだったのだ、などと菅元樹は書いています」

「でも、それから三年以上生きたんだよね」

「そうですよ。放っておいたら絶対そこまでは生きられなかったと思います。

菅元樹は抗癌剤の副作用ばかり強調してますけど、『アメリカで癌と生きる』という仙波さんの本を以前読んだ限りでは、彼が書いているような悲惨な状況ではなかった記憶があります。抗癌剤治療が終われば、食欲も性欲も元通り戻ってきた、と書いていました」

食事を終えて手の空いた当麻は『もう癌と戦うな』を取り上げ、頁を繰った。大塩にゆっくり食事を続けさせる意図もあった。

「どうでしょう、先生」

暫く食事に専念していた大塩が、箸を置いて言った。

「菅元樹と対決してみませんか？」

「対決……？」

「ええ、週刊誌に投稿なさるのが一番かと思いますが、差し当たっては、滋賀日日の例の記者か、京阪新聞の斎藤記者に反論を述べてみられたらどうでしょう？」

「うーん……まずこの本を読んでからにしよう。借りてもいいかな？」

「あ、勿論です」

大塩が答えると同時に、彼の腰の辺りでＰＨＳが鳴った。

「交通事故？　雄琴《おごと》から？　断られた？　胸と腹を打ってる？　意識はある？　分かった。ＯＫと言って」

ＰＨＳを戻すと、大塩は当麻に向き直った。

「四十三歳の男性だそうです。ガードレールに車をぶつけたとかで、苦しがってるそうですが……」

当麻は時計を見た。八時を回っている。

「鈴村君を呼んでおいた方がよさそうだね」

「検査室も頼みましょうか？　外傷は見当たらないそうですが、内出血や膵臓《パンクレアス》を損傷しているかも知れませんしね？」

「うん。紺野さんにも待機しててもらおう」

二人とも、搬送されてくる患者は九分九厘緊急手術になるだろうと予感していた。

弔い合戦

三十分後、手術棟に再び明かりが点った。外科医四人、手術室のナース三人、X線技師の鈴村、生化学部門の検査技師塚本が馳せ参じた。

「ヴァイタルは脈拍が一一〇でやや頻、血圧が一〇〇に六〇とやや低下している他は特に異常ありませんが、右の脇腹辺りを押さえて痛がっています」

救急隊員はこう告げたが、大塩は瞼結膜《けんけつまく》を見て貧血に気付いた。八〇kgを優に超すと思われる巨漢で、雄琴に近い坂本の住民だという。歓楽街に赴く途次での事故で、幸い同乗者はなく、対向車との接触でもない、ハンドルを切り損ねての自損だった。

「Hbが六・〇と著しく低下しています。アミラーゼはさ程上がっていません」

塚本が勿体振《もったいぶ》った顔で手にしていた検査伝票をCT室に入った当麻に差し出した。当麻の執りなしで、病理部門の松尾を技師長にする案を院長は棚上げにしてくれた。その旨を告げてから塚本はすこぶる機嫌がいい。時間外の呼び出しはまず自分に連絡して欲しい、その上で自分から部下の誰彼を指名して行ってもらうから、と、責任者会議で申し入れていたが、松尾との確執を当麻に漏らして相談に来るまでは、塚本が自ら出てきたことは一度もなかった。それが、あの日以来、今回を含めて三度の内二度は自ら出向いてきている。塚本が出てこなかったのは、深夜、肝硬変の患者が食道静脈瘤破裂で大量吐血を来してショック状態で運び込まれてきた時だ。たまたま矢野が当直で緊急に内視鏡《GF》下の止血を行ったが、輸血を要する程の貧血状態だったため、血算のみか血液型の適合検査《クロスマッチテスト》も必要となった時は、従来通り、塚本でなく、ナンバー2の部下下田《しもだ》が出てきた。三十代前半で地元の女性と結婚してまだ数年、子供が一人いる。若い女性が真夜中に出てくるのは危険ということで、午後十時以降に呼び出されるのは下田と、もう一人、検査技師になりたての独身の藤井《ふじい》だった。その二人の出番を、最近はたて続けに塚本が奪っている格好だ。

「クロスマッチ、ありますか？」

伝票を一瞥して目を曇らせた当麻に、塚本はおずおずと尋ねた。

「そうだね。どんどん出血しているようだから、取り敢えず、十パック、お願いしようか」

塚本の目が一瞬かげる。ざっと一時間は足止めを食らうと咄嗟に計算したからだろう。

「十パックですか、多いですね」

強いて笑顔を作っているが、内心は迷惑がっている目だ。

「そんなに使わないかも知れないが、何せ八五kgあるからね。正常時のHbが一五gとして、既に三〇〇〇ccは出ていると思われるから」

「間違いないです、肝右葉がぱっくり裂けて、腹腔内も血だらけです」

入口で塚本とやり取りしている当麻に奥から出てきた大塩が言った。

塚本は腕の時計を見た。

「九時前ですから、川口君にも出てきてもらいます」

川口絵里《えり》は未婚の検査技師で、父親は猟師だ。いっとき、山を歩いていて樹の切り株に躓《つまず》き、下肢に裂創を負って当麻の外来に来たことがある。二十針も縫うかなりの傷だったが、二、三回外来に通っただけで治った。抜糸を終えた数日後、「父がお礼に差し上げてくれと言って持たされました。〝もみじ〟と言って、鹿の刺身です。お口に合わないかも知れないな、と心配してましたが……ワサビ醬油につけるとおいしいですよ」と言って絵里が包みを持って来た。手術後にスタッフ一同でビールのあてにして食べた。脂身が少なく、臭味が無く、甘くおいしいと皆の感想が一致した。

恐らくはハンドルで右の側胸部を強打したための〝外傷性肝臓破裂〟と診断がついた時、当麻はかつてこの病院に勤めて間もない頃の手術を思い出した。大塩の妻となった浪子の母親で、厨房の職員だった。降りしきる雨の中、早朝にミニバイクで病院に向かう途中、前の車に衝突しそうになって急ブレーキをかけた瞬間、スリップして転倒、対向のトラックにはねられて路上に投げ出され、右側胸部を強打、肋骨《ろっこつ》が折れ、肝臓がグチャグチャに損傷した状態で運ばれてきた。

浪子は対岸の湖東病院に勤めていて、母親の急を聞いて駆けつけ、自分はオペ室勤務のナースだから手伝わせて欲しい、と申し出た。

ひどい状況だった。肝臓実質のみか、門脈、肝動脈、総胆管も損傷され、これらを修復するだけで相当な時間を要した。何とか術中死は免れたが、三日目に容態が急変した。門脈に血栓が生じて肝臓への血流が途絶えたためだ。

当麻の頭の中で二つの選択肢が閃いた。一つは、肝臓をそっくり取り替えることだ。たまたま脳外科の患者でクモ膜下出血《SAH》の術後に脳死状態となっている四十代の女性がいた。彼女にドナーになってもらえないかと主治医の田巻《たまき》に交渉したが、脳死が個体死と認められていない現状でそれは無理な相談、応じられない、と断られた。

止《や》むなく次善の選択肢、代用血管ゴアテックスを用いて肝門部ギリギリで正常な門脈とつなぐ手段を選んだが、浪子の母キヨがショック状態から回復することはなかった。

その後当麻は湖西町長大川松男に交通事故で頭部外傷を負って脳死状態に陥った高校生武《たけ》井誠《いまこと》の肝臓をもらい受けて移植を行い、拒絶反応を起こした大川に台湾で二度目の脳死肝移植を敢行、見事に蘇生せしめたが、脳死はいまだに個体死とは認められないままである。業を煮やした肝臓外科医達は、肉身の肝臓の一部をもらい受ける生体肝移植に移行して成果を挙げつつある。皮切りで先天性胆道閉鎖症《CBA》の幼児にこれを行った近江大の実川剛《さねかわごう》はレシピエントを救い得なかったが、その後、西日本大の後塵《こうじん》を拝しながら、数例の成功を遂げている。

「肝臓破裂というと思い出しますねえ」

夕食を終えてひと息ついたところを呼び出されて急遽《きゆうきよ》駆けつけた矢野は、患者重松悟《しげまつさとる》の挿管を終えたところで言った。本来なら白鳥が麻酔を担当するのだが、緊急手術となって間に合わないため矢野にお鉢が回ってきた。

「ひょっとして、浪子のお袋さんのこと？」

当麻に話しかけたつもりが、傍らの大塩が返したので矢野は驚いた。

「ご免、浪子さんが大塩夫人であることを忘れてた」

失笑とも哄笑《こうしょう》ともつかぬ笑いが広がった。大塩は気を損じた風もなく、

「暫く顔を見せてませんから仕方ありませんよね」

とさりげなく返して笑いの渦を広げた。

浪子はまだ産休に入っており、病棟勤務だった佐治《さじ》叶子《かなこ》が手術室に回されている。

「浪子さんのお母さんの時は、僕が当直で、何せもうショック状態だったんで、大変でしたよ」

一同の失笑が引いたところで矢野が続けた。

「幸い鈴村さんが事務の当直だったんで彼から当麻先生やあちこちに呼び出しの電話をかけてもらって……」

「雨がザアザア降りで、厭な一日でしたね」

紺野が合わせた。丘が頷く。彼女もその朝駆けつけた一人だ。

「僕と当麻先生はオペに入らなきゃならんから、挿管の心得のある他の医者に頼んだら、何のかのと断られて、結局僕が挿管し、人工呼吸器《レスピレーター》につないで当麻先生と始めたんだよ。因縁

を感ずるなあ」

「そうでしたか。じゃ、妻のお袋さんの弔い合戦のつもりで気合を入れてやります」

紺野にガウンの腰紐を結んでもらうと、大塩は勇躍執刀医の位置についた。

当麻が前に立ち、塩見がその横についた。

執刀は僕がさせてもらっていいですか？　と手洗いで並んだ時に大塩は当麻にお伺いを立てている。

「うん。やれるところまでやっていいよ。手始めに、まず右の肝動脈を結紮することだが……」

「あと、門脈は間歇《かんけつ》的に圧迫止血ですね？」

肝臓癌に対する当麻の肝切除術を既に数例見ているし、一度は執刀もさせてもらっているから大塩は手順をわきまえている。

浪子の母親中村キヨの惨事は、結婚する前に浪子から聞き及んでいる。母親がいないこと、湖東日赤の看護学校出なのになぜ甦生記念病院に勤めるようになったのか、そのいきさつも含めて。

「お母さんを亡くしたことは辛かっただろうけど、その事故がきっかけで当麻先生を知り、先生の下で働きたいと思うようになったんだから、その時点で僕との因縁が芽生えていたんだよ」

浪子がプロポーズに応じかねている時、男やもめとなって呆《ぼ》け始めた父親との同居を含めて、大塩はこんな殺し文句を放った。

「当麻先生が世に知られていない片田舎の病院で肝臓移植をやってのけたニュースをテレビで見た時、ああ自分が探し求めていた指導者はこの人だ、と閃いた。その瞬間にもう一つの因縁の芽が生じたんだよ。当麻先生は台湾へ行ってしまい、あなたは古巣の湖東日赤に帰ってしまって、その芽は潰されかかったけど、どっこい、しっかり根付いていたんだ」

浪子の目が潤んだ。大塩は浪子の手を取り、肩を引き寄せた。湖畔のベンチで、二時間も話し込んだ後だった。浪子は一瞬肩を引いたが、大塩が二の腕に力をこめて更に引き寄せると、もはや抵抗しなかった。


大塩はスピーディに手術を進めた。

腹膜を開くと、どっと血が溢れ出た。当麻が吸引管を差し入れる。チューブをズルズルッと鮮血が駆け昇る。床に置いた目盛り付きの溲瓶《しびん》が忽《たちま》ち朱に染まる。佐治叶子が床に屈んで溲瓶に見入る。

「五〇〇cc毎に言ってくれる?」

麻酔医の位置から足台に乗って術野をのぞき込んでいた矢野が、佐治の動きに目を移して言った。

「はい、もう五〇〇ccを超えました」

矢野が足台から下りて麻酔チャートに数字を記録する。

「膿盆も用意して」

当麻が丘に目配せする。

「一〇〇〇ccです」

佐治が一分もしないうちに言った。矢野が足台から下り、またチャートにメモる。

「ブルート、まだかな？　検査室にちょっと聞いてみて。取り敢えずクロスマッチの済んだものから持ってくるようにって」

「はい」

と、紺野が中材へ走りかけた時、ドアが開いた。

「B型のブルート、五パック持ってきました」

川口絵里がワゴンを手押し車のように押した格好で立っている。

「あ、ありがと。今電話をかけようと思っていたところ」

紺野がクルッと半回転して川口に走り寄り、血液パックを取り上げて胸に抱え込んだ。

「よかった」

矢野が声を弾ませる。

「すぐにつないで。それと、採血して、血算をやってもらって」

「はい。川口さん、ちょっと待ってね。これ、冷蔵庫に入れてきて。一つだけ残して」

溲瓶に見入っている佐治叶子に紺野は胸を突き出す。

「あ、はい。あと一〇〇で一五〇〇ccになります」

佐治は矢野に告げて立ち上がり、紺野の胸からパックをつまみ取る。

この間に大塩は大きく腹膜を開き、肋骨牽引鉤をかける。肝臓が露《あら》わになる。図体に見合う大きな肝臓がパックリ裂けて鮮血が滲み出ている。

「ガーゼをつないで!」

大塩が叫ぶ。

「はい」

丘がガーゼをばらして端と端を結んでいく。

当麻は手の塞がった丘の器械台から膿盆を取って肝下面にたまった凝血塊を手ですくっては載せる。結構な量だ。忽ち膿盆に山盛りとなる。塩見が受け取り、外回りの佐治に渡す。

丘が数珠《じゅず》つなぎにしたガーゼを大塩に差し出す。

「まだつないでおいてよ」

言うなり大塩は一端を捉えて肝臓の裂け目に押し込んでいく。ガーゼは忽ち朱に染まるが、十枚十五枚と重ねて肝表面に出た一方の端は数十秒経っても白いままだ。

「膿盆の血液を入れて、出血量二〇〇〇ccです」

佐治叶子の声が響く。

「輸血、三パック目、つなぎました」

紺野が続けた。

「うん。血算まだかな？　Hbだけでも聞いてみて」

矢野がチャートに出血量、血圧、脈拍数を記入しながら佐治に目配せする。

「糸、4－0と5－0！」

大塩がグリソン鞘《しょう》を剝離して肝動脈を露出し、そこから分岐する右の肝動脈を直角鉗子ですくい上げて言った。

「はい」

丘が先端に糸をつけたペアンを塩見に、塩見は更に当麻へ差し出す。

「門脈、胆管は無事ですね」

右肝動脈を結紮切断したところで大塩が言った。

「うん、よかった。ヴェッセルズテープを用意して。それと、腸ベラも」

当麻がペアンを戻して丘に目配せする。

中材に入った佐治叶子が小走りに戻ってきて床にしゃがみ込み、また溲瓶に見入ったのを矢野が見咎《みとが》めた。

「Hb、聞いてくれた？」

「あ……今検査室の方が持ってきて下さるそうです」

佐治が返すのとほとんど同時にオペ室のドアの向こうでワゴン車を引く音がした。

自動ドアが開いて顔を見せたのは塚本だった。

「Hb、七・五とやや下がってますが……」

マスクの下でくぐもっているが、「シューポン、シューポン」というレスピレーターの音に抗《あらが》うように、塚本は言った。

「残り五パックのクロスも問題ありません。追加は、もうないですか？」

紺野がワゴン車に走り寄ってパックを受け取る。

「あと二パック残ってるし、全部で七パックだから、もう要りませんよね？」

矢野が尋ねるのに、当麻は頷いて一瞬だけドアの方を振り返った。

「有り難う、塚本さん、ご苦労様でした」

「ご苦労様」

一同が和した。

「いえ、夜中でなくてよかったです」

塚本が相好を崩して言った。

「川口君にも出てきてもらえたので……」

これには誰も答えない。何か言葉を返して欲しいといった顔で室内をねめ回していたが、誰も自分に声をかけそうにないと悟って、塚本は幾らか憮然《ぶぜん》として踵を返した。

入れ代わるように鈴村が、帽子とマスク、それにガウンをまとって現れた。

「家族控室、誰もいないんですね。暫く僕一人で見てましたが……」

大塩の背後で足台に立って術野を覗き込みながら鈴村は言った。

「ああ、広島の人なんだよ。独りでドライブしてきて事故を起こしたらしい。親御さんに連絡はついたんだが、早くても明日の昼過ぎになるだろうね」

当麻が答えた。

手術は佳境に入っている。門脈と総胆管の左右分岐部を見定めて右側の枝をくくって切断してしまえばほぼ完了だ。肝臓は真二つに割れた形になっているから、割面の右側の血管と肝内胆管を捉えて結紮していけばよい。

肝動脈に比べれば門脈はその数倍の太さがあり、しかも壁は薄い。うっかり先端の細い器具でその壁をつつこうものなら穿破して大出血を招きかねない。万が一のそうしたアクシデントに備え、分岐前の本幹にヴェッセルズテープをかけ、短切したゴム管にテープを通し、いつでもテープを絞り上げてゴム管で門脈を押し潰し、血行を断てるようにしておく。

こうした一連の操作を大塩はそつなくこなして行く。

「よーし、ガーゼを取ってみよう」

右の門脈と肝管の切離が終わったところで当麻は言った。

「はい」

山場を越えて緊張から解放された大塩の声は弾んでいる。

「オキシセルを沢山用意しておいて」

当麻が丘に指示する。

「あっ、はい。オキシセル綿、お願いしまーす」

術野に目を凝らしていた丘が我に返ったように声をかける。

中村ならぬ大塩浪子なら「準備出来てまーす」と即座に返るところだが、ワンテンポかツーテンポ手が遅れるな、と思いながら当麻は丘の手許を流し見る。ガーゼを取った後に何が始まるか、浪子なら逸早く察知して、指示を待つまでもなくオキシセル綿を外回りのナースに要求したはずだ。

紺野が戸棚から瓶を取り出して中からオキシセル綿をつまみ出した時には、大塩の手は肝臓の割れ目から数珠状につないだガーゼを引き出して床に落としていた。佐治叶子が慌ててそれを拾い上げ、秤にかける。

裂けた肝臓の右側の断面からの出血や胆汁の漏れはない。左側の断面からはジワッと血や胆汁が滲み出てくる。輪切りにされた形でその切り口が見て取れる血管や胆管を捉えて結紮して行く。切り口が見えないような微細なリークには、電気凝固した上で、フグの薄造り状にしたオキシセル綿をあてがって行く。丘はここでも遅れ勝ちとなり、「すみませーん」を連発する。

「オキシセルくらい器械台にのっけておけよな。要ること分かってんだから」

鈴村が丘の耳もとに囁く。

「はーい、そうでした」

丘は悪びれず返す。鈴村はこれまで何度も肝切除の手術に立ち会っているから医者並みに手順をわきまえている。

二人は仲が良い。職員の歓送迎会や忘年会の折など、二次会には大概カラオケ喫茶に繰り込み、後半は我流のダンスが始まる。鈴村は歌がうまいが、二、三曲歌うと後はダンスに興じる。ダンスの心得があるわけではない。それこそ我流だが、その相手に引っ張り出すのは、歌はからきし駄目で専ら聴き役に徹している丘だ。

　鈴村はやや短足でその分上背も劣るが、丘は小柄だから釣り合いが取れている。それにしても、〝クイック、クイック、スロー、スロー〟と口ずさみながら、二人とも我流であるからどことなくテンポが合っていない。しかし、本格的にダンスのレッスンを受けた者はいないから、誰憚《はばか》る事もないのである。

　一時間後、砕けて血を噴いていた肝臓の右半分は綺麗に切除された。一連の流れの中で細心の注意が求められるのは、門脈よりも太い下大静脈から肝臓に分岐している五、六本の短肝静脈の処理で、その名の通り茎が五ミリ程度で短いから、これを露出して結紮し切離するには相応の解剖の知識とテクニックを要する。下大静脈とそこから分岐する短肝静脈を術者が視野に捉えるには、肝臓を持ち上げる前立ちの技量も求められる。微動だにしないで支え持っていなければならない。下手に持ち直したりすると、牽引《ツーク》がかかって短肝静脈はちぎれかねない。肝臓側でちぎれるならまだしもだが、下大静脈から分岐する根元でちぎれたら一大事だ。下大静脈が裂けて大量の出血に見舞われかねない。根元でくくった糸をうっかり引っ張ったりしても同様の事故につながる。糸を二本かけたその間を切離するのだが、二本の糸の間隔は一ミリ有るか無しかだから、切離にも細心の注意が求められる。

「短肝静脈とは言い得て妙ですが、せめてもう二、三ミリ長くてもよさそうですのにねえ」

最後の一本を処理し終えて、フーと嘆息をついてから大塩は言った。帽子に汗が僅かに滲んでいる。

当麻はマスクの下で失笑を漏らしたが、部下の成長を喜んだ。

(大塩にはもう肝切除も任せられる)

これまで肝切除術は専ら肝癌に対するもので十件程教えているが、前半五、六例はすべて当麻が執刀し、矢野と大塩を交互に第一助手につけてきた。しかし、ここ数例は二人にやらせている。一応年長だから矢野に先に執刀させたが、短肝静脈の処理の段階でなかなか手が進まなくなり、二本目の露出時に根元近くで静脈を突き破ってしまった。下大静脈からゴボゴボと血が溢れ出し、矢野の手が震え出した。当麻は急遽大塩に肝臓を支え持たせ、矢野と入れ代わった。矢野には自分と器械出しの浪子との間に入るよう指示し、吸引に専念させた。

「この短肝静脈処理が肝切の正念場だからね。よーく見とくように」

大塩も二本目の処理で同様のミスをしでかしたが、手が止まることはなく、案外冷静に断端を捉えて自分で止血をやり遂げた。

矢野も二度目は、「ビデオを何度も見直してきました」という努力が実ったようで、時間はかかったが無事に短肝静脈の処理を終えた。

「出血量、吸引分が一二三〇g、ガーゼ分が八四五g、計二〇七五gです」

佐治叶子が告げて秤からガーゼを除くと、鈴村が入れ代わり、切除された肝臓を膿盆から秤に移した。

「ウワァ、あるなあ。二八五〇g！」

「鈴村さんだったら、御陀仏《おだぶつ》だったかもね」

器械出しを終えた安堵感が手伝ってか、丘が茶々を入れた。先刻オキシセルの件で一本取られたのを返した感じだ。

「うん？　うーん……俺の肝臓くらいあるんだろうからな」

鈴村は肝臓を秤から取って自分の胸から腹にあてがってみせる。

「がたいが大きいのが不幸中の幸いでしたね」

大塩が、汗の滲んだ額を上げた。

「そうだね、肝臓は六〇kgの人で大体三kgくらいだからね」

「この人の肝臓は五kgくらいありそうですね」

「後で大まかに割り出してみましょうか？」

鈴村が秤の上に肝臓を戻して言った。

「術前術後のＣＴを比較すれば分かります」

「ああ、是非やってみて」

当麻が返す。

「不幸中の幸いと言えば、もう一つありますね」

丘が手渡した生理食塩水を腹腔内に注ぎ入れながら大塩が言った。

「この患者が雄琴病院に運び込まれなかったことです」

紺野と丘、それに鈴村が相槌を打ったが、当麻と矢野と塩見は「うん？」とばかり大塩を訝り見た。

「雄琴病院と言えば荒井ですよ。滋賀県の外科医名簿に載ってますから、まだいるはずです」

「いますよ」

鈴村がすかさず返した。

「この前エコー研究会に雄琴病院の技師も来てたんで聞いてみたんですが、ちゃんといました」

「そうかあ、去年の秋の集談会にも来てたからなあ。先生、覚えてますでしょ？」

大塩は当麻の目に問いかける。

「器量も無い癖に先生の後釜に座って、結局この病院を滅茶苦茶にしていった張本人、あいつがその荒井です、て、前の方の席にいた男を指さしましたよね？」

「ああ。でも、そんなに悪党面には見えなかったけどね」

「そうですかあ」

大塩が不服そうに返す。

「僕がいた頃の野本《のもと》って人の方が強面《こわもて》だったなあ。どう？　紺野さん」

「そうですね」

紺野が小首を傾げて当麻を見返す。

「人相が悪い点では確かに……でも、性格は荒井先生の方が良くなかったですよ。横柄で、何か、野心家、って感じで……」

丘がコクコクと頷く。

「お医者さんより、政治家の方が向いてるんじゃないですか？　ああいうタイプの人は」

「あんな奴が政治家になったら、それこそ大変だよ」

大塩がすかさず紺野に返した。

「まさか来年の衆院選に出てくることはないだろうけど」

「ああ、そう言えば来年選挙ですね」

矢野が口をさし挟んだ。

「ウチの理事長は、出るんでしょうね？　体調は良さそうですし……」

「理想の医科大を実現させるためにも当選してもらわなければ」

「ドレーンを」と丘に告げてから大塩が言った。

「胃の大網《ネッツ》を切離面に当てといて」

当麻の指示に、

「あ、そうでした」

大塩が慌てて手に取った尖刃刀を器械台に戻す。

「血圧、戻ってきてます。一〇〇に八〇」

と矢野は告げたが、術後には更に上昇することが考えられる。閉腹時には皆無と見られた出血が、血圧の上昇と共にジワッと始まることがある。切り口が肉眼で捉えられる血管は断端を捉えて結紮してあるから心配ないが、切り口が見えない微細な毛細管は電気凝固で止血してきている。血圧が上がってそこから再出血が始まることはあるが、ネッツをかぶせておけば、肝臓の三分の二を切り取った後のフリースペースに漏れ出ることはない。微小な胆管からの胆汁のリークもネッツのカバリングで防ぐことができる。

手術は三十分後に終わった。

「今日明日あたりはＩＣＵですね？」

ステプラー（ホッチキスのような縫合器）で皮膚縫合を終え、「お疲れ様でした」と一礼してから大塩が言った。

「明日、母親が来て暫く付き添ってくれることになるでしょうから、個室も用意しておいてもらいましょうか？」

「個室は、全部塞がってたみたいだが……紺野さん、病棟に聞いてくれる？」

「はい」

「個室が空いてなければ、吉野屋に泊ってもらえばいいですか？」

「あ、そうだね。むしろその方がいいかな？」

「吉野屋さんだったら、二食付きで部屋代プラス五千円程度ですものね」

病院の個室料は一万円、二人の相部屋が五千円、四人のそれが三千円、六人以上は大部屋で無料である。六人と八人の大部屋が二つずつ、四人部屋と二人部屋が三つずつ、個室が四つ、他にＩＣＵが四床で、計五十四床、大体常時八割方ベッドは埋まっている。ＩＣＵは、病状からして厳重な観察が不可欠とみなされた患者を医師の判断で指示するものだから、患者に部屋代は請求できない。

「個室、空いてないそうです」

中材に走って病棟に電話をかけていた紺野が戻ってきて言った。

「吉野屋さんにかけてみますか？」

「うん、僕が事情を話すよ」

大塩が紺野の後を追う。

「ガーゼカウント、ＯＫです」

床にガーゼを広げてカウントしていた佐治叶子が誰にともなく言った。

「技管できそうですが、どうしましょう？」

重松の名を呼んで、目をあけてとか、手を握ってとか、反応を確かめていた矢野が当麻に尋ねる。レスピレーターは疾うに止めて手動で酸素を送るバッグに切り換えている。当麻と塩見がバッグに目を凝らす。

「自発呼吸、充分だね？」

矢野が時々押すが、それ以外バッグは規則正しく膨らんだり縮んだりしている。

「充分です。SpO_2も九六パーセントあります」

重松の指先にはめられたパルスオキシメーターを見て矢野が言った。

「いいだろう、技管しよう」

デジタル時計が翌日に入ったことを示していた。

炎上――〝がんもどき〟論争

京都国際会議場の大ホールは異様な熱気に包まれていた。前日の金曜日から始まった「日本癌治療学会」の今日は二日目だ。

メイン会場の大ホールは一千人の収容者数を誇るが、正午を十五分も過ぎた頃には既に立錐《りっすい》の余地が無い程参会者で埋まっている。

医師ばかりではない、「報道関係」の腕章をつけた男達も忙し気に行き交っている。京阪新聞社の斎藤もその一人だった。数日前、斎藤は当麻に電話をかけ、今度の学会に出る予定はあるか否かを尋ねてきている。初日からは出られないが、と返事すると、

「二日目の午後一時からのシンポジウムには出られますよね？」

と性急に返した。

「癌治療の昨日、今日、明日」と銘打たれたそれには、シンポジストの一人に今話題の菅元樹の名が出ていることをキャッチした、これは見逃せないから取材に赴くが、当麻先生にはぜひともシンポジウムに出て頂いて感想を伺いたい、彼の本は読みましたか、と畳みかけて

きた。読んだと返すと、その本についても一度じっくり読後感をお聞きしたいので、シンポジウムが終わった後少しお時間を頂けませんか、と打診してきた。

「いいですよ。ウチの大塩も同席させますが」

日帰りできるから皆出席するといいよ、と外科のスタッフには言ってある。矢野と塩見は胃内視鏡《GF》と大腸内視鏡《CF》のシンポジウムが開かれる日曜日に出席したいと申し出てきた。

斎藤の誘いは駄目押しで、それより先に大塩から土曜の午後のシンポジウムの事は聞いている。

「フロアからの発言が許されたら、僕は多分手を挙げますよ」

ひとしきり『もう癌と戦うな』をこきおろしてから、大塩は熱い口吻で続けた。

「岡田伊助さんや小泉茂子さんの例を引き合いに出したいです」

胃の最下部の癌で幽門狭窄を来した岡田は既に退院して外来通院になっている。

「菅元樹の〝がんもどき論〟に拠れば、進行癌でも転移の無いものは命を脅かすことのない〝がんもどき〟だから放置しておいてよい、出口を塞いでイレウス状態を引き起こしたらバイパス手術で凌げばよい、ということになりますよね」

「そうだね」

「しかし、あれだけ大きな癌をそのままにしておいたらどうなりますか？」

「次には総胆管を圧迫して黄疸《おうだん》を来すだろうね」

「ですよね？　その辺が全然分かってませんよ、この人は。たとえば岡田さんの場合、癌は成長を止めてあれ以上大きくならないということになるんですからね」

「岡田さんのケースを、彼は〝がんもどき〟と認めないだろうね」

「えっ？　どういうことですか？」

「今は肉眼でも画像でも捉えられないが、一年二年したら転移が起きてくるかも知れない。つまり、本物の癌かどうかは、今の段階では言えない、と反論するだろうね」

「それはそうかも知れませんが、だからと言ってバイパスで様子を見ろ、というのは、暴論じゃないですか！　ひょっとしたら岡田さんは、三年、五年と生きるかも知れないのに、癌を残したら、先生が仰るように、早晩黄疸も出るし、どんどん痩せてきて、一年もしたらガリガリになり、まず二年とは持たなかったんじゃないですか？」

「うん、まずそうなるだろうね」

「抗癌剤に対しても負の面ばかりを強調していますよ。仙波美子さんを引き合いに出して、抗癌剤などやるもんじゃない、彼女は一時的な緩解は得たが、結局抗癌剤の副作用で苦しんだ時期の方が長かったし、それでかえって命を縮めた、というようなことを言ってますが、抗癌剤を使わなかったら、もっと早く亡くなっていたでしょうし、小泉茂子さんのようなケースもありますからね」

小泉茂子は劇的な回復を遂げつつある。抗癌剤を四クール続けた時点で、腹水は完全に消失し、腫瘍マーカーCA125は三八とほぼ正常域にまで低下している。食欲も出てきて、腹水と下肢のむくみが引けた分を含め、健康であった頃の六〇kgから五〇kgに落ち込んでいたが、五三kgにまで増加している。髪も眉毛も大方抜けたが、頭の方はウィッグで、眉は薄墨で描いているから外見上は分からない。

何よりも驚嘆させられたのは、直腸診でダグラス窩にるいるいと触れ、しかもがっちりと骨盤底に食い込んで梃《てこ》でも動かなかった腫瘤が、嘘のように消えたことだ。当初、頻繁に尿意を覚えるが思うように出ないと訴えた膀胱症状も取れた。エコー上も膀胱は綺麗に映し出された。

便意をしょっ中催すが兎の糞《ふん》のような便がチビチビ出るだけで常に残便感で下腹が何ともスッキリしないとの訴えも消えた。これらを裏書きするように、MRIで見る限り、腫瘤らしきものはほとんど見出せない。

病棟のナース達も、センターに寄って集まればひとしきり小泉茂子の話題で盛り上がる。

「信じられない、嘘みたいだわ」

「こんなこともあるのね？」

と囁き合い、小泉の検査データが上がってくると、奪い合うようにそれに見入った。

「CA125はもう正常値近くに下がりましたけれど、正常値になれば、癌は完全に消えたと考えていいんですか？」

カンファレンスの席で婦長の長池が質問を放った。

「一応ね。癌が少しでも残っていれば、正常値に戻ることはまずないからね」

当麻の回答に、作業の手を休めて聴き入っていたナース達は嘆声を漏らす。

「たとえば、胃癌や大腸癌ではCEAという腫瘍マーカーがよく上昇する。四以下が正常値だが、一五とか二〇とかの高値を示す。上昇しない癌もあるけどね。数値がもっと高い、たとえば三桁以上を示すようだと、大抵肝臓に転移がある。胃や大腸の癌だけ取っても、少しは下がるだけだが、転移巣の肝臓癌も取ってやれば、段々下がってきて遂には正常値に戻る。それでも下がり切らなくて一〇とかその辺りで留まっていたら、癌が残っていることを疑わせるから、安心はできない」

ナース達が頷き合う。

「じゃ、小泉さんも、現時点ではまだ癌が残っている、ということですね？」

長池がスタッフ達に流し目をくれながら言った。

「そう、画像上は綺麗に消えているように見えるけどね」

「正常にまで戻りますか？」

「どうだろうね？」

当麻は外科のスタッフ達に顔を向ける。

「この調子なら、戻るんじゃないですか？」

大塩が答えた。

「もう一クールか二クール、抗癌剤を続けたら」

「そうだね。それで正常に戻ったら一旦化学療法《ケモテラ》は止めて様子を見よう」

カンファレンスの数日後、小泉茂子は退院した。残る一、二クールは外来通院で可とみなしたのである。

「当麻先生」

メインホールに大塩と入りかけたところで後ろからポンと肩を叩かれて当麻は振り返ると、京阪新聞社の斎藤がカメラマンらしき男を従えて立っている。たった今人混みの中をかき分けてきた感じで、額に汗を滲ませている。

「えらい人ですね。さすがに今日は、血の雨が降るか槍《やり》が注ぐか、てところですものね。お歴々の顔も心なしか引きつってますよ」

斎藤はキョロキョロと辺りを見回した。この間にも、左右をせかせかと人が行き交っている。ホールに入って行く者は座席取りに、出てくる者は逸早く席をキープして小用か食事に向かう連中だ。

「では後ほど、ロビーでお待ちしてます」

大塩が「早く！」とばかり当麻を促す素振りを見せたので、斎藤は慌てて引き下がった。

中央後部席辺りにやっと空席を見つけた。

「菅さんはシンポジストとして出てくるだけなんですね」

大塩が部厚い学会誌の一頁を開いて言った。

「〝がんもどき論〟を喋らせればいいんですよ。他のシンポジストは皆一席ぶつわけですから」

「菅さんの方が辞退したのかも知れないよ。例の本は皆大方読んでくれているだろうからって」

「だから、〝特別発言者〟なんて断り書きを振ってるんですね？」

「ま、そういうことだろうね」

講演者は五人、一人に割り当てられた時間は三十分だから講演だけでも二時間半、シンポジウムはその後一時間となっている。講演者は教授が二人、助教授が二人、講師が一人で、演目は多岐に亘《わた》っている。手術にまつわるものは外科学会で発表することがメインとなるから、五人の演者のうち外科医は東南大学教授西島と京都府立大助教授の山城《やましろ》だけ。他は内科系で、非観血的（手術に依《よ》らない）癌治療である抗癌剤を含めた動脈塞栓術《TAE》とか肝癌に対するエコー下でのエタノール注入療法をテーマにしたものが阪神大学の岸本助教授と西日本大学の大垣講師から、東北大の道久《みちひさ》教授の講演は集団検診による癌の発見率をテーマにしたものだ。

「この人と菅元樹さんの対決も見ものですよ」

大塩がプログラムの一点を指さして当麻に言った。

「検診による癌発見率とその意義」

と銘打たれた道久の演題だ。

「菅元樹は、検診など無意味、と切り捨てて、道久教授を実名であげつらってますから」

五人の演者はそれぞれに熱弁を揮《ふる》った。パワーポイントを用いての講演で、時に手術やＴＡＥの動画を交えているから退屈はしない。

五人の講演が終わって十分間の休憩が告げられた。シンポジウムの準備もあるが、トイレ休憩も兼ねてのものだ。

席を立ったのは高齢者ばかりで、若い医師はほとんど動かない。

舞台の左右には机と椅子が観客に向けてやや斜めに並べられ、中央に両側の机と少し距離を置いて観客に正面を向く形で机と椅子が一脚置かれた。

講演を終えた演者達が再び壇上に上がる。と、ほとんど同時に、左の袖口から、係員に先導されて菅元樹が現れた。

場内がざわめいた。

菅は左右の机に五人の演者が落ち着くのを待ってから、おもむろに中央の椅子に腰を下ろし、演者達の方は見ず、上目遣いにじろりと会場をねめ回した。

シンポジウムの司会は西日本大の第二外科教授朝霧次郎《あさぎりじろう》だ。かつて近江大学の卜部大造《うらべたいぞう》の急逝に伴う教授選で実川剛の向こうを張って後釜に名乗りを上げた男だ。当時は西日本大の第二外科講師だったが、その後関連病院の外科部長を経て母校に返り咲いた。食道癌を専らとしていた助教授の松葉《まつば》が手術中に脳卒中に見舞われ、命は取り止めたものの半身不随の身となって教授選レースからドロップアウトした幸運に恵まれたのである。

松葉は数年前に心房細動を発症し、血栓が生じるのを予防するために抗血小板凝固薬ワーファリンを常用していた。血が固まらないようにさらさらにする薬で、凝固は予防する代わりに脳出血を起こすリスクも数パーセントの確率である。

その日彼が執刀した食道癌は長径十センチのシロモノで、一部が後縦隔《こうじゅうかく》にがっちり食い入っていた。それを強引に剝がしにかかったところで大静脈を穿破し、大量の出血を見た。慌てでガーゼを突っ込んで押さえに掛ったが、刹那、松葉は「ウッ」と呻《うめ》いてよろけた。何事が起こったのか、一瞬誰も分からなかった。足許の何かに躓いたのかな、とくらいしか思わなかった。第一助手が、「あっ、先生……!?」と声を放った時、松葉は膝から床に崩れ落ちた。

松葉が手を離した縦隔は忽ち血の海となった。第一助手が慌てて「輸血、スピードアップして！　それと、血算！」と叫び、吸引器を血の海に突っ込み、片手を先刻まで松葉が押さえていた食道の裏あたりに押し当てた。

松葉は呂律《ろれつ》の回らない口をしきりにうごめかすが、何を言っているのか聞き取れない。若い教室員と外回りのナース達に支えられてストレッチャーに乗せられ、手術棟から運び出された。

否応なくバトンタッチされた第一助手はひたすら血液を吸引し、ガーゼを数珠つなぎにするよう器械出しのナースに命じ、大静脈の裂けた辺りに闇雲《やみくも》に押し込んだ。

結局患者は出血多量でショック状態となり、ガーゼを詰め込むだけ詰めて胸壁外に誘導した形で手術室からリカバリールームに移され、そこで家人に状況が説明された。極力取りに行ったが、一部が大血管に食い入っていて、剝がしに掛ったが大出血を見たので中止の止むなきに至った、血圧がうんと下がっているので輸血輸液で上昇を図っている、落ち着いた時点で病棟のＩＣＵに移ってもらう、と。患者は二時間後に血圧が八〇に上昇したところでＩＣＵに移されたが、レスピレーターにつながれたままだった。フル回転の輸血と輸液で血圧は一一〇にまで上昇したが、同時に、胸壁を貫いて外に出ているガーゼが朱に染まり始め、脇に置いたドレーンからも鮮血がポタポタと滴り落ち始めた。下大静脈の裂け目にあてがったガーゼがタンポナーデの役割を果たさなくなったのだ。

しかし、第二外科のボス山上教授は知らぬ存ぜぬを押し通した。定年間近い山上は、第一外科の尾澤《おざわ》教授が果敢に生体肝移植に取り組んでいるのを横目に、定年退官後のポスト探しに躍起になっていた。無論、現役の外科医としてではない、関連《ジッツ》病院のどこかの院長に名誉職として納まれないものか、鵜の目鷹の目探っていた。

患者は術後三日目に再びショック症状に陥り、もはやいかに輸血しても血圧が上昇することはなく、腎不全を併発して尿が出なくなり、五日目に不帰の人となった。

菅元樹を中央に据え、先に講演を終えた五人の演者が左右から彼を挟んでの討論会は端から険悪なムードに包まれた。

司会の朝霧は、マイクを引き寄せて切り出した。

「我々が本日ここに集ったのは、昭和五十八年、西暦に直せば一九八三年以来、脳卒中にとって代わって本邦人の死因の最たるものとなっている癌を、いかに治療し、いかなる実績を積んできたかを学び知るためであります。

しかし、そうした我々の努力、希望に水をさし、癌になったらケセラセラ、なるようにしかならないのだから、放っておくのが一番、などと、暴言を吐く御仁が現れ、医療現場に由由しき混乱を招いております。他でもない、中央にお座りの、慶京大学医学部菅元樹講師です」

哄笑と失笑の入り混じったざわめきが会場に起こった。

朝霧は自らも失笑気味の笑いを浮かべながら、演壇の本を取り上げ、目の前にかざしてみせた。

「これが、菅氏の極論、暴論の煮詰まった本です。

『もう癌と戦うな』——何という威丈高で一方的な、上から目線の物言いでしょう。

私もさる学会の途上、駅前の書店で手にしましたが、目次を一瞥、目を疑いました。〈抗癌剤は効かない〉に始まり、外科医はやたら切りたがり、合併症で患者を死に至らしめると、手術への恐怖心を徒らに煽《あお》り、放射線治療の方が手術より遥かに利点が多いと、自身が放射線科医であるからでしょう、我田引水な記述に終始しています。

さては、早期発見が有効という証拠はどこにもないから、癌検診を拒否せよ、と呼びかけています。

極めつきは、〝がんもどき論〟と勝手に名付けた新奇な異説でしょう。まずはこれについてご本人から簡単にご説明を願いましょうか」

場内がしんと静まった。

菅元樹は何やらメモっていた手を止め、マイクを引き寄せた。やや猫背気味になった所為《せい》か、眼鏡が鼻根から少しずり落ち、上目遣いになった感じだ。

「中立公正な立場を取るべき司会者がいきなり喧嘩腰《けんかごし》で来られたので、私も話し易《やす》くなりました」

不敵な笑みを浮かべながら第一声を放った。朝霧の顔が歪《ゆが》んだが、菅はチラと流し目をくれただけで、視線を正面に戻した。

左右のシンポジスト達は等しく険しい目で菅を見すえている。

「ご指摘の〝がんもどき論〟は、俄《にわ》かに思いついたものではありません。私自身の長年の観察と記録から演繹《えんえき》し、辿り着いた結論です。

端的に申せば、癌は転移があるか無いかで予後が大きく左右される、転移があるもの、断っておきますが、リンパ節への転移ではなく他臓器への転移のことです、発見時に既に他臓器に転移のあるものは、原発巣はおろか、転移巣を取り除いても、またぞろ新たな転移巣を生じ、早晩命を奪うことになるから、ニュースキャスター玉川千秋さんのように切られ損になります。抗癌剤もその由々しき副作用でQOL、即ち生活の質が著しく損なわれ、フリーランスのジャーナリスト仙波美子さんのように、多少延命したとは言え、半分は死んだような状況でベッドに這いつくばる生活を強いられて、何もしないで放っておいた場合より恐らく数倍実質的に大損、といった結果になります」

左右のシンポジスト達が落ち着かなくなった。眉間《みけん》に皺《しわ》を寄せ、隣同士でヒソヒソ話を始めている。場内がざわめいた。

「転移の無いものは」

菅は一瞬そうした動きに気を取られたように左右と会場へジロリと流し目をくれたが、またすぐに続けた。

「転移の無いものは――」

と彼は場内のざわめきを制するように、一段と声を強めて繰り返した。

「何年経っても命取りになることはないから本物の癌ではない、つまりは〝がんもどき〟であるから放置しておいてよい、まして早期癌などを、やれ早目に見つかってよかった、などどムンテラして外科医は滅多やたらに切っているが、これは過剰医療以外の何ものでもない、というのが私の言わんとするところであります」

「聞くに堪えませんなっ」

朝霧がマイクを引き寄せるより早く、東北大の道久が肉声を放った。

「あ、道久先生、どうぞ……」

朝霧が慌てて後を追いかけるように言った。菅を挟んで左右に置かれたテーブルにはハンドマイクが一個ずつ置かれてある。菅の左隣に座っている京都府立大の山城が自分の前にあったマイクを道久の方へ押しやった。

「早期発見のために全国の自治体が懸命に取り組んでいる検診業務を、あなたは無意味ときめつけるんですな」

道久の手も声も小刻みに震えている。

大塩が当麻の耳もとに囁いた。

「癌検診など受けるな、と書いてますから、そりゃあ、頭に来てるでしょうね」

当麻は頷き返す。

「全部が全部とは言いません」

菅は道久をまともに見ず、むしろフロアに訴えるように返した。

「欧米でも癌検診はやられてきましたが、くじ引き試験の結果、少なくとも肺癌、乳癌、大腸癌では有効性が認められなかったため、数年前に取りやめになっています。胃癌や子宮頸癌では、日本ではもとより、残念ながら欧米でもくじ引き試験が行われていませんので断定的なことは申せませんが……」

「欧米、欧米と、あんたは西洋かぶれ的な発言を弄《ろう》しているが、ヨーロッパ人と日本人では自ずから疫学の違いがあるでしょうが！」

道久が間髪を容れずに返した。

「乳癌は、あちらの女性はオッパイが大きいせいか日本人女性の一・五倍は発症しているようだし、肉食に傾いているから大腸癌が断然多い。日本人で最多を見る胃癌は案外少ない。欧米婦人はまた、子宮癌と言えばほとんど体部癌で、日本人が圧倒的に頸部癌が多いのと対照的だ。だから胃癌や子宮頸癌の発見にはさ程熱意を示さない、ひいてはくじ引き試験なるものも実施されないのだろうが、そもそもくじ引き試験にしたって、全国民を二手に分けた訳じゃない。ある限られた地域の、精々数千人の母集団で試みられたものだから、普遍性があるとはみなし難い。欧米のくじ引き試験を楯に集団検診は無効だなどときめつけて人心を攪乱《かくらん》しているあんたの行為は、それこそ犯罪ものと言わざるを得ない」

「すみません、私からも一言」

山城が手を挙げた。

「私は外科医の立場から菅さんに苦言を呈したい。我が教室では、先程のパワーポイントでも呈示したように、他施設に先駆けて胃癌に対するR2手術、最近ではR3、R4手術（大動脈周囲のより深部のリンパ節を郭清する術式）まで敢行してそれなりの成績を挙げてきております。しかるに菅さんは、リンパ節の転移などは意に介する必要はない、R2手術がR1手術に勝っている証拠はどこにもない、それどころか、リンパ節をやたら取れば陸《ろく》なことはないし、合併症で死亡率を高めるだけ、だから、欧米に倣ってR1手術に止めるべきで、R2手術など受けてはならない、と、それこそ根拠の無いことを吹聴しています。二十年も前ならいざ知らず、今日ではR2手術はスタンダードとなっており、たとえば胃癌でR1手術に止めている外科医はもぐりと言わざるを得ない。患者が菅さんに入れ知恵されて、R1手術でお願いします、などと注文をつけてきたら、まともな外科医のいる病院では軒並み門前払いを食わされるでしょう。それこそ、昔の胃潰瘍に対して単純胃切除しかこなしてこなかった、古い〝胃腸病院〟の看板を掲げている病院を探す他なくなります」

まばらだが、フロアのあちこちで拍手が起こった。

「我慢がならないのは」

会場からのエールに意を強くしたかのように、山城はひときわ語気を強めた。

「R2手術が非常なリスクを伴うもので、その合併症で死を早めるなどと、徒らな恐怖心を読者に煽っていることです。R3、R4手術ともなれば相応の技術が必要で、これを無難にこなせる外科医は限られていますが、それでも、菅さんが口を極めて危ない危ないという程のものではない。実は、R3、R4手術も事新しいものではなく、三十年余も前に癌研の梶原《かじわら》先生はこなしておられる。そうして癌の五年生存率を有意に高められたのです。私は若い日に癌研病院で修業し、梶原先生の芸術的なメス捌《さば》きに目が覚める思いをしたものです。

菅さんは、〝臓器を取り去る腕前をアートだなどと称してしまう一部医師達の態度にはああと嘆息させられる〟などと揶揄《やゆ》しているが、優れた手術はまさに芸術品であり、アートそのもの、我々外科医は等しくそうした作品——と言うとまた菅さんに揚げ足を取られそうだから、合併症を残さぬ、と言い換えましょう、そうした患者さんを作り上げることを目指しているのです」

やはりまばらだが、先刻より大きな拍手が起きた。大塩も遅れ馳せに手を叩いた。

「山城先生、有り難うございます。では、次に、化学療法医の立場からご意見を伺いたいと思います」

拍手とざわめきが余韻を引いたところで朝霧が言った。

「『もう癌と戦うな』の冒頭で、著者はフリーランスのジャーナリストであった仙波美子さんを引き合いに出して、痛烈に抗癌剤を難じ、メディカル・オンコロジストの金儲《かねもう》けの犠牲になったかのような書き方をしています。この点も含めてのご意見をお聞かせ下さればと思いますが……岸本先生、お願いします」

阪神大学の助教授岸本卓郎は、肥満気味の上体を揺らして山城からマイクを受け取った。

「菅先生の本を読んで、私が関わっている化学療法の分野に関して申し上げれば、現場、と言いますか、現状をよくお知りにならないな、というのが第一印象です。十年も前に亡くなられた仙波さんをスケープゴートに、恰《あたか》も彼女が化学療法を受けた患者の典型例であるかのように書かれてますが、この十年の間にも、先程お示ししましたように、抗癌剤は新薬が開発され、適応も広がり、その副作用に対する対策も講じられつつあります。

もとより薬は諸刃《もろは》の剣です。昔の人は〝良薬は口に苦し〟と、もう少し柔かい表現で的確に薬の性質を表現しております。

万能薬とされるステロイドがその典型です。先生方ご存知の通り、劇的な効果をもたらす反面、副作用も多々あります。使い方を誤れば、頓死《とんし》ももたらしかねません。まして抗癌剤をや、と申し上げたいのです。

一昔前、白血病は絶望的な〝死に至る病〟でした。それが、俳優渡辺謙さんのように、劇的な回復を遂げるケースも出てきた。彼を救ったのは抗癌剤です。これもご承知と思いますが、白血病の治療はそれこそ死に物狂いです。無菌室に閉じ込められ、気息奄々《きそくえんえん》たる状況を凌いで死の淵から生還するのです」

かなりの拍手が起きた。

「白血病じゃないですが、小泉茂子さんもまさにそうですよね」

手を叩きながら大塩が当麻を振り返った。

「うん」

当麻はコクコクと頷く。

岸本はにこりともせず、額の汗を手巾《ハンカチ》で拭い、ややずり落ちた黒縁の眼鏡を押し上げた。

「抗癌剤の九割は無効だなどと、実態とはおよそかけ離れた極言を放っている菅さんもさすがに白血病は例外、と書いています。

しかし、司会者のご指摘は正しくその通りで、抗癌剤治療は我々オンコロジストの金儲けの手段、などといったあげつらいは、聞き捨てならぬ暴言です。

仙波さんが再三の化学療法《ケモテラピー》で数百万円を費やしたという事実はその通りでしょう。アメリカには我が国のように行き届いた保険制度がないから、抗癌剤に限らず、大病をすれば莫大な費用がかかる、それこそ〝地獄の沙汰も金次第〟的な傾向があるのは致し方無いところでしょうけれど、我が国のように、オンコロジーが確立された治療システムとなっておらず、オンコロジストという名称に値する医者も数少ない状況と異なり、彼の国ではオンコロジストの肩書きが無ければ無闇に抗癌剤を扱えないはずで、その治療費が高くついたからと言って、オンコロジストの金儲けときめつけてしまうのは一方的な偏った見解です。

むしろ、国民皆保険制が行き届き、高額医療に対してはひと月の自己負担金八万円以上は還元されるという恵まれたシステムの我が国で、抗癌剤が的確に使用されていない嫌いがあります。つまり、きちんとオンコロジーを学び、オンコロジストの名に恥じない人材が日本ではまだ乏しい。だから思うように抗癌剤の成績が上がらない。闇雲に抗癌剤が使われているから副作用の面だけが強調され、菅さんの格好の餌食《えじき》にされ、抗癌剤などファーストチョイスとするから命を縮める、まずは放射線治療をやれと、我田引水の発言を許してしまう。その点は、オンコロジーの啓蒙《けいもう》不足であり、一オンコロジストとして忸怩《じくじ》たる思いでいるところです」

「すべての癌に放射線治療を最優先せよ、とは言ってませんよ」

菅が上目遣いに岸本を見返した。

「似たようなことを書いてるじゃないですか！」

山城が挙手と同時に言い放った。

「それも、筆が滑ったという言い訳では済まされない、一昔前なら、内村鑑三さながら〝不敬罪〟で訴えられかねない、あなたの本でその件に気付いたら右翼の連中が黙っていないだろう、と思われるようなことを書いている」

山城のいきり立った発言に水を打ったように静まり返っていた会場がまたざわめき始めた。

菅は一方の口角を上げて口を歪めただけで、ギョロリと上目を使って山城を見返した。

「ファーストチョイスとは書いてないが、昭和天皇の膵臓癌に対して、森岡教授や宮内庁病院の医師達はバイパス術の後何故放射線を当てなかったのか、当てていれば、数カ月ないし数年の延命も期待できたはず、と書いてます」

場内のざわめきが増した。

「私は、切除不能の膵臓癌にバイパス術を行わない場合は直後、行った場合は一カ月程して術後照射を試みたことがあるが、気休め程度の延命しか認められなかったので、止めました。数カ月、と言うのは許されるとしても、数年の延命も期待できた、などと書いてあるのを右翼の連中が見たら、何故お前らは陛下に放射線治療をしなかったのだ、と、東日本大や宮内庁に乗り込み、侍医連を吊るし上げますよ。

菅さんにお尋ねしたい。数カ月はさておき、一体どういう根拠から数年の延命も期待できた、などと言い切れるのか？　それを実証する具体的なデータをお持ちなのかどうか……」

「まるで持ってなければ書けませんよ」

菅はチラとだけ山城を流し見た。

「膵癌は、案外放射線がよく効き、しばしば縮小、消失する、と書いてますでしょ。経験がないのにそんなことを書けますか？」

返り討ちを食らって戸惑った格好で山城は二の句が継げない。

「放射線治療云々はさておき」

何かを言い出そうとする刹那シンポジストに発言されて存在感の薄れていた司会の朝霧が、機を得たとばかりマイクを引き寄せた。

「昭和天皇に関するその件に、私は菅さんの〝がんもどき論〟の矛盾点を見出しました」

フロアの視線がやっと朝霧に向けられた。

朝霧はマイクを通して聞こえるほど忙し気に、演台に置いた菅元樹の本を繰った。

「ここ、ここ。ここに、こう書いてあります。『執刀医も認めているように、昭和天皇の癌は、膵頭十二指腸切除も考えられた進行癌で、膵癌の中では比較的小さいものでしたから、放射線治療もせずに放置したことは理解できません』

ところが、菅さんの〝がんもどき〟説に拠れば、進行癌でも転移の無いものは本物の癌ではない〝がんもどき〟だから、何もしないで、無論放射線治療もしないで放っておいてよい、ということになり、先に書いていることと矛盾しています。

更に言えば、転移は無くとも昭和天皇の癌が本物であった証拠には、どんどん増大して出血を伴い、もぐら叩きさながら、出た分だけ輸血、最終的には三万ccにも及びながら、結局崩御された、この厳然たる事実からしても〝がんもどき論〟が間違っていることを証明していると言えるでしょう。

どうです、菅さん、この場で自説を撤回しませんか？」

大きな拍手が起きた。大塩も身を乗り出さんばかりにして手を打った。

膵頭十二指腸切除《PD》をジョンズ・ホプキンス大学のキャメロン教授と並んで一千例も手がけた恩師羽島富雄にして、陛下のご高齢を考えれば自分もＰＤではなくバイパス術に止めただろう、と言ったが、どこにも転移が見られなかったならば、ＰＤを敢行すべきではなかったか、さすれば、二年や三年、ひょっとしたら五年でも延命されたのではないか、と当麻は腑に落ちないものを覚えている。朝霧の意見に賛意をこめて当麻も拍手を送った。

「異議なしっ！」

暫く出番のなかった道久が、拍手の手を止めると、マイクを引き寄せて叫んだ。

「菅さん、私もあんたに赤心より勧告する。本がベストセラーになり、名も売れ、印税もしこたま入ったからもういいでしょう。これ以上世間を騒がせなさんな。がんもどきはおでんの中にしか無いんだ！　書きたい放題やってると、慶京大からも追い出され、路頭に迷いますぞ。放射線科医じゃ潰しも効かん、開業もままならんでしょうからな」

哄笑と失笑、拍手が入り混じる。

「ご忠告は有り難く承っておきます」

菅元樹はうすら笑いを浮かべて返した。

「心ならずも、内外のドクター方からはバッシングを受け、身内の医者も私に患者を回してこなくなりました。菅は手持ち無沙汰で暇を持て余し、放射線科は業績不振で、それを楯に雇用者の慶京大は菅に引導を渡すだろう、と皆さん憶測されているでしょうが、どうしてどうして、今回の本が出る前、さる月刊誌に書いた〝乳癌は切らなくても治る〟という論文を読んでくれた患者さん達が、引きも切らず私にセカンドオピニオンを求めてこられ、私は温存療法と放射線治療を彼女達に勧めています。患者さんが私を守っていてくれますから、ご心配には及びません」

「フン」

道久は鼻を鳴らした。

「ま、精々いきがっていたらいいでしょう。そのうち臍《ほぞ》をかむことになりますぞ」

「そっくりそのままの言葉をあなたに返上しますよ」

「議論は白熱してきましたが」

司会の朝霧が、再びマイクを取ろうとした道久を制するように言った。

「菅さんと我々との考えは平行線を辿るばかりで接点を見出せないようです。フロアの方々のご意見も伺いたいところですが、その前に、関東医科大の名誉教授羽島富雄先生から特別にメッセージをお寄せ頂いておりますので、ご披露させて頂きます」

大塩が当麻に顔を振り向けた。

「ご存知でしたか？」

「うん。本当は出かけてこられるつもりだったらしいんだが……」

年が明けて間もなく羽島から届いた長文の手紙の末尾にそれらしきことが添え書きされていた。学会の直前に電話を入れると、一カ月前からＣＥＡがまた上昇し、体も気だるい、京都まで出かけるのはお止《よ》しなさいと家内にたしなめられた、メッセージを送っておくよ、と返った。

「ご存知のように」

朝霧が内ポケットから折りたたんだ紙片を取り出して広げながら続けた。

「羽島先生は食道癌の世界的大家として名を馳せられた故山中重四郎《やまなかじゅうしろう》先生の一番弟子で、ご自身は膵臓外科を専攻され、我が国、いや、世界屈指の手術数を誇っておられる、文字通りの国手であられます。国の手、と言うよりも、神の手、ゴッドハンドと自他共に認める方です。

数年前、菅さんは、羽島先生が手がけられたある芸能人の手術に対しても、やり過ぎだ、とのクレームを週刊誌に書かれ、物議をかもしました。そんないきさつから、今回是非シンポジストのお一人にお呼びして菅さんと対決して頂きたかったのですが、生憎体調が優れないとのことで、メッセージに止められました。代読させて頂きます」

菅は一瞬目をパチクリさせてから、上体をそらせて胸に腕を組んだ。掛ってくるなら掛ってこい、との構えだ。

朝霧が得々と読み上げたメッセージは、この冬、当麻に宛てられた手紙とかなり重なる部分があった。

「最近、『もう癌と戦うな』なる威丈高な本が評判を呼んでいますが、嘆かわしい限りです。中に、食道癌の手術を難じた件があり、手術をすれば片っ端から患者は死んで行くのに、外科医は性懲りもなく手術をファーストチョイスとして恥じない、などとあり、看過できません。確かに、そういう時代もありました。我が師山中重四郎先生の先代の尾瀬《おせ》教授が食道癌手術の先駆けでしたが、当時は麻酔やレスピレーターなども不備でＩＶＨも開発されていないという劣悪な状況下でしたから縫合不全を起こせばまず助からなかったでしょう。それでも尾瀬先生は何とか患者を救いたいと、患者を恋人と思い、生涯独身を貫いて日夜手術に取り組まれたのです。余談ですが、医局員が結婚すると聞くや尾瀬先生は途端に不機嫌になり、招待を受けても断固式には出なかったそうです」

嘆息と失笑が場内に広がる。朝霧は一呼吸置いて朗読を続けた。

「尾瀬教授のそうしたひたむきな患者への思いに感じ入ったからこそ、我が師山中重四郎先生はその跡を継いで食道癌に取り組み、胸骨前に胃管を吊り上げるという画期的な方法を考案し、最大の合併症である縫合不全による死亡率を劇的に減らしたのです。

私は胃の漿膜《しょうまく》筋層に輪状の小切開を入れることで胃管を引き伸ばす方法を考えました。これによって緊張《ツーク》無く胃管を頸部食道とつなぐことが可能となり、縫合不全の恐れが無くなったため、本来の胸骨後胃管挙上術を専らとするようになりました。それを見た山中先生は、食道癌のオペはもう確立された、君は、当初の食道癌のように惨憺《さんたん》たる手術成績しか挙げられていない膵臓癌に取り組め、とお達しを下されました。爾来《じらい》二十年、年間約五十件のPDをこなし、過日、一千例に及びました。

膵臓癌は、これを手がけられる外科医が乏しかったために、発見時で手術不能《インオペ》と断じられ、下手な外科医にかかるとそのまま腹を閉じておしまいとなるか、もう少しましな外科医なら、少なくとも黄疸だけは軽減しようと、昭和天皇に試みられたバイパス術で逃れます。いずれにしても、膵臓癌を残して二年、三年、まして、五年も生きながらえた患者は見たことがありません。さすがに今では廃《すた》れましたが、かつては、蓮見《はすみ》ワクチンで膵臓癌が治った、などという本を書いて蓮見ワクチンの喧伝《けんでん》に一役買った人物がいました。その著者は急激な腹痛を覚えて蓮見医院を受診したところ、膵臓癌で胃に浸潤して末期状態、と言われた由。その根拠は、バリウムを飲まされて受けた透視で胃の下半分が大きく変形しているから、というものでした。ハハーンと思いました。それは多分急性多発性びらん性潰瘍に因るものだろう、と。確かめるためには胃カメラをすべきなのですが、蓮見医院にその設備は無く、胃透視の所見を押し通したのです。もとより良性疾患ですから、ワクチンなど打たなくても節食、安静で治ってしまいます。

膵臓癌と誤診されるケースは、腫瘤形成型慢性膵炎でも見られます。黄疸をもたらし、膵頭部に大きな固い腫瘤を、画像上も、開腹して触診した段階でも見出すので、膵頭部癌と誤診されるのです。私も誤診のままPDを敢行したことがあります。無論、経過は良好でした。PDの技術を持たない外科医が減黄のためのバイパス術で逃れても、癌でないから永久治癒を得ます。

膵臓癌と診断されながら根治術を受けずに長期延命を得ている者はこうした誤診例に止まるでしょう。本物の膵臓癌を放置したら、たとえバイパス術で黄疸を引かせたとしても、昭和天皇の例で分かるように、余命は精々一年そこそこです。五年生存、つまり永久治癒を得ているのは、ＰＤを受けた患者に限られる、と私は断言できます。

他ならぬ私自身、三年前、自ら手がけてきたＰＤを患者として受ける身になりました。膵臓癌ではありません、中部胆管癌でしたが、昭和天皇の負われた宿痾とほぼ同じものと思って頂いてよいでしょう。

私の手がけたＰＤ一千例の中には胆管癌も少なからずありました。そうした患者さんは、癌を放置し、バイパス術に止めても同じくらいは生存したかも知れない。ＰＤをしてもバイパス術に止めても生存率は変わらなかったという欧米のデータがあると、昨今世間を騒がせている『もう癌と戦うな』に書いてあるが、私はその信憑性を疑います。肝転移の無い総胆管癌は、ＰＤによって、私のように、少なくとも三年、少なからぬ例で五年生存しています。転移の無い癌は〝がんもどき〟で本物の癌ではないから放置してよい、何か問題が生じたら、バイパス術なり何なりの姑息術で凌いだらよい、などと先述の著者は書いていますが、それがとんでもない暴言であることは、昭和天皇の闘病の経過を考察すれば明白でありましょう。

メスは、未熟な外科医の手に執られれば凶器となりかねないが、練達の外科医の手に委ねられれば、抗癌剤や放射線では得難い、病巣を後顧の憂い無く根こそぎ切除して再発を許さない根治をもたらすのです。

私は自分が手塩にかけて育てた弟子に命を預け、手術台に横たわりました。私の胆管癌は彼らによって綺麗に除かれ、菅　某《なにがし》が徒らな不安をかきたてている術後の合併症を見ることもなく、二十日余りで退院、二カ月後には診療を開始し、再びＰＤその他の手術を手がけるに至りました。

私は目下、大腸癌とその肝臓転移と戦っています。前者はやはり弟子のメスに身を委ね、後者は、化学療法を専門に行っている同門の内科医から抗癌剤を受けており、腫瘍マーカーＣＥＡが四桁から二桁に減じています。

『もう癌と戦うな』など言語道断、私がもし戦うことをしていなかったら、早々にこの世から消えていたでしょう。今日あるは、私の薫陶《くんとう》宜しきを得た弟子のメスを信じ、日進月歩の化学療法に望みを託して宿痾と戦ってきたお陰です。故に、声高にこう叫びます。

患者よ、癌と戦い抜け！　然《しか》して、有終の美を飾り給《たま》え、と」

末期の問答

「いやあ、白熱しましたねえ」

半時後、国際会議場のロビーで相対するなり、斎藤が興奮冷めやらぬ面持ちで言った。

「いい記事が書けそうです」

傍らでカメラマンが頷く。

「しかし、道久教授の発言はちょっと頂けなかったね」

当麻が返した。

「名前は売れたし、印税もしこたま入ったから云々、ですか？」

「そう。些《いささ》か品位を欠いたよね」

「自分の縄張りにズカズカッと入ってきて、向後は一本の草も生やしてはいかん、と言われたようなものですから、余程頭に来たんでしょうね。それにしても、がんもどきはおでんの中にしか無い、はよかったですよ。がんもどきはおでんの中にしか無いか？——てタイトルで書いたら受けそうです」

「あ、そりゃきっと受けますよ」

大塩が口を出した。

「斎藤さん、どうですか？　当麻先生と菅元樹の対談を、そういうタイトルで記事にしませんか？」

「あ、なーるほど」

斎藤がはたと膝を打った。

「名案ですね。アレンジしてみましょうか、当麻先生」

「いやいや」

当麻は苦笑を返した。

「僕の言いたいことは、羽島先生が存分にコメントして下さったから、敢えて対談などしなくてもいいよ」

「でも先生」

大塩が不服気に言った。

「羽島先生のコメントは学会に出た一部の医者にしか届いていません。医者はさすがに菅元樹説を鵜《う》呑《の》みにしないでしょうが、一般庶民は洗脳されますよ。誰しも、手術は避けたい、抗癌剤は副作用が強いから怖い、て思ってますから、どちらもしなくて放っておいていいんだよ、と言ってくれる医者は、いわば救世主のようなもので、信者はもっともっと増えるでしょう。それを阻止するには、一般庶民を対象にした啓蒙が必要ですよ。〝がんもどき論〟を覆す実例をどんどん挙げて。たとえば、最近の岡田伊助さんや小泉茂子さんなんか、好例ですよね。いや、ちょっと前のＧＩＳＴの木津さんもその一例にいれていいですよね」

「うん。でももう少し経過を見ないとね」

当麻は大塩の饒舌を制してから斎藤に向き直った。

「菅さんの説は、結局、現代の〝姥捨論《うばすて》〟だと思うんだよ」

「うばすて……？」

「深沢七郎という人の小説に『楢山節考《ならやまぶしこう》』というのがあって、もう二度ほど映画化されているようだが、大分前に、ある人に勧められて読んだんだよ」

〝ある人〟とは亡き妻翔子だ。日本の古典に深い関心を抱いていた翔子は、山梨県の伝承民話にヒントを得て書いたという深沢七郎のこの作品を、ある時、何かの話のきっかけで話題にした。

「その貧しい村では、七十歳になったら、口減らしのため家を出て裏山に捨てられるんだけど、小説の中の老婆おりんは、ためらう息子を振り切って自ら進んで出かけて行くのね。そこまで読んで、フッと思ったの。あ、これって、ホスピスの先駆けだなあ、て」

「じゃ、ホスピスは〝現代の姥捨山〟？」

当麻が首を捻《ひね》ると、翔子は微笑んだ。

「ええ、多少ニュアンスは違うけれど……。〝姥捨山〟って言ったら、暗いし、悲惨なイメージでしょうけど、でも、小説の老婆おりんさんは自ら進んで山に入って行く。そして、同じような境遇の老人達と労《いたわ》り合いながら静かに死を待つのよね。じたばたしないで。ホスピスに入ってくる人達と似てるでしょ？　末期の癌で、余命幾許《いくばく》もないと知っている……でも、暗いとも悲惨とも感じさせないのよ。ホスピスの患者さん達は。島田先生は、本当にいいものをお作りになったわ」

翔子がホスピス病棟の一隅の〝会堂〟で『平家物語』の朗読を始めた頃だ。自ら宿痾を負いながら、微塵もそれと感じさせない妻の明るさに胸をしめつけられながら、救われる思いを抱いたものだ。

「早速、読んでみます」

小説のあらすじを当麻が語り終えると、斎藤はポケットからメモ帳を取り出し、書名と作者名を記してから顔を上げた。

「どうでしょう、当麻先生、菅さんとの対談にもう一つお気が進まないということでしたら、僕が先生にインタビューさせて頂いて、今の〝現代姥捨論〟云々などぶって頂けたらと思うのですが。一回では無理でしょうから、たとえば月曜から金曜まで五回の連載物にさせて頂くとか……」

「賛成」

大塩が得たりや応とばかり手を叩いた。

「このまま菅元樹に言いたい放題言わせていたら、医療現場に大混乱を生じますよ。彼の暴走を食い止められるのは、当麻先生くらいの実績とネームバリューを持った人でなければ無理でしょう」

「そんなことはないが……ま、もう一度菅さんの本をよく読んだ上で、考えてみます。それより斎藤さん、上坂《かみさか》さんのその後の容態は如何《いかが》ですか？」

「ああ、デスク……」

勢い込んだところをさらりとかわされて、斎藤は拍子抜けの体で口ごもった。

「いよいよのようで、ホスピスに入ったらどうかと、主治医や周りの者も勧めているんですが、本人はまだ諦め切れないようで、何ですか、リンパ球を活性化して体に戻す免疫療法に最後の望みを託しているようです」

「阪南市立大学でのTAEは、どうだったんですかね？」

「それなりに効果はあったようですが、もぐら叩きみたいに、一つ叩いてもまた新たな癌が顔を出してくるようで、もう限界と引導を渡されたみたいです」

「と、いうことは、阪南病院は退院したんですね？」

「ええ、神戸の民間病院に移って、そこで免疫療法を受けています」

「何という病院ですか？」

「布施畑クリニックです」

「じゃ、病院でなくて有床の診療所ですね」

大塩が口を挟んだ。

「二十床以上ベッドがあれば病院ですが、クリニックと言うからには十九床以下の個人医院でしょう」

「あ、そうですか。ドクターは二人いるようですが……」

「個人医院でもベッドを持っている限り当直医を置かなきゃならないんで、一人の医者では応じきれないでしょうから、雇っているんでしょうね。二人で当直を交代というのも大変だから、当直医は別にバイトの非常勤医を雇っているんじゃないかな？　僕も研修医時代、そんなクリニックに当直に行ったことがありますよ」

「斎藤さんは、時々上坂さんの所に行かれるの？」

大塩に頷き返してから当麻は尋ねた。

「ええ。彼、独り者ですしね。当麻先生もご存知のように、ひと癖もふた癖もある人ですから、寄りつかないんでしょうね、見舞いに来る人もいなくて、気の毒なんで、腐れ縁と思って……。本人は、誰にも会いたくない、なんて、強がりを言ってますが……」

カメラマンがいかにもとばかり小刻みに顎を上下させる。

当麻は腕を返した。

「そのクリニックへ、これから案内してくれませんか？」

「えっ……!?」

斎藤が一驚の目を当麻に、次いで大塩にも向けた。

「布施畑なら、ここから一時間少々で行けますよね？」

当麻はもう一度腕の時計を見やって言った。

「先生は、車でいらしてるんですか？」

「いや、もし連れて行って頂けるなら有り難いんだが……」

「僕が運転して行きます」

斎藤の困惑した目に大塩が返した。

「斎藤さんは車で来てるんですか？」

「ええ、この男の運転で……」

斎藤がカメラマンを見返った。

「じゃ、ここへ車を置いておく訳にはいかないから、二台で行きましょう。こちらの方に先導してもらって」

「ここからでも往復で三時間、更に湖西へ帰られると四時間、途中で食事も摂らなきゃならないでしょうから、五時間、上坂の所に三十分いて下さるとして五時間半、帰られるのは十一時過ぎになってしまいますが……」

「いいですよ、今日中に戻れれば……」

当麻はさりげなく返した。

「分かりました。デスクは、それこそビックリ仰天して心臓が止まるかも知れませんね」

「さあ、どうでしょう？　直接上坂さんと対面したことはないので、そういう意味では驚かれるかも」


夏至に近い。当麻達が上坂の入院している布施畑クリニックに着いたのは七時を少し回りかけていたが、漸く薄暮が垂れこめてきた頃だった。

クリニックは三階建てで、三階は院長の私邸になっているとのこと。二階が病室、一階は外来棟で、診察室の他、X線撮影室、エコー室等が並んでいる。

面会は九時までで、それ以降はここも閉まりますと説明しながら、斎藤は勝手知ったるとばかり中央の玄関脇の、人一人出入りできる程度の非常口のドアを押し開いた。

人気《ひとけ》は無いかと思われたが、点滴台を傍らに、半袖の薄い病衣をまとった患者とおぼしき中年の男と、似たような年格好の女がベンチに並んでヒソヒソ話し合っている。

「今晩は」

一行に気付いてこちらを振り返った二人に斎藤が顔見知りでもあるかのように会釈したの

で、三人も小声で「今晩は」と言った。

男はやや怪訝そうな表情で尖った顎を小さく落とした程度だったが、連れ合いの女は愛想の良い笑顔を作った。

「エレベーターもありますが、二階ですから階段でいいですよね？」

斎藤の言葉に三人は頷く。

「奥の個室です」

二階に上がったところで、斎藤は立ち止まって病棟の西の端を指さした。

「個室は両隅に相対して二部屋、計四部屋で、他は相部屋なんです」

声をひそめてつけ足すと、斎藤はまた先立ったが、煌々《こうこう》と明かりのついた部屋の前で一瞬立ち止まった。

「ナースセンターです。二交代で、夜勤の看護婦さんは二人です」

斎藤は指を二本立ててみせた。三十前後と思われる、薄いピンク色のナース衣の女性が中央のテーブルにかけてカルテを繰っていたが、一行に気付いて振り向いた。斎藤が軽く会釈するのに三人も合わせる。年長と思われるナースが微笑を返した。

「BGMが流れてますね」

大塩が不意に天井を見上げて言った。音量は小さいが、ピアノの音色が聞き取れる。

「これも一度取材させてもらいましたが、院長が、今はやりの音楽療法の信奉者なんですよ」

斎藤が顔の脇に手をやり、押し殺した声で言った。

「ウチのホスピスにも取り入れたらどうですかね」

大塩が当麻に耳打ちするように言った。

「そうだね、人見先生に提案してみよう」

「当麻先生は、手術中にポール・モーリアをＢＧＭにしておられるんでしたよね」

斎藤がハタと思い至ったといった顔で言った。カメラマンが「えっ!?」とばかり当麻を見た。「そうなんだよ」と言わんばかり、斎藤がしたり顔で顎を上下させた。

廊下の突き当たりに来た。斎藤が左側の部屋の前に佇《たたず》んだ。ドアの下からかすかな明かりが漏れているが、中からは物音一つしない。

斎藤はドアに顔を寄せ、ややためらい勝ちに小さくノックした。

反応が無い。斎藤は小首を傾げ、もう一度、先刻よりはやや強めに拳をドアに当てた。

「はい……」

くぐもった声がかすかに聞き取れた。覚えのあるやや甲高い声とは程遠いな、と当麻は思った。

「斎藤です」

殺した声を放って、斎藤はノブに手をかけ、返事はないまま、ドアを開いた。

部屋の電気は点っていない。ドアの下から漏れている光は唯一テレビからのものだと知れた。NHKのニュース番組が流れている。上半身を上げた格好でベッドに横たわり、病人はドアの横にしつらえられたテレビを見ているようだ。

「すみません、急に」

斎藤が中に一歩踏み出して二の句を継ぐと同時に部屋の闇が散り、テレビの映像が消えた。病人が枕許《まくらもと》でリモートコントローラーを手にしている。

「当麻先生が、是非デスクを見舞いたいと仰って……」

病人は何か声を放ったようだったが、誰の耳にも届いていない。

斎藤に促されるまでもなく、当麻はベッドに歩み寄った。大塩とカメラマンがそっと後についた。

当麻は大塩を紹介した。

「いやあ……」

ゲッソリと頬のこけた顔が複雑に歪んだ。

「あ、どうぞそのまま」

上体を起こそうとした病人を制して、当麻は更に一歩ベッドに近付いた。斎藤がベッドサイドの丸椅子を当麻の腰の下に引いた。

「斎藤さんから病状を伺い、気に掛っていたのですが……」

ゆっくりと椅子に腰を落としながら当麻は言った。目線が同じ高さになった。

「天罰が、当たったんですよ」

上坂の薄い唇の周りに幾重もの皺が刻まれた。窪《くぼ》んだ眼窩の奥の目が薄ら笑っている。

「どんな、天罰ですか？」

「どんな……？　そう……」

上坂は口ごもって口もとを拭った。締まりが無くなって涎《よだれ》が垂れてくるようだ。

「先生のようないい人を、追い詰めてしまった、報いです」

「そんなことは、ありませんよ」

一瞬戸惑いを覚え、絶句の体で上坂を見返してから、当麻は静かに首を振った。

「上坂さんはジャーナリストとしての信念を貫かれた。僕は僕の信念を貫いた。たまたま双方に接点がなかったというだけです」

「しかし、先生の勝ちです。臓器移植法案がもう国会で可決されそうですから。つまりは脳死肝移植が認められる。それは、ひとえに、先生の手術が成功したからです。和田心臓手術のように失敗していたら、もっともっと先送りされていたでしょう」

「でも日本では、生体肝移植が着々と成功を収めていますから」

「ああ、生体肝移植ねえ。実川さんが失敗して、それで終わり、と思ったが……」

「デスクは、生体肝移植には批判的なんですよ」

斎藤が半歩歩み寄って言った。

「僻《ひが》みですよ、僻み」

上坂が強いてという感じで作り笑いを見せ、また口の周りに皺を作った。

「幸か不幸か、俺にはドナーとなってくれるような身内はいませんからね」

「幸か不幸かと仰るのは……？」

「まさか自分がこんな病気になるとは、夢にも思ってませんでしたからね。TAEももう限界、もし唯一残された手だてがあるとしたら、肝臓をごっそり取り替えることだが、日本ではまだ無理だから、一部を健常者から譲り受ける生体肝移植に望みを託すしかないね、と言われ、俺のような偏屈者に臓器をくれるような奇特な人間はいないから、あっさりその選択肢は除けました。諦めがついたという点では幸、諦めざるを得なかったという点では不幸——ま、自業自得です」

当麻は上坂が以前どんな風貌《ふうぼう》であったかを知らない。俳優の誰それにそっくりです、と斎藤から聞かされたことがあるが、その俳優も知らなかったから、想像すらできなかった。しかし、今目の前にしている病人の目鼻立ちは、やつれ衰えて様変わりしているに相違ないが、漠然と思い描いていたそれとさ程食い違ってはいないように思われた。眼窩が深くなり、鼻梁《びりょう》が尖り、頬骨が浮き出てくる、末期癌患者特有の〝ヒポクラテス顔貌〟に近いが、やや黄ばんでいる目にはまだ小さな光が宿っている。人間嫌いの拗《す》ね者です、と斎藤は上坂を評したが、そうした頑迷さが、死相を呈しながら尚死線の手前で踏ん張っているような一抹の生気を感じさせるのだろう。自嘲《じちょう》気味な笑いを浮かべながら、上坂はひしとこちらを見すえている。

(何かしてあげられたら……)

惻隠《そくいん》の情が胸にこみ上げてくる。

「斎藤」

不意に上坂がか細い腕を上げた。

「はい……？」

斎藤が宙をまさぐるような上坂の手の先に目を凝らした。

「俺の検査データ、当麻先生に、見てもらってくれ」

「あ、はい、どこに……？」

「床頭台の下の、引き出しだ」

斎藤が当麻の背後に体を滑らせて床頭台の前で上体を屈めた。引き摺られるように大塩とカメラマンが半歩ベッドににじり寄った。

「これ、ですね？」

斎藤が引き出したプリントの束を上坂の目の前にかざした。上坂はゆっくり頷いて、束の先をかすかに震える指先につまみ、当麻の方に押しやった。

「今年に入ってからの、ものです。見て、くれませんか？」

当麻は大きく頷いて斎藤の手からプリントを受け取った。大塩が斎藤と入れ代わる形で当麻の背後に回り、上体を屈めた。当麻は束を綴じていたクリップを外し、目を通したものを一枚一枚大塩に回した。

「一番下のは、阪南市立大での最後のデータです。後は、こちらへ来てからのもの……。TAEを何回か受けて、四桁まで上がったCEAが一〇〇を切りました。でも、また、どんどん上がってきたんで、もう限界、と言われて、それで、こちらへ来たんです」

当麻と大塩がプリントをやり取りしている間も上坂は喋り続ける。

「活性のリンパ球の注入を受けても上がり続けていたのが、ここ二カ月は横這いになって、効いてきたよ、と院長は言ってくれてるんですが……」

「そうですね。むしろ少し下がってきてますね」

阪南市立大病院での最後のＣＥＡは八四〇、布施畑クリニックに転じてからは九四〇、一〇二〇と上昇していた値が、九八〇、九六〇となっている。およそ著効とは言えないが、慰めにはなる。

「画像を見たいですね」

大塩が相槌を打ちながら当麻の耳もとに囁いた。

「ここにはＣＴやＭＲＩの設備は無いようですが」

当麻は大塩に頷き返して上坂に向き直った。

「阪南市大で撮られたものはお持ちじゃないですか？」

「画像そのものは、生憎……」

答えてから上坂は斎藤に目配せした。

「向こうからの紹介状がある。取ってくれないか」

「あ、見て宜しいなら」

当麻は斎藤を制した。

「この引き出しの中ですか？」

「阪南市大のロゴが入った封筒が……」

届かないが、床頭台を見返って上坂は腕を伸ばした。当麻は引き出しを探り、封筒を取り出した。

「これですね？」

中味は三枚のA４判の紙で、一枚は上坂のこれまでの経過を綴った紹介状、他の二枚は検査データやCT、TAEに伴う血管造影の画像がプリントされている。大塩が背後からのぞき込む。

「TAEの後はCEAがグッと下がってますね」

腫瘍マーカーの推移を示すグラフに見入っていた大塩が当麻に囁いた。

「うん、大きな転移巣もそれなりに消えかかっているんだが……新しいのが、幾つもね」

当麻はCTの画像を点々と指さした。

「左葉にも、数個、ありますか？」

「うん……」

「当麻先生……」

二人のやり取りをじっと見詰めていた上坂が、ギャッジベッドをほとんど直角に立てて言った。

「来年早々、臓器移植法案が、国会を通ります」

当麻は思わず斎藤と顔を見合わせた。斎藤も訝った目を返す。

「デスク、早々、という訳にはいかないでしょう。有識者の中には強硬な反対論者もいますし、日本では生体肝移植が根付いてきているので、それで充分、と考えている政治家が与党内にも少なからずいるようですから」

「いや」

上坂が小さく、しかし鋭く首を振った。

「もう、時代の流れは、止められない。早々に、成立する。その暁には、当麻先生、俺に真っ先に、移植をしてくれませんか？」

斎藤とカメラマンが目を見合わせて苦笑を交わしたが、上坂はもう二人を見ていない。ひしと当麻を見すえている。

「上坂さん」

当麻は居住まいを正し、手に残っていたプリントを大塩に預けた。

「ご指名は嬉しいですが、法案が通っても、移植が許可されるのは、選ばれた二、三の大学病院に限られると思います。僕のいる民間病院がそのリストに載ることはないので……」

「徳岡理事長の夢である医科大学が出来れば、別ですよね」

大塩が口を差し挟んだ。

「えっ、そんな計画があるんですか？」

斎藤がまた半歩ベッドに歩み寄って当麻と大塩の顔を覗き込んだ。

「いや、それこそ、現実のものになるのは何年も先ですよ」

「それは、待ってはおられませんな」

上坂が小刻みに首を振った。

「今の免疫療法が、余程効いてくれれば別ですが、阪南市大の医者には、余命半年と宣告されました。見返したい。そのためにも、なんとか今の治療で持ちこたえて、肝臓をそっくり取り替えてもらいたい、と思ってるんです」

「だからデスク……」

口角から漏れ出た涎を上坂が拭っている隙に、斎藤が口を入れた。

「当麻先生が台湾に行っておられる時に、一度相談してみては、て言ったでしょ？　デスクは、今更どの面下げて先生に頼めるか、て仰ったけど、当麻先生は、デスクのことを気にかけて下さってたんですよ」

上坂は瞼を伏せて目をしょぼつかせた。

「どうでしょう、上坂さん」

当麻は斎藤に頷いてから言った。

「本当に肝臓移植を、生体ではなく、脳死者からのそれを望まれるなら、台湾か、アメリカに行きませんか？　多少の伝《つて》がありますから、ご紹介はできます」

上坂は戸惑いの目を返した。

「ここにいて、待機しているわけには、いかないでしょうか？」

「そうですね。台湾なら、あるいは可能かも。聞いてみなければ分かりませんが……」

「陳先生のところですね？」

斎藤が身を乗り出した。

「高雄ですよね？」

「ええ」

「高雄なら、日本の九州にいるようなもんじゃないですか、デスク。すぐにでも入院させてもらったらどうですか？」

上坂は頭に手をやって脂っ気のない髪を摑み、目を閉じた。眉間に深い皺が寄っている。

当麻は前年の暮れに届いた陳肇隆のクリスマスカードを思い浮かべていた。いつしか二児の父親になっていて、妻の美恵《みえ》と共に写った家族写真が添えられてあった。長身痩軀《そうく》だった陳は中年に差し掛ってふっくらとし、貫禄《かんろく》が出てきている。

「今の治療を――」

上坂は頭に手をやったまま、一分ほど経ってから瞼を開いた。

「もう何回か受けてみた上で、腹を決めます」

斎藤が何か言いた気に口をうごめかしたが、当麻が同意を示すようにゆっくりと頷くのを見て、開きかけた唇を閉じた。

たかが痔《へモ》、されどへモ

「滋賀日日新聞の寺谷の家内ですが……」

と、当麻に電話がかかってきたのは、京都での白熱した「日本癌治療学会」が終わって一カ月も経った頃だった。

「主人を、助けて下さい」

いきなり女は涙声で訴えた。

彼女と面識は無い。しかし、夫の寺谷勇気《ゆうき》の顔はすぐに思い出された。腎移植の現場を取材に来た若い記者で、後に、人工透析を受けていた伯父を、伯母がドナーになってもいいと言いましたので移植してやって下さい、と依頼してきた男だ。

「痔の再手術を、三回もやって、まだ出血が止まらないのです。飲まず食わずで一〇kgも体重が落ちてしまって、見ていてもかわいそうで……お世話になった寺谷の伯父が、当麻先生に相談してみたらどうか、と言ってくれ、主人も、お願いしてみてくれ、と言うものですから……」

時々声を詰まらせながら、それでも寺谷の妻は一気に続けた。

手術は一カ月前、至近距離にある湖南赤十字病院で受けたという。外科のチーフ富永《とみなが》は肝臓外科の大家ということで以前寺谷が取材したことがあり、肝硬変になると痔も出来易く、痔からの出血でそれと知れて、本末転倒だがまずは痔の手術をしたものだ、というエピソードを取材の折に聞いたことがあり、肝臓の手術まで手がける先生だから痔の手術などはお茶の子さいさいだろうと思ってお願いした、富永も気安く引き受けてくれたから安心して委ねたのに、思いもかけない事態になり、一旦人工肛門にしてからでないと四度目の手術は出来ないと言われている、主人は、もう富永先生には受けたくない、転院したいと言い出している、云々。

詳細を聞くまでもなく、原因と結果は明らかだ。痔動脈をくくった糸が、結び方が緩かったために滑脱したのだ。二度目三度目の手術は、奥に引っ込んだ動脈を探り当てて結紮したに相違ないが、肛門から直腸に移行する狭い筒状の間隙《かんげき》に手を差し入れての操作は簡単ではない。何とか断端を小さなモスキート鉗子の先に捉え、糸を回して結紮したつもりでも、充分な茎を得て血管に食い込むように直角に糸を結ばないと、便に擦過されてまたぞろ滑脱してしまう。三度目ともなれば、血管の断端を捉えることさえ難しくなっていたのではあるまいか。結紮できなければ電気メス《ボビー》でそれらしきをめがけて焼くしかない。しかし、毛細血管や極細の静脈なら電気凝固で止血できるが、痔動脈はそれなりに太い。切れれば相当量の出血をもたらし、便器が真っ赤に染まる程だから、ボビーで焼いて止血できるシロモノではない。

寺谷の体重が一〇kgも落ちたのは、三度目の手術が終わって以来、便を生じさせないために絶食を強いられたからである。他は健康な若者だから食欲は旺盛なはず、それが断食行の修行僧さながら水分だけしか摂取を許されなかったのだから無理もない。

「できれば主治医の先生に紹介状を書いてもらってくれますか」

蘭秋二《あららぎしゆうじ》が生きていてくれたらと、実に何年振りかに、硬骨漢であった母校の先輩医師が思い出された。

(須藤《すどう》さんに助けてもらおう)

腎移植の取材に来て、上司のデスクの冷ややかな対応——その情報は大塩からのものだったが——とは裏腹に、上司を説得して好意的な紹介記事を書き、さては伯父の腎移植まで自分に託してくれた寺谷の窮地を傍観はできない。しかし、三度までいじくった肛門管から痔動脈の断端を見つけ、しかと捉えて結紮するのは容易なことではないだろう。蘭が開業していた間はその〝皮弁充塡術〟を体得すべく手ほどきを受け、日本住血吸虫症による肝硬変の合併症としての痔の患者が少なくなかった台湾で、自家薬籠中のものとしたその技法を駆使して成果を挙げ、「君は〝痔の大家〟の看板だけでも食っていけるね」と王文慶に言わしめた程だが、帰国してからはほとんど手がけていない。他の疾患で入院した患者がたまたま痔も患っていて、ついでにお願いします、と言われた時くらいだ。理由は明白で、蘭医院を買い取った須藤明《あきら》が、「肛門科・消化器科」の看板を掲げていて、痔の患者は専らそちらに流れているからで、蘭の固執した自費診療でなく、須藤は通常の保険診療に切り替えていたから、患者は蘭の時より倍増していた。須藤は胃や大腸の内視鏡もこなし、なかなかできる男だ。発見した癌患者は、当麻がいる間は甦生記念病院に紹介してきたが、当麻が台湾に行った後は、母校の西日本大に回していた。しかし、当麻が戻ってきてからはまた当麻宛の紹介状を患者に持たせてくれている。

当麻は須藤に電話をかけ、かくかくの患者を引き受けたいが手術の折は立ち会ってもらえるか打診した。火曜と金曜を手術日にしているので、それ以外の日だったらお手伝いに参じます、と須藤は快諾してくれた。

寺谷は妻の運転する車で転院してきた。寺谷の顔を一瞥して、その余りの変貌振りに、当麻他彼を知る面々も驚いた。頬がゲッソリと落ち、顎が尖り、顔が半分に小さくなった感じで痛々しい。輸血をしたということだが、顔色は青白く、まだ貧血を残していると思われる。

「肛門にガーゼを詰められているので、何か、いつも便をしたい感じで……」

外科病棟の個室に落ち着いた寺谷の訴えに、当麻は患者を横向かせて臀部《でんぶ》を見た。肛門から今にもはみ出さんばかりにガーゼが詰め込まれている。直腸膨大部に便が詰まっているようなものだから、その不快さは尋常のものではあるまいと察した。

富永の紹介状はあっさりしたものだった。内痔核はほぼ全周性に見られたが、目立ったもの三個だけを切除する〝ミリガン・モルガン法〟に止めたこと、止血は抜かりなくしたつもりだが、心ならずも再手術を余儀なくされた、ガーゼタンポンで止血を得ているので、徐々にガーゼを抜いていって様子を見ようと思っていた矢先に転医を希望された、宜しく御加療の程、云々。

「自分の手際に落ち度があったことなど一言も書いてませんね」

ナースセンターに戻ったところで大塩が義憤に耐えないといった顔で言った。

「上手の手から水が漏れたってところかな」

大塩の訴えるような目に当麻は返した。

「富永先生は肝臓のオペに関しては定評のある人だし、学会での発表を見てもいい成績を出しているんだが……」

「メジャーのオペばかり手がけているから、痔《ヘモ》くらい、て、侮ったんじゃないですか」

矢野がやはり憤慨の面持ちで言う。

「始めっから当麻先生を頼ってきてればよかったのに、何故ですかね？」

「僕にヘモのオペはやれないと思ったんだろうね」

「知ったドクターにお尻を見られるのが厭だったんじゃないですか」

塩見が口を入れた。

「僕の親父も、昔、痔に悩まされていたようで、結局オペに踏み切ったんですが、自分の勤めている病院でなくて、別の病院で受けたみたいです」

「えっ、塩見先生のお父さん、ドクターだったんですか？」

長池が耳聡《みみざと》く塩見の言葉を捉えた。ナース達の目が一斉に塩見に注がれる。

「ええ、まあ……」

「何科の先生？」

「内科、です」

「開業医さん？」

「いえ……」

「じゃ、跡取り、て訳じゃないのね？」

「ええ、まあ……」

「婦長、そんな、塩見君の身上調査みたいなことは後にして……」

「あ、すみません」

大塩の介入に、長池は手を口もとへやって肩をすくめた。

「それよりこの寺谷さん」

大塩は寺谷のカルテをめくった。

「難物でしょうね？　もう四度目でしょう？　僕だったら腰が引けちゃうなあ」

「僕も自信がないよ。こういうケースは初めてだからね」

当麻の言葉に一瞬座が静まり返った。

「そんな、先生が自信がないなんて……」

長池が口を尖らせた。

「ご冗談でしょう？」

「いや、真面目な話。だから、須藤先生に助っ人《すけと》を頼んだんだよ」

矢野が相槌を打った。

「ヘモの術後出血なんて、経験ないですもんね。どういう状況になっているのか、想像できないなあ」

「須藤先生も、再手術は自分では一度限り経験しただけで、三度も繰り返したことは幸か不幸かない。でも、大阪の病院にいた頃、二度やり直しても出血を止められなかったという患者が蘭先生に紹介されてきて立ち会ったことがあるそうで、何とかなると思います、と言ってくれた。それで引き受けることにしたんだよ」

「でも、寺谷さんの奥さんから電話で相談を持ちかけられた時、須藤先生に相談するまでもなく先生は引き受けると即答されたんでしょ？」

今度は大塩が口を尖らせた。

「うん、ま、いざとなれば須藤先生が何とかしてくれるだろうと思ってね」

当麻がさらりとかわして一同の笑いを誘った。

寺谷の手術は翌日の午後二時に始まった。富永の病院では三度とも仙骨麻酔で行って三十分から一時間で終わったと聞いたが、当麻は気管内挿管による全身麻酔を選んだ。狭い肛門管内の操作は、視野をどこまで確保できるかに成否がかかっており、それには筋弛緩剤を用いることが必須と考えたからである。呼吸筋も麻酔させてしまう以上、腰椎麻酔で筋弛緩剤

は使えない。他に一件大腸癌の手術があるので白鳥を呼んである。午前の診療が一時過ぎまで
須藤は麻酔がかかった頃にタイミングよくやってきた。午前の診療が一時過ぎまで長引い長引いてしまってすみません、と恐縮の体で言った。

「前の病院ではジャックナイフ型の体位でやられたみたいですが、蘭式でいいですか？」

術衣に着換えて手術室に入ってきた須藤に当麻は尋ねる。

「ええ。専ら僕は蘭先生のスタイルでやってきたので、先生さえ宜しければ」

須藤は当麻より三歳年少で漸く不惑の年に至ろうとしている。学生時代にキャンパスですれ違うことがあったかも知れないが、お互いを知る由もなかったから、甦生記念病院での出会いが最初である。蘭医院を継承して診療を始めた時点で挨拶に来た。

「自費診療でやって行ける自信はないので、一般の開業医並みに保険診療で行きます」

名刺をおずおずと差し出しながら須藤は言った。その時点で当麻は、蘭の妻洋子《ようこ》の消息も知ることになった。家は医院と共に明け渡してもらうが、もし洋子が望むならば近くのマンションにでも移ってもらって医院で事務員として働いてもらってもいい、と須藤は提案したが、自費診療から保険診療に変われば受付での診療費の計算も変わってきて、とてもじゃないが対応できそうにないからと洋子は固辞したという。

大阪に戻った洋子は、母校の阪神音楽学校に入り直すことを決意し、一年後にその夢を果

たした。

手術台の端に二本の支柱を立て、両下肢を垂直に持ち上げて支柱に括《くく》りつけ臀部を突出させる蘭式砕石位《さいせきい》で、当麻と須藤が斜めに向かい合い、塩見が持ち上げられた左下肢の向こうに回り腹側から直角鉤を肛門にかけて引き上げる格好で寺谷の手術は始まった。矢野と大塩は当麻と須藤の背後に立って背を屈めて術野を覗き込む。二人は隣の部屋で大腸癌の手術に臨むことになっている。寺谷の手術の目途がついたところで患者を運び入れ、白鳥が麻酔にかかる段取りである。矢野か大塩が寺谷の麻酔をバトンタッチする。

当麻と須藤が、詰め込まれたガーゼの脇に直角鉤を滑り込ませる。当麻はもう一本の直角鉤を時計方向六時の位置の肛門縁にかけて押し下げる。直上の十二時方向には塩見の鉤がかかり、須藤が一時、当麻がさらにもう一本の鉤を三時方向にかける。九〇度の間隔を置いて四本の直角鉤で肛門が広げられる形になった。

「サクシンをお願い」

当麻の指示に、紺野が素早く動いて、寺谷の前腕に差し込まれたエラスタ針に接続されたチューブから筋弛緩剤を注入する。

「取り敢えず、ガーゼを抜かせてもらいます。ピンセットを」

「ハイ、無鉤《むこう》でいいですか？」

丘が器械台をまさぐる。

「いや、ガッシリ入り込んでるから、有鉤《ゆうこう》のを」

無鉤では滑って引き出せないとの判断だ。

「吸引器を」

鉤を食い込ませて須藤がそろりそろりとガーゼを引き出したところで当麻が言った。

「はい。外筒は？」

「取って」

「はい。吸引器、つけて下さーい」

「はいはい」

紺野が床にしゃがみ込む。

「大塩君、手袋をはめて、須藤先生の左手の鉤を引っ張ってくれないか」

当麻の言葉に須藤が相槌を打つ。

ガーゼが半分程引き出されたところで褐色の液が滲み出てきた。ガーゼの残った部分を引き出した刹那、三度まで糸が滑脱した痔動脈の断端から新たに血が噴き出すかも知れない。

それを吸引するには当麻か須藤が片手をフリーにして吸引嘴管《しかん》を手に取るしかない。

「一応、止まっているようですが……」

須藤の言葉に、当麻が頷く。ガーゼはほとんど引き出されているが、まだ先端は残っている。須藤は嘴管をガーゼの先端に差し入れた。

「では、取ります」

須藤が有鉤鑷子《せっし》をガーゼの先に食い込ませ、グイと引いた。ズズズッと吸引嘴管が音を立て、ガーゼが除かれて空洞化した直腸膨大部に少量たまっていた赤褐色の液がチューブに吸い込まれる。

「電メスで焼いた跡がありますから、その辺でしょうね」

須藤は視線を肛門管の奥に走らせながら呟《つぶや》く。

「血圧は、幾らあります？」

当麻が白鳥に問いかけた。

「やや、下がっています。九〇に五〇ですが……」

「笑気《しょうき》だけにしてくれますか」

「あ、はい……」

白鳥はメインの麻酔剤であるハローセンを切った。笑気と酸素だけの麻酔導入時は一二〇に七〇とほぼ正常であったが、ハローセンを加えたことで一時的に下がったのだ。血圧が下がれば末梢の小血管に血流が行き渡らない。まして何日もガーゼで圧迫されていた細い痔動脈は、血圧が低ければ中枢側の太い動脈からの血流が緩徐となり、潰された断端を広げるだけの圧力を持ち得ない。だから一見出血は止まっているように見える、と当麻は踏んだのだ。

「あ、出てきましたね」

白鳥が「一三〇と七五に上がりました」と告げるや、ややもせず須藤が言った。

「僕が吸いましょう」

当麻は吸引嘴管を須藤から取る。鮮血がチューブに昇る。

「直角鉗子を！」

須藤が自由になった右手を伸ばした。

「ハイ」

丘が差し出す。

「断端、一ミリ程度、見えるか見えないかですが……」

「そうですね。でも、ピュッピュッと噴き出してますから、何とか、捉えられそうですが……」

丘から受け取った直角鉗子をそろっと肛門に差し入れた須藤に当麻は返した。ここは捉えたら最後、先端はピクリとも動かしてはならない。自分は両手が塞がっている。須藤の手際に期する他ない。しかし、須藤が断端を捉えたら、次にはそれを結紮しなければならない。須藤が直角鉗子を手にしたまま糸をかけて結ぶ訳にはいかないから、当麻は片手をフリーにして須藤の手にした直角鉗子を受け取る必要がある。

　一同が固唾《かたず》を呑む間、須藤も息を詰め、目を凝らして、当麻が手にしている吸引嘴管の先でチラチラッと断端をのぞかせる動脈に直角鉗子を近付け、捉えた。断端が潰され、出血は止まった。周囲にたまった血液を吸い取ったところで当麻は嘴管を収め、須藤が手にしている直角鉗子に手をかけた。

「5－0の糸、モスキートの先につけて下さい」

　直角鉗子をそっと当麻に託しながら須藤が言った。

「はい」

　丘が呼応する。

　須藤は当麻が保持している直角鉗子の先端にモスキートの先を持っていき、糸を回し、手許に引き寄せたところでモスキートを外して糸の両端を捉える。

　正念場だ。狭いスペースに両手を入れるだけのゆとりはない、両手の指先をスペースに差し入れて直角鉗子の先端の向こうで小さな輪を作り、一気に締めなければならない。

「鉤を思いっきり引いて」

自ら片手の鉤に力をこめながら当麻は大塩にはっぱをかける。

「とは言っても、そろっとね」

急な力をかければ肛門管に振動が伝わり、肛門から直腸膨大部の壁に這わせている須藤の指がぶれかねない。

見学用の足台の一つに腰を落としていた大塩が牽引鉤を握り直した。

「いけたと思います。鉗子、外してみて頂けますか」

須藤が絞り出すような声で言った。血管に食い込むように糸がきっちりと結ばれていなければ、鉗子を緩めた途端に糸が滑脱する恐れがある。これまでの手術では、ほどほどに結ばれていて、手術の終了時点では止血されたように見えたのだろう。腰椎麻酔では往々にして血圧が下がるから、その程度の結紮でも事足りたのだろうが、病室に戻って血圧も上昇し、麻酔が切れればトイレにも立ったろうから、その時点で結紮が緩み、糸が滑脱したに相違ない。

「緩めてみますか？」

当麻の問いかけに須藤が頷く。微動だにしなかった当麻の指がゆっくりと動く。僅かでも出血を見れば即座に血管を捉え直すつもりだから、鉗子の先端の位置はピクリとも変えない。

ただ、開くだけだ。

糸はまだ一回括られただけだ。須藤は両手の指を鉗子の先に持っていくことはできない。片手の指は何とか差し入れたが、糸の一方を捉えた指は糸を引いたまま肛門管近くに留まっている。広いスペースなら、両手を差し入れ、結び目に近い所で両の指先に捉えた糸を左右に水平に、つまりは血管に直角に引いてキュッと締めることが可能だが、幾ら鉤で引き、筋弛緩剤を打っても、肛門を取り巻く括約筋を切断しない限り、肛門管に両手は入れられない。つまり、奥深い所の結紮は、どうしても水平に力を加えられないから、やや斜め気味になる、つまりはほどけ易いのだ。

しかし、多少斜めながら糸は血管に食い込み、緩めた鉗子の間から僅かに血管の断端が覗いているのが見て取れた。

当麻は鉗子の先端を脇に寄せた。須藤がすかさず二度三度と結紮する。

寺谷の体がかすかに揺らいだ。

「血圧、一五〇と九〇に上がっていますが、どうしましょう？」

白鳥が言った。

「ハローセン、入れましょうか？」

「もう十分程このまま様子を見たいので、サクシンをお願い」

当麻が答える。

「抜管時に怒責しても問題なければいいんですがね」

相槌を返しながら須藤がやっと当麻に目を返した。目の周囲にも額にも汗が滲み、目深く被った帽子にも滲み込んでグリーンの色を濃くしている。

頷き合ってから二人は再び術野に目を凝らした。

「塩見君、有り難う。もういいよ」

当麻は塩見が引いていた直角ベラに手をかけた。塩見の位置からは何も見えない。正に〝鉤引き〟に徹する他ない損な役回りだが、普段当麻が執刀する痔の手術時には横に並ばせることもある。極く稀だが執刀もさせている。

大塩は鉤を引いたまま須藤の肩越しに視線を肛門の奥に向けている。

矢野はフリーだから当麻と須藤の背後に回って、膝を屈め、術野に目を凝らしている。

「ハローセンを切って、そろそろ抜管してもらいましょうか？」
七、八分も経過したところで当麻が須藤に問いかけた。
「そうですね。吸引してもらって少し怒責させてもらいましょうか？　怖いですが…」

実際そうだ。怒責して腹圧がかかり、血圧も上昇したくらいでまた出血してくるようなら、結紮が甘いということだ。

白鳥がハローセンを切る。五分も経ったところで寺谷の体が動き出した。白鳥はバッグを外し、気管に挿入したチューブに吸引嘴管を差し込んだ。ズズズッと痰《たん》の引ける音が室内に響く。刹那、寺谷が激しく怒責し、上半身が波打った。

「やっ、駄目だっ！」

須藤の声に、

「吸引止めてっ！」

と、すかさず当麻が重ねた。白鳥が急遽チューブを抜く。

「サクシンをお願いっ！　ハローセンも！　塩見君、鉤引きももう一度頼む！」

「あ、はいっ！」

丘が慌てて鉤を塩見に手渡す。

「すみません」

須藤がくぐもった声で言った。

「直角鉗子を……」

丘に差し出した手が心なしか震えている。

当麻は吸引嘴管をあてがうが、忽ちにして引けなくなる。滑脱した糸が吸引口を塞いでいるのが見て取れた。須藤もそれと気付き、直角鉗子の先で糸をつまみ取った。

「いやあ、参りました。これは、難物ですね」

鉗子を引き抜き、先端に捉えた糸を左手の指につまみながらやはりくぐもった声で須藤が言った。

「断端は見えてます」

吸引を続けながら、当麻は言った。

「大丈夫、捉えられますよ」

須藤は、滑脱した糸を手に取ってじっと見詰めていたが、当麻の声に我に返ったように頷いてから鉗子を肛門管に入れ直した。

「捉えるには捉えましたが……」

須藤が半ば独白のように呟いた。

「どうも、結紮に自信ありません。代わって頂けますか？」

大塩が当麻を見すえる。

「僕も自信がないですが、それじゃ」

須藤が直角鉗子を把持したまま腰を上げる。

「あ、僕が持ちます」

大塩が片手をフリーにして鉗子に手を伸ばした。

当麻は吸引嘴管を塩見に託し、中腰のまま横に滑るように移動して須藤と入れ代わる。須藤が腰を落としていた位置からでないと逆手になって結紮がままならないのだ。

「糸は5－0でいいですか？」

丘の声に当麻は頷き、大塩から直角鉗子を受け取る。先端でギリギリ痔動脈が把持されているから、鉗子のやり取りには一切牽引をかけられない。

肛門の奥に目を凝らし、鉗子から血管が滑脱していないことを確認する。

「外れてはいませんね」

塩見から吸引嘴管を取って同じように視線を術野に据えながら須藤が言った。

「大丈夫です。じゃ、お願いします」

当麻は鉗子を須藤に託し、丘に手を伸ばす。ケリーが当麻の掌をビシッと打つ。浪子程ではないが、丘の器械出しも大分板についてきている。

「どうぞ、緩めてみて下さい」

糸を一回結んだところで当麻が言った。先程と同じだ。痔動脈の断端がへしゃげたまま僅かに白く見える。当麻は十数秒間微動だにせず糸の先を見すえていたが、意を決したように二度、三度と結紮を繰り返した。

「ハローセン、切りますか？」

淀んだ空気を払って白鳥が言った。

「お願いします。そのまま抜管して下さい」

白鳥はハローセンを切り、患者の体動が始まったところで笑気も切り、酸素だけにする。

「いやあ、助かりました」

患者が白鳥の呼びかけに応じ、気管チューブの奥をサクションして怒責を生ぜしめても痔動脈からの出血がないのを見届けると、須藤が深々と一礼した。

「いえ、こちらこそ」

当麻も安堵の面持ちで返す。

「先生に来て頂いて、心強い限りでした」

決してお世辞ではない。赤心の思いだ。もう一度手術ということは許されない、背水の陣を敷いて臨んだ手術だったからだ。

「たかが虫垂炎《アッペ》されどアッペと言いますけど、痔《ヘモ》も一つ間違うと怖いですね」

抜管を終え、寺谷を病室に戻したところで、大塩がフーと大きな嘆息をついて言った。

「もし今回痔動脈を捉えられなかったら、あるいは、ひょっとしてまた糸が滑脱して再出血を見るようだったら、どうしたらいいんでしょうね？」

「うーん……」

須藤が首を捻って当麻を見る。

「先生、どうしたらいいんですかね？」

「究極の手だても考えていました」

「と、言いますと……」

「開腹して両側の内腸骨動脈を結紮することです。痔動脈はその分枝ですから、止まるはずだ、と……」

「あ、なーるほど！」

大塩が口をあんぐりあけた。

「そういえば先生、直腸癌のオペの時に時々されますよね？　直腸動脈は内腸骨動脈の枝だからって……」

「うん、同じ理屈で、痔動脈からの出血も止まるはずだよね」

須藤が頷きを繰り返す。

「そういう非常手段を残しておられるなら、もうひと安心です。こんな厄介な患者さんを当麻先生がお引き受けになった理由が分かりました。僕はそこまでできませんから、もし患者さんが僕のところへ来ていたら、果たして引き受けられたかどうか……少なくとも、絶対的に、とは約束できなかったと思います。先生の所へ来られてよかったです」

十日後、寺谷は軽快退院した。便を作らないように二、三日絶食を続け、流動食から始める。一週間後には粥食に進み、便らしい便も見たが、出血は起こらなかった。体重も退院時には三kg程戻り、げっそりとこけ落ちた頰に幾らかふくらみが出た。

「この苦々しくも貴重な体験、いつか必ず記事にします。書かずにはおれません」

数日後に届いた礼状の末尾に、寺谷はこう書いていた。

疑惑

塩見とのデートを終えて家に戻った江梨子は、自分の部屋にさっさと引っ込もうとしたところを父親に呼び止められた。

「汗をかいたから、シャワーを浴びてからにして」

開け放たれたドアからリビングに一瞥をくれると、母の重子と並んでソファに掛けた父の泰造が険しい目をこちらに投げかけている。ソファの前のテーブルに何やら写真らしきものが広げられている。

厭な予感がした。

（また見合い写真だわ、きっと）

江梨子はわざと時間をかけて汗を流し、髪を洗った。

「お父さんが、早くって」

バスタオルをまとってドライヤーをかけているところへ、母親の重子が脱衣室に入ってきて言った。

「あの写真、何なの？」

ドライヤーの音に消されてこちらの会話がリビングまでは届くまいとみなしたから、江梨子は尖った口調で切り返すように言った。

「お父さんの友達の息子さん」

「お見合いなんてしないって言ったでしょ」

生理前で気も苛立《いらだ》っている。

「そのお話ばかりじゃなさそうだから……早く戻ってくるように電話をかけろってうるさかったのよ」

江梨子は答えない。

塩見とのデートも、決して楽しいものではなかった。こちらは切羽詰まっている。家を出て独り住まいをする決意を固めたことを告げたかったのに、塩見は手術の話に終始して切り出す機会を与えてくれなかった。消化不良の思いで帰ってきたところへ、ここ暫くろくすっぽ口をきいていない父親に不意を衝かれたのだ。

「早くね」

江梨子の沈黙に見切りをつけるように言い放って重子は退却した。

「塩見君の親父さん、亡くなったそうだが……」

乾き切らない髪を束ね、パジャマ姿でリビングに赴いた江梨子は、父親の第一声に血の気が引いた。

「お前、聞いてないのか？」

泰造が怪訝そうな目を向けた。レストランで一方的に喋りまくっていた塩見の一挙手一投足が蘇る。

（彼は、知っていたのだろうか？　否、知らされていたのだろうか？）

だが、別な疑問が江梨子の脳裏をよぎった。

「お父さんは、どうしてそのことを知ったの？」

泰造は得たりや応とばかりほくそ笑んだ。

「ウチのプロパーからだよ。塩見君の親父さんが勤めている病院を担当している——」

「いつのこと？」

「つい昨日だ」

「昨日？」

昨日は普段通り出勤してきた塩見を見たし、夕刻五時半を過ぎて帰宅準備を始めたところへ、二件の手術が終わったがこれからもう一件緊急の手術がある、と言う塩見にコーヒーを淹れ、「じゃ、明日、いつものところでね」と言って別れてきたことを思い返した。

「ま、訳ありの息子だからな。本妻さんやその身内としては、通夜や葬儀に、本人はもとより、塩見君の母親に顔を出されても困るだろうから、内密にしてあるのかも知れん」

父親のことはそろそろ塩見に問い質さねばと思っていた矢先だったから、出鼻を挫かれた思いだ。自分の母親を愛人にしてきた父親の死を、塩見はどのように受け止めるのだろう？

今すぐにでも引き返し、塩見の宿舎に馳せたい衝動に駆られる。

「お話は、それだけね」

腰を上げようとした端、

「いや、まだだ」

と泰造が険しい目を向けた。

「お前、塩見君とはまだ付き合ってるのか？」

重子が席をたってキッチンに向かった。

「彼のことを認めないいんだから、答える必要がありません」

そっぽを向いたまま江梨子は返す。

「父親が死んだことも知らん、葬儀にも出られん男に、何故娘をやれる？」

「やれる？」

今度はしっかり視線を交えて江梨子は返した。

「あたしはお父さんの所有物じゃないのよ。あたしの人生はあたしが決めます」

重子が盆を手に戻ってきてジュースを注いだコップを江梨子に差し出した。

江梨子は無言で受け取って一気に飲み干した。

「ご馳走様」

コップを盆に戻すなり、軽く会釈して立ち上がると、江梨子はさっさと踵を返した。

「待ちなさいっ！」

泰造が声を荒らげ手を振り上げたが、虚しく空を切った。

半時後、重子が部屋をノックした時、江梨子はいい加減泣き腫らした後だった。

「お父さんが、これをあなたに見せるようにって……」

机の前で頬杖をついている江梨子に歩み寄ると、携えてきた封筒を机に置き、数歩後ずさって重子はベッドの端に腰を下ろした。

「見るだけ見といて。東日本大の経済学部を出て新聞社に勤めてる人よ。背も高いし、ハンサムだし、申し分のない……」

「お願いだから、そっとしといて」

江梨子は激しく首を振った。

「彼のお父さんが亡くなったというのに、何故そんなものを見せるの？」

「だって、塩見さんのことはもう……」

「もう、何よ？　彼とのことは終わっていない、現在進行形よ」

「だから、それはもう……世間体から言っても……」

「熊川大介という彼の父親がどんな人だったかは知らないけれど、塩見さんは、真面目で、患者さんにも優しくて、尊敬できる人だし、当麻先生のように腕利きの外科医にもなれる人だと信じてるわ。彼があたしを嫌いにならない限り、あたしは彼について行く」

乾ききっていない目にまた新たな涙が滲む。充血もしている険しい目で見すえられて、重子はたじろいだように上体を引いた。

眠れぬ一夜を過ごした江梨子は、朝食も摂らずに家を出た。弟の秀樹は夜遅く帰ってきて、江梨子が忍び足で階下に下りた時はまだ白河夜船で、高鼾《たかいびき》が隣の部屋から聞こえていた。

前夜のいさかいがあった後では、朝食を両親と一緒に摂る気がしなかった。

国道一六一号線に出て琵琶湖畔を暫く走ったところでコンビニエンスストアの駐車場に車を止めると、携帯を取り出し、塩見を呼び出した。

「どうしたんだい？　こんな朝っぱらから」

ベッドに寝たまま携帯を取り上げたらしい。

「病院からの呼び出しかと思ったよ」

「ご免なさい。昨日会ったばかりだけど、今夜もお会いできないかと思って……」

「今夜？　うーん、ちょっと無理かなぁ……午後から……」

「腎臓移植の手術でしょ？」

「ああ……」

「でも、九時までには終わるんでしょ？」

手術予定は把握している。塩見が日直でない限り、日曜は遠方へドライブする。その折、月曜から土曜までの予定を塩見が告げてくれ、江梨子は手帳に書き入れる習慣にしているからだ。デートはもう一回中日の平日、手術のない日と決めている。昨日がその日だった。

「多分、ね。でも、分からない」

「あたしは何時になってもいいから、会いたいの」

「何か、あったの？」

まるで他人事《ひとごと》だ。塩見は父親の死を知らないでいる、と江梨子は確信した。

（何かあったのはあなたの方でしょ。何故知らないの？）

喉もとまで出掛った言葉をやっとの思いで呑み込んだ。塩見が執刀するわけではないだろうが、たとえアシスタントでも上の空でオペについていては当麻や先輩のドクター達に迷惑がかかる。

「ええ」

乾いた喉の奥で生唾《なまつば》を呑み込むと、江梨子は自問自答から我に返って声を絞り出した。

「どうしても、お話ししたいことがあるの」

「そんなに急ぐこと、なのかな？」

塩見はベッドから身を起こしたようだ。

「ええ……」

「ウチで、何かあったの？　僕のことで、何か言われた、とか……？」

図星だが、そうだとは言えない。

「よかったら……」

江梨子は答えをはぐらかした。

「先生のお宅で、待っててもいい？」

「僕の家で……？」

「家のキーをポストに入れておいて。どこかで時間を潰して、暗くなって、人目につかなくなってから入るから」

「食事は？　僕は病院で食べるからいいけど」

「適当にどこかで食べて行きます」

「分かった。オペが終わったところで電話するよ」

肩から力が抜け、急に空腹を覚えた。車を降りてコンビニに入り、サンドイッチとカフェオレを買うと、車に持ち帰って食べた。


その日、夕刻までに塩見と会えたのは昼時のほんの一瞬で、医局ですれ違いざま、

「入れておいたから」

と塩見は江梨子の耳もとにさりげなく言ってあたふたと出て行った。

医局の掃除を終えたところで猛烈な睡魔に襲われた。ソファに体を投げ出して眠りこけたいが、生憎、当直の内科医が残っていてソファで雑誌を読んでいる。

江梨子は急いで一階の更衣室に走り、私服に着替えて駐車場に向かった。職員専用の駐車場は、既に大方の車が出払っている。

駐車場の向こうに点在しているのは常勤医達の大小の宿舎だ。世帯持ちの医者にあてがわれるのは3DKの広さの大きめの家で、独身の医者用は2DK程度だが、一人住まいには充分過ぎる程のスペースがある。平屋だが庭もそれなりについていて、花や野菜を育てている家もある。子供用の砂場や滑り台を置いている所もある。矢野の妻桃子が子供と遊んでいるのを時々垣間見る。

犬を飼っている家もある。江梨子の足音を聞きつけたのか、どこからともなく吠え声がした。猫を家で飼っていて、猫を抱いた我が子の写真を医局の机に飾っている医者もいる。野良猫も二、三匹見かける。厨房の残飯を目当てに寄ってくるのだ。

3DKの宿舎は矢野がボートをつないでいる乙女ヶ池の近く、比較的奥まったところに点在し、独身者用の宿舎は手前の駐車場に近い所に並んでいる。塩見の宿舎もその一つだ。

キーがポストに入れてあるはずだから、今すぐにでも入ろうと思えば入れる。塩見のベッドに身を投げ出して一時間なりと眠りたい衝動を覚えたが、六時前の初夏の日はまだ明るい。病棟からも医師住宅は視野に入る。暑い日中は避け、医者の妻達が街中のスーパーに買い物に出かける時刻でもある。塩見の家の玄関口に佇んでキーを回しているところを見られたら事だ。夜の帳《とばり》が下り、闇に紛れて入るに如《し》かず、と思い直し、車のシートを倒して仮眠を取ることにした。

犬の遠吠えや人の足音、車の発車音やドアを閉める音が気になっていたのはほんの数分で、気が付いた時には近くにあった数台の車も消え、辺りは暗くなりかけている。七時を回っている。一時間以上も眠ったんだと計算を巡らした時、股間に覚えのある違和感を覚えた。

(始まってしまった！)

失望と共に、半分は安堵の思いが入り混じった。

シートを立てると、ミラーで髪に手櫛《てぐし》を入れてから、エンジンをかけた。念の為、バッグから携帯を取り出して開いた。熟睡していてもよもやコール音を聞き逃してはいないだろうが、ひょっとして塩見からメールでも入っているのではないか、と思ったのだ。

「メール」の表示が目に飛び込んだ。

(まさか……⁉)

夢の中で聞いたように思ったが、うつつだったのだ。

だが、メールの主は塩見でなく母親の重子と知れて血の気が引いた。

「朝御飯も摂らずに出て、心配しています。今夜は早く帰ってくるように。夕御飯までにね」

叫びたい衝動に駆られた。

(もうそこは安らぎの場所じゃない！　帰りたくないっ！)

車を発車させ、国道一六一号線に出た。浅瀬から突き出た朱塗りの鳥居がまだ薄暮の中に浮かんでいる。道を挟んで石段があり、そこを上がった所には神社の境内がある。当麻先生が亡くなった奥さんと初めてデートした所らしいからと言って、それこそ最初のデートで塩見に誘われた所だ。

塩見に手渡された小銭を賽銭箱《さいせんばこ》に投げ入れて江梨子は手を合わせた。塩見が逸早くそうしたからである。

「さっき、何をお祈りなさったの？」

境内の片隅にさりげなく置かれたベンチに並んで腰を下ろしたところで塩見を見返って言った。

「君とこうしてデートできたことへの感謝。君は？」

「あ、あたしは、先生につられて目を閉じただけで……」

塩見が指を二本突き出して江梨子の手首を打った。

「僕の片思い、ていう訳か」

手首を大仰にさすって咎め見た江梨子に塩見が返した。

「ま、いいや。当麻先生にあやかれますように、とも祈ったからね。君には百円玉しか渡さなかったけど、僕は五百円玉を奮発したからね、きっと聞き届けられるだろう」

「当麻先生にあやかる、て……？」

「だから、言ったじゃない。ここは当麻先生が奥さんと初めてデートした所だ、て」

「でも奥様は早くに亡くなってしまったんでしょ？　当麻先生にあやかったら……？」

「君も早くに死んでしまう……？」

今度は江梨子が塩見の膝を叩いた。

「あたしはまだ、先生の奥さんになるとは決まってませんから」

「アハハ、そうだね」


鳥居と神社を左右に見てやり過ごしながら、江梨子は塩見とのやり取りを思い出し、熱いものが胸にこみ上げてくるのを覚えた。

五分も走ったところで、国道からやや入り込んだ右手の一帯に人家がまばらに見える。その一隅に「須藤クリニック」の看板がかかっている。つい最近、四度目の手術を求めて大津から来た患者のことを塩見が身ぶり手ぶり宜しく話してくれた。

「須藤先生がそっちの専門ということで応援を求めたんだけど、最後をバチッと決めたのはやっぱり当麻先生だったよ」

当麻にあやかりたいと祈ったのは、恋愛成就ばかりでなく、外科医としての大成でもあったに相違ない。当麻の話になると目を輝かす塩見を見ているうちに、江梨子は初デートの折の幾らか滑稽《こっけい》な会話を思い出すのだった。

　更に十分程車を走らせて、左手、湖畔の喫茶店に入った。十人も入れば一杯になるし、店内はほとんど一望のもとに見渡せるから、塩見と入ったことはない。病院の職員が時々出入りするとも聞いていた。実際、名前は知らないが院内ですれ違って顔に見覚えのある若いスタッフと鉢合わせたこともある。まだ塩見と付き合う前だ。

　ピラフと食後のコーヒーをオーダーしてトイレに駆け込む。初日の生理はまだ少量だが、生理帯から僅かながらショーツにもしみ込んでいる。替えは持ってきているが汚れたショーツの処理には困った。店を出て車に戻り、助手席前のボックスにしまい込む。

「あらっ……!?」

　車から出たところで、隣に滑り込んできた車から降り立った中年の女が足を止めて江梨子を見すえた。隣に背の高い、夜目にも浅黒い肌の持主と見て取れる、やはり四十前後かと思われる男が立っている。

　咄嗟に名前は出てこないが、以前は外科病棟にいて今は外来に移ったと聞いているナースだ。

「確か、医局秘書の……」

　会釈だけ返した江梨子を見すえたまま相手は二の句を継いだ。

「はい、加納です」

相手もこちらの名が出てこないと見て取って江梨子は言った。

「尾島です。病棟では時々お会いしたけど、私、外来に移ってしまったから、お会いする機会は余りないわね」

「はい……」

「お一人……？」

尾島は江梨子の車を覗き込んだ。連れの男は終始にこにことしている。

「こちら、夫の中島」

尾島が屈めた背を伸ばして傍らの男に視線を返した。

「初めまして」

男が更に目を細めて一礼した。

「初めまして」

返しながら江梨子は、二人が別々の姓を名乗ったことに違和感を覚えた。

「どなたかと待ち合わせ？」

尾島が畳みかける。

「いえ……」

「今、着かれたの？」

「少し前に。オーダーしたところで忘れ物に気付いたものですから」

「あ、じゃ、先にいらして」

尾島が一歩後ずさるのに、中島も頷いて合わせた。

（やっぱりここは危ない。うっかり来られないわ）

促されて先に店に戻りながら江梨子はひとりごちた。

席に着くや否や、ミニスカートから惜し気もなく太い足を出している若い女性がピラフを運んで来た。その傍らを先刻の二人が通りすぎた。江梨子の背後の席に落ち着いた模様だ。

二人の噂は耳にした覚えがある。

「尾島主任が外来勤務に移りたいと申し出た理由を、先生、知ってます？」

大分前になるが、大塩が矢野に話しかけ、暫く尾島の話題に話が弾んでいたことが思い出された。

「何でも、お父さんの具合が悪いから介護に時間を取られるらしくて、て婦長が言ってたけど……」

「多分、それは〝嘘も方便〟ですね」

大塩が矢野に首を振ってみせた。

「見ちゃったんですよ。ほら、気胸で入院してたスポーツマンタイプの男がいたでしょ。彼の運転する車に、主任が乗ってたんです。たまたますれ違ったんですけどね」

「どこで？」

「浪子を湖東日赤へ連れて行く途中、今津あたりだったかな。浪子も気が付いたようだけど」

確かそんなようなやり取りだったと思い出しながら、江梨子は一口一口かみしめるようにピラフを味わった。半時間もかけたところで、日はとっぷりと暮れ、夜の帳が下りた。

塩見からの連絡はなかったが、江梨子は腰を上げ、背後を振り返った。刹那、フォークを口もとに運んだまま尾島が顔を上げた。反射的に男もこちらを振り向いた。二人に会釈する形で一礼すると、

「あら、もうお帰り？」

と尾島が周りの客も憚らぬ声で言った。

「どなたかと待ち合わせじゃなかったの？」

男もこちらを凝視する。

「いいえ……お先です」

ぎこちない微笑を返し、背に感ずる二人の視線を忌々しく思いながら江梨子は足早に店を出た。

国道に出たところで、背後から救急車のサイレンが迫ってきた。先行する車が路端に寄るのを見て江梨子もハンドルを切って脇に寄る。刹那、一瞬増幅したサイレンの音と共に、猛烈な勢いで救急車が傍らをよぎり、あっという間に前方の数台の車を追い越して行った。嫌な予感がした。ひょっとして緊急手術になる患者が運ばれていたのではないか？　だとしたら、塩見は予定の時刻には病院を抜け出せなくなる。

病院の構内に入って二、三台の車とすれ違ったが、幸い駐車場を出入りしている車はない。病院の明かりと煌々たる月の光に闇は薄まっている。江梨子はあたりを窺って塩見の宿舎に人の気配が無いか確かめながら足音を忍ばせた。ヒールは低めのものを履いてきている。

努めてさりげない風を装ったつもりだったが、玄関口に来てポストを開ける段に及んで心臓が高鳴った。キーを探るところでそのボルテージは極まり、脇に冷たいものが流れるのを覚えた。

男の家にこんな風に忍び込むのは初めてだ。梅雨は終わったが、結構むし暑い。病棟はまだ消灯前だから、涼を求めて軽症の患者はベランダや屋上に出ているかも知れない。闇をついて彼らの視線が自分を捉えるかも。

震える指先にキーを捉えると、江梨子は何者かにせっつかれるような焦燥感を覚えながら鍵穴《かぎあな》にさし込んだ。「カチャッ」という金属音がやけに大きく響いた。ドアを半分も開かないで、江梨子は素早く体を滑り込ませる。

ムッとした暑気が鼻をついた。真夏日に半日閉め切っていれば無理もないと思いながら、額や首筋に伝う汗が忌々しい。手巾を取り出して額や首にあてがいながら、リビングのエアコンを入れる。

「冷蔵庫に冷たい物がある。冷凍庫にはアイスクリームも入れてあるから適当に」

と塩見は言ってくれた。

男の独り住まいにしては意外に整頓《せいとん》が行き届いている。自分が来るというので片付けたのかも知れない。

隣の寝室にも格別男臭さは匂《にお》わない。ベッドのシーツは皺が寄っているが不潔感は無い。掛け布団は真夏のこととて薄いものが一枚だけだ。江梨子はベッドに体を横たえ、目を閉じた。

いつしか寝入ってしまった。とりとめのない夢を見ていた。携帯が鳴ったのもその夢の中で聞いたように思った。目を覚まして、足下に置いたバッグの中でそれが鳴っているのに気付いたが、まだ夢の続きかと錯覚した。

九時を回っている。塩見からだった。江梨子が来ているかどうかの確認と、十分後には行ける、と伝えてきた。先刻の救急車は？　と尋ねると、脳卒中の患者で内科病棟に入ったらしい、と答えた。急に肩から力が抜けた。

かっちり十分後に現れた塩見は、江梨子が差し出したポカリスエットを一気に飲み干すと、

「いやあ、さすがに疲れたよ」

と吐くなり椅子にもたれかかった。

「手術は成功？」

自分も半分程グラスを空けて唇を湿らせてから江梨子は返した。

「うん、当麻先生、もう手慣れたもんだよ。千波先生にもヒケを取らない、て、これは大塩先生の弁だけどね」

（センナミ……？　ああ、確か、四国の病院の…？）

塩見から鉄心会の会報に載った大塩の「腎移植見聞記」を読まされたことを思い出した。

医局の書架の整理整頓は秘書の仕事だから、医学雑誌の類《たぐい》と共に会報は日常茶飯目にしているが、パラパラッと流し読みするくらいで、最初から最後まで一つの記事に目を通したのは、塩見に言われてその「見聞記」を読んだのが初めてだ。

「ところで」

塩見が上体を起こしてテーブルに肘をついた。

「急ぐ話って何？」

江梨子は生唾を呑み込んだ。

「あたし、家を出ようと思うんです」

「家を出る？」

塩見が目をパチクリさせた。

「で、どこへ行くの？」

（理由を聞かないのね？　何故？）

江梨子の無言の問いかけに、「うん？」とばかり塩見は二の句を促す。

「ここ」

江梨子は人さし指をテーブルに向けた。

「ここ!?」

塩見が素《す》っ頓狂《とんきょう》な声を上げた。

「どういう意味？　まさか……？」

「冗談よ、冗談」

江梨子は頬を弛ませた。

「そんな、先生の所に転がり込んだら、一大スキャンダルですものね」

「ま、そうだけど……」

塩見は両手を組んでその上に顎を乗せ、江梨子を見すえた。

「でも、この近くに住みます」

「近くって？」

「志賀町に、小さなアパートを見つけたの」

嘘ではない。手付金は既に払ってきている。週末には塩見を案内し、その場で入居手続きを終えるつもりだ。

「できれば保証人を一人つけて欲しいって言うの。先生、なって下さる？」

「それは、お安い御用だけど……」

塩見は拳に顎を乗せたまま頷くが、じっと江梨子を見詰めたままだ。その視線を眩しいと感じて、江梨子は目を逸らし、足下のハンドバッグをまさぐった。

「ここに――」

取り出した封筒から契約書をつまみ出し、その「保証人欄」に指を立てる。

「署名捺印、お願いします」

塩見は組んでいた手を解いて書類を覗き込み、上目遣いに江梨子を見た。

「急ぎの用事って、これのこと？」

「一つは、ね」

「一つは……？　他には？」

江梨子はグラスを手に取ると残りのポカリスエットを飲み干した。

「先生」

口もとを手の甲で拭うと、江梨子は真っ直ぐ塩見を見た。

「うん……？」

「お父様、お亡くなりになったんでしょ？」

「ええっ……!?」

塩見がまた素っ頓狂な声を上げた。

「ご存知、ないの？」

塩見の反応は、半ば予想していたが、半ばは（まさか!?）との疑惑だ。

「君はどうしてそのことを……？　誰に聞いたの？」

咎める目ではない。

（この人は本当に知らないんだわ！）

「父からです。父の部下のプロパーが、お父様の勤めておられた病院を担当していたから……」

塩見は唇をかみしめ、目をつっと逸らし、瞬いた。心なしか、涙をこらえているようだ。江梨子はテーブルの向こうに回って塩見を後ろから抱き締めたい衝動に駆られた。刹那、虚空に凝らしていた視線がこちらに振り向けられた。肘がまたテーブルに乗り、両手が組まれた。

「いつかは言わなければと思っていたんだが……」

組んだ手を、顎の下ではなく鼻先にやって、塩見は呻くように声を絞り出した。やはり目が潤んでいる。

「僕は、父の、何人もいた愛人の一人の子で、私生児なんだ。だから、母も、多分、父の死を知らない……」

切ないものが痛い程江梨子の胸にこみ上げてきた。

落日の埠頭

当麻は夏の休暇を予定通り十月の末に取った。福岡での学会に合わせてのことだが、無論富士子のことも頭にあった。手紙や電話でやり取りはあったが、矢野のボートで琵琶湖に漕ぎ出して江森京子の散骨を共にして以来会っていない。

満を持しての旅のつもりだった。

「ご両親にご挨拶にも伺いたいと思っているんですが……」

京子の散骨の打ち合わせを終えたところで、当麻は言った。富士子は絶句した。

「もしもし……？」

電話が切れたかと思い、携帯を見直した。「通話中」となっている。

「もしもし、富士子さん」

「あ、はい……聞こえてます」

当麻の畳みかけに、先刻までの歯切れの良い声とは裏腹に、喉の奥から絞り出したような声が返った。

「来年の秋あたりなら、翔子も、もう許してくれると思って……でもその前に、ご両親のお許しを頂くのが先決だろうから」

「当麻さん……」

富士子の声がまた途切れた。

「他人行儀だから、そろそろ名前で呼んで下さい」

手紙の末尾は「鉄彦様」と書いてくれていたが、翔子も久しく「当麻さん」だった。

「あ、はい……でも、本当に私でいいんでしょうか？」

「何故です？」

「私は、翔子には足許にも及ばない平凡な女ですから」

当麻は声を詰まらせた。翔子と富士子を比べたことなどなかったからだ。

「富士子さん」

「はい……？」

「僕はあなたを、翔子の分身だと思ってきました。翔子に代わる人は、あなた以外にありません」

声が返らない。当麻は不安に駆られる。

（求婚が早過ぎたのだろうか？）

自分もそうだが、富士子の手紙もほとんど近況報告のようなもので、およそ恋文とは言えない淡々たる内容に終始している。スキンシップは、半年前、北里の家で抱擁を交わした切りだ。翔子よりは厚みのある富士子の体の肉感にたじろぎ、かすかなうしろめたさを覚え、唇を交わすまでも至らず、早々に抱擁を解いた。富士子がそれを不満と感じた様子はなかった。〝かすかなうしろめたさ〟は、自分は亡き妻に対してのものだったが、富士子にとっては無二の親友であった翔子に対してのものだったかも知れない。

「嬉しいです」

富士子の声が返った。当麻は自問自答から我に返った。

「じゃ、僕が伺うこと、つまり、あなたとの婚約をお願いに上がること、ご両親に伝えて頂けますか」

「はい。びっくりすると思いますけど……」

「僕のことを、ご両親にはどの程度まで……？」

「まだ、ほとんど、何も……ゴールデンウィークに帰省した潤子が冗談半分に、お姉さんは来年にはもう家にいないわよ、なんて言うものですから、驚いた父が、何故だ？　と聞き返すと、当麻先生のお嫁さんになるからよ、なんて……。本当か？　て聞かれて、冗談よ、潤子の早とちり、と答えてしまいましたから」

生前の翔子と一度限り訪れたことのある松原家のたたずまい、リビングでの賑やかな歓談のひとときが思い出される。

「それはいけません。今から徐々に、お膳立てを整えておいて下さい。潤子さんの予告通りだと仰って下さってもいい」

「あ、はい……」

含み笑いが尾を引いた。

「ところで、富士子さん」

「はい……？」

「かつて僕の所にいた青木君という男が奄美大島にいるんです」

「はい、以前お聞きした先生ですね」

「彼が学会に来れば、の話ですが、一緒に葬ってもらおうと思い立ったんです」

「素敵なお話ですけど……」

富士子が語尾を引いた。

「京子さんとのいま一つの約束、どこの海で果たしてあげようかと、アレコレ迷ってます」

「近くでいいですよ。その辺の……」

「そうですか……」

富士子との会話を終えると、当麻は青木に電話を入れた。転居通知の葉書を取り出して宿舎にかけたが出ない。十時を少し回ったところだからまだ寝てはいないだろう。携帯にかけ直したがやはり出ない。

「お客様がおかけになった電話は、電源が切ってあるか、電波の届かない所にあってかかりません」と女の声が告げた。

青木からは残暑見舞いの葉書が届いている。その前に当麻は佐倉周平《しゅうへい》から暑中見舞いをもらっていたから、返信の葉書に、「青木君を宜しく御指導の程」と書き添えた。佐倉がそれを伝えてくれたから青木は残暑見舞いを寄越したのだろう。

「充実した日々を送っています。症例も豊富ですし、この前は肝左葉切除を初めて執刀させてもらいました。胃癌の肝転移です。ヤグレーザーはいいですね。先生も使っておられたと記憶していますが」

達筆とは言えないが、一文一文に生気と躍動感が感じ取れた。

青木が手伝いに来てくれた大川松男の肝移植にヤグレーザーは使っていない。青木の記憶にあるのは、それ以前、野本六郎の配下にありながら自分の手術を見に来ていた時だろう。明日にでもかけ直せばいいとひと風呂浴び、リビングに戻ってきた時、テーブルの上の携帯が鳴った。

「すみません。携帯はロッカーに置いてきたままでしたので」

弾んだ声だ。

「じゃ、オペ中だったんだね？」

当麻の脳裏に、佐倉と向き合った長池幸与の手術を手がけた日のことが、手術室の情景と共に蘇る。

「ええ。今日は胃癌と直腸癌二例あって、胃癌の方を執刀させてもらいました」

関東医科大で羽島の門下にあった修練士時代も、そうたびたび執刀の順番は回って来なかったはずだから、青木の興奮振りは厭という程分かる。奄美大島の鉄心会病院には青木とほぼ同年かと思われる久松《ひさまつ》と、数年若い沢田と名乗る外科のスタッフがいるはずだ。久松と青木は大塩と矢野、沢田は塩見にだぶる。

「うまく、やれたかな？」

「はい。全摘になりましたけど、何とか四時間で……」

「ほー、それは立派だ」

「十年後には先生のように三時間でやれるようにしたいです」

「そうなれば、理事長の医科大学が実現した時には、君が教授の一番乗りかな」

「そんな……先生や佐倉先生をさしおいて……講師くらいならまだしも……」

医科大学の構想を、徳岡は折に触れ鉄心会の会報に綴っている。どこに建てるか、具体的なことは述べていないが、幾つか候補地を当たっている、少なくとも一万坪の土地が得られるところを、と、意気軒昂《けんこう》だ。建築資金は百億円を見込んでおり、その一部の足しになればと募金箱を設置した、篤志家の寄付を仰ぐ云々、とも。そんな徳岡の鼻息を感じながら、今は亡き王文慶と、彼の形見となった高尾博愛医院の偉容が思い出された。建築資金は日本円で百億、うち六十億は自己資金で、残り四十億を銀行から借りて建てた、という王の言葉と共に。建築途中で台風に見舞われ一からやり直したこともあって完成までに延べ五年を要したと言ってたっけ？　おぼろな記憶を辿りながら、果たして徳岡の夢は現実のものになるのだろうか、と思いめぐらす。

「ところで、青木君」

「はい……？」

当麻の改まった口吻に、青木は少し戸惑ったようだ。

「今月末の福岡の学会には出るのかな？」

「出ます。外科専門医の資格に必要な教育講演会には是非とも出たいと思っていますので」

「じゃ、会えるね？」

「先生もお出になるんですか？」

「ああ、他についでもあってね」

「僕も……」

「うん？」

「あ、いや……いいです。また、お目に掛った時に……」

「そう？」

深く追及はせず、自分は学会の会場の福岡国際ホテルに泊るんだが、と伝えると、

「僕もそこに予約しています」

と返った。青木が来ないなら奄美大島まで富士子を誘って京子の散骨をという計画は、この時点で消えた。

学会は十月最終の金曜日に始まり日曜の午前まで実質二日半の日程で開かれる。

午前十時までにざっと回診を終え、矢野以下スタッフに後事を託して病院を出た。

湖西線で京都まで行き新幹線の〝のぞみ〟博多行きに乗る。

会場の福岡国際会議場に着いたのは午後五時前だった。

ホテルのロビーで富士子と落ち合った。

ラウンジで差し向かいになったところで青木から電話がかかった。青木は午前中に空路奄美大島から福岡に飛んできて、午後一時から三時間続く教育講演会に出ているはずだった。

程なく青木が姿を見せた。南国の陽《ひ》に焼かれたのか、色白の肌が小麦色になっている。事前に富士子のことは伝えていなかったから、当麻が女性と親しげに語らっている様子に戸惑った顔だ。

「こちらは松原富士子さん。福岡の亀山総合病院のホスピスでコーディネーターをしておられる……」

「ああ……！」

当麻の紹介に、青木は合点が行ったように大きく顎を落とした。

「君には言いそびれていたが、この人が京子さんを見送って下さったんだよ」

「えっ、江森さんは、いつ亡くなったんですか？」

青木は〝おしぼり〟で顔をひと拭いしてから、当麻と富士子を交互に見やった。

「この春、丁度君が奄美に行った頃かな」

「そうでしたか……」

一瞬キュッと唇をかみしめてから、青木はおもむろに富士子に視線を移した。

「お世話になりました。当麻先生から、彼女が亀山病院のホスピスに移ったことは聞かされていたんですが……」

「いえ、何も大したことはしてません」

「京子さんはね」

二の句を継げないでいる富士子に、助け舟を出すように当麻は言った。

「自分の骨は海に撒いて欲しいと、この人に遺言を託したそうで、これから一緒に彼女の望みを叶えてあげようと思っているんだよ。用意して下さっているんで……」

富士子は無言で頷いてから、

「ここに」

と、膝のハンドバッグを持ち上げてみせた。

「散骨は、どちらで……？」

当麻ではなく、富士子を見返して青木は尋ねた。

「博多湾が、一番近いですから、そちらでと思っていますけれど……」

「是非、お供させて下さい。散骨は、どんな風にするんですか？」

二人の視線をしっかり受け止めて青木は言った。

富士子はハンドバッグを開き、中から三つの小さな包みを取り出した。青木が目を凝らす。

「ここに、京子さんのお骨を粉末状にして入れてあります。取り敢えず三人分用意してきました」

「一つは、僕の分、ですか？」

「ええ。京子さんは医局の秘書で青木さんとも親しくしておられたから、一緒に弔ってもらおう、と当麻先生が仰ったので……」

青木は膝に視線を落とし、〝コクコク〟と小さく頷いてみせた。

十分後、三人はホテルを出た。富士子がマイカーで来ていたから、当麻と青木は後部席で肩を並べた。

「福岡へ来たことは……？」

車窓を流れる町並みを青木と共に眺めながら当麻が先に沈黙を破った。

「初めてです。都会の風情ですが、なかなか情緒がありますね」

バックミラーに富士子が微笑を広げるのを見て、当麻も口もとを弛めた。ここに富士子が生まれ育ち、縁もゆかりも無かった翔子と学び舎《や》を共にして知り合い、その縁で自分ともつながり、紆余《うよ》曲折を経て結ばれようとしている。単なる偶然の重なりとは片付けられない。それが何であるかは分からないが、何者かの意志によって導かれているように思われる。青木とも、思えば不思議な因縁だ。野本六郎の下で呻吟《しんぎん》し、ストレスが高じて十二指腸潰瘍を患い、穿孔から腹膜炎を起こして死線をさ迷った男が、そんな凄絶《せいぜつ》な過去があったとは微塵も窺わせない溌剌《はつらつ》たる顔で自分の隣に座っている。シャツをたくし上げれば、そこには自分が走らせたメスの跡があるのだ。

青木は、恐らく生まれて初めて本当に好きになったであろう女性に、報われぬ愛を注ぎ続けた。江森京子が夭折《ようせつ》の運命を辿らなかったとしても、その愛は一方的で報われぬままだったろう。心ならずも自分にその原因があったと知れたのだが、そうと知っても自分を恨まず、今こうして共に京子の散骨に赴くべく傍らにいてくれる、その実直さがいとおしかった。

（どうやら、江森京子のことはもう吹っ切れているな）

京子への性愛を告白した手紙の行間に漂っていた悲愴感は、もはやどこにも見られない。

自分と同様、青木も新たな旅立ちを始めているのだ、と、バックミラーの富士子と、傍らの青木の顔を交互に見やりながら当麻は思った。

十分も走ったところで海が見えてきた。

博多港の埠頭に車を進めると、

「ここでいいでしょうか？」

と富士子がミラーで当麻と目を合わせて尋ねた。

「いいですね。突堤がありますね」

当麻は即座に返したが、

「釣りをしている人が結構いますよ」

と青木がフロントガラスに目をやって言った。確かに、小さな椅子に掛けて釣り竿を握りしめている者や、見物人なのか、傍らに佇んでいる者が数名見られる。

「そうだね。手前の方なら邪魔にならないかな」

「でも、人目に触れない方がいいですから、埠頭の端にでも行きましょうか」

富士子の言葉に二人は頷いた。

車を降りて、三人はゆっくり左手に歩いて行った。右手には人影がまばらながら見て取れたからである。

日は落ちかけており、水平線から茜色《あかね》の帯が海面に伸びている。その帯をよぎって貨物船や漁船が行き交っている。

「琵琶湖もいいけど、やっぱり海は雄大だね」

足を止めたところで当麻が言った。

「僕も奄美へ行ってそう感じました」

青木がすかさず返した。

「じゃ、ここでいいですか？」

当麻が頷くと、富士子はハンドバッグを胸に抱くようにして中から例の包みを取り出し、一包ずつ当麻と青木に手渡した。

誰からともなく埠頭の端に歩みを進めた。

「これ……」

包みを開き、白い粉末にじっと見入った青木が、何かを思い出したように呟いた。

「半分、持ち帰っていいですか？」

富士子が小首を傾げて当麻をチラと見やった。当麻も無言で青木を訝り見る。

「奄美の海と夕陽も綺麗ですから、そちらでも撒いてあげようと思って……」

「名案だね」

当麻は目を細め、

「いいですよね？」

と、富士子に同意を求めた。

「ええ、是非」

富士子も目を細めた。

「有り難うございます。じゃ、僕は半分だけ撒きます」

「僕も少し残しておくよ。奄美の海のために」

「私も、そうします」

「では、江森京子さんが天国で安らかな旅を続けてくれることを祈って」

当麻が音頭を取るように言って白粉をつまみ上げ、海に投じた。

「京子さん、あなたのことはいつまでも忘れなくってよ」

富士子も宙に舞った白粉に呼びかけた。

青木は二人に聞こえない独白を呟きながら、二度、三度と散骨した。

「ちょっと、相談なんですが……」

それぞれに散骨を終えたところで、当麻は青木から距離を置いて富士子の袖を引いた。手巾で目もとを拭いながら、富士子は当麻を訝り見た。

「ご両親との面談、あまり堅苦しいものにしたくないので、青木君も同席してもらっていいですか？」

富士子は面食らったように目をパチクリさせた。

「今、咄嗟に思いついたことなんです」

当麻は弁解がましく言った。

「青木さんとご一緒でも、私をもらって下さること、父母に言って頂けるんですか？」

気を利かせたのか、青木は二人から離れるように埠頭を更に左手に歩いて行っている。それでも富士子は声を押し殺して当麻に目を上げた。

「勿論です」

当麻は大きく頷いた。

「青木君には、いわば、その証人として立ち会ってもらおうかと……」

「私達のこと、青木さんは、ご存知なんですか？」

「いや、何も……」

「じゃ、びっくりなさるんでは？」

「ええ。いきなりは何ですから、今から話します」

「えっ、ここでですか？」

「車の中ではちょっと話し難いし、ここの方が、改めてあなたを紹介する意味でも、僕としては話し易いんですが……」

「分かりました。父母も、昨日からそわそわしてますから、青木さんがご一緒して下さる方がリラックスできるかも知れません」

「じゃ、是が非でも彼にうんと言わせます」

当麻は富士子を促し、相当に離れた所まで行っている青木の方に足を向けた。

二人の足音を捉えたのか、青木が足を止め、次いでUターンしてきた。

急速に夜の帳が下りかけている。茜色に海を染めていた夕陽はすっかり西の端に没し、突堤で釣り糸を垂れている人々の表情はもはや窺い知れない。

東の空にはゆっくりと半月が昇り始めている。

証　人

当麻が青木を誘ったのには、別の思惑も与っていた。今頃松原家には、富士子の両親はもとより、二人の妹も勢揃いしているはずだ。里子には既に婚約者がいると聞いているが、潤子にはまだそれらしき相手はいなそうだ。青木に会わせたいと思った。

京子の骨を半分持ち帰るのは気になったが、京子への未練故ではないだろう。それでなくても京子はもはやこの世の人ではない。屈託の無い潤子の性格なら、青木の傷心も癒《い》やしてくれるのではないか？

車に乗り込んだところで、富士子は自宅に電話を入れ、夕餉《ゆうげ》の卓に青木が加わることを告げた。

「じゃ、お二人に泊って頂いたら？」

佳子《よしこ》がすかさず返した。その必要はない、二人は福岡国際ホテルに止宿しているから、自分がまた送って行く、と富士子は答えた。


三十分後、松原家の食卓は久々に賑わった。当麻が来るというので一家が勢揃いした上に青木が加わったから、総勢七名が食卓を囲んだ。普段は佳子か富士子の足元にまとわりつく猫の〝巴《ともえ》〟が、当麻と青木を見るや、小走りにどこかへ逃げ隠れた。

男達はビールを飲み、女達は佳子が丹精こめて作った梅酒を口にした。

松原家にとっての珍客は青木だったから、当初の話題の中心は青木だった。奄美大島の鉄心会病院に勤めていることも彼らの興味を引いた。

「奄美大島と言えばまず閃くのがハブですが、噛まれる人も結構いるのでしょうね？」

主の松原信明が真っ先に尋ねた。

「ええ、この前初めてそんな患者さんが来ました。何度もやられていて、今度はとっつかまえて叩き殺したそうです」

「わー、怖ーい！」

潤子が顔をしかめ、肩をすくめてみせた。

「実は私も社員旅行で奄美大島に行ったことがあるんですよ」

「えっ、いつ？」

父親の言葉に潤子がすかさず反応した。

「もう大分前。里子と潤子がまだ中学生だった頃かな」

信明はグルッと娘達に視線を巡らして言った。佳子が相槌を打つ。

「十年以上前よね。バブル期で、会社も大盤振るまいしてた頃ね」

「うーん、そう言われると辛いが……」

信明は苦笑気味に当麻と青木を見やった。

「いや、何です、バブル崩壊の後腐れはいまだに尾を引いていて、証券会社や銀行のみならず、当社もまだまだ回復し切れてないんですが……」

「うちもいっときおかずが半分に減ったものね」

潤子がまぜっ返した。

「これっ、それはちょっと大袈裟でしょ」

佳子が苦笑を見せて言った。

「そうよ、潤子はいつもオーバーに言うんだから」

里子が口を尖らせた。

「富士子姉さんも何か言いたそう。白髪三千丈の類とか何とか……」

潤子が話を長姉に振った。

「そこまでは言わないわよ」

当麻と青木に料理を小分けした皿を差し出しながら富士子が返す。

「でも、大体大仰に言うのが好きよね、あんたは」

「おおぎょう、て……？」

「やれやれ。あんた、それでも国文科なの？　大学院に行って、もっと勉強しなさい」

「あ、ひどい！　姉の本性はこんな風に意地悪なんです。お嫁さんにしたら大変だと思いますよ」

真っ先に当麻が笑い、一同がつられたように笑った。信明と佳子が目配せし合う。

姿を消していた〝巴〟がニャンと啼《な》いて富士子ににじり寄ってきた。富士子は巴を膝に抱き上げ顔を寄せた。

「そんなことないわよねえ、巴。あんたは知ってるわよね。三姉妹の中で私が一番愛情深いのを……」

巴が富士子の手の甲をなめるのを、潤子が恨めし気に流し見てから里子をつついた。

「ずるいわよねえ。違うって口を利けない猫に聞くなんてね」

「そうよねえ。違う、て言いなさい」

里子が巴の頭をつついた。「ニャン」と啼いて巴は里子の指をかみにかかった。

「ほらほら、そうじゃない、て言ってるでしょ」

富士子は頭を撫《な》でやって巴を膝から床に下ろし、お手拭きで手を拭った。

「しっ、あっちへ行きなさい」

潤子が巴を追い払う仕草をする。青木が「アハハ」と声を立てた。

「やれやれ、ハブの話はどうなってしまったんですかな？」

人間達の哄笑を背に巴がまたどこかへ姿を消したところで信明が誰にともなく言った。

「ハブの話なんか、もういいわよ。ね、青木先生？」

佳子に「お代わり」と茶碗を差し出してから潤子が言った。

「あ、ま、そうですね。お父さんさえよろしければ……」

青木がしどろもどろに答える。

「いやいや、すみません」

信明が頭に手をやった。

「連想が貧しくっていけません。奄美大島、と伺った途端にハブを持ち出すようじゃ、島の人達に失礼ですよね」

「あ、僕も、着任した早々、院長に案内されて見ましたよ。ハブとマングースを闘わせるショー」

「そうですよね。唯、印象に残ってるんですよ。ハブとマングースを闘わせるショーですが、マングースがいきなりハブの首筋にかみついて息の根を止めに掛ったんで、びっくりしました」

「そうですよね。私もあれには目を瞠《みは》りました。一緒に見に行った仲間達も一様に驚いていましたね。何せ、アッという間ですものね。マングースがハブの天敵だってこと、よーく分かりました」

「人間は、嚙まれたって、そんなに簡単には死なないんでしょ？」

潤子が眉をひそめながら青木を見た。

「ええ。今は解毒用の血清がありますから。でも、昔は命を落とす人が結構いたそうです」

「青木先生のいらっしゃる病院の近くでは出ないんですか？」

「そうですね。ハブのいる山林地帯からは離れて海沿いですし、それに、マングースにやられてハブ自体大分少なくなっているようです」

「その代わりマングースが増えすぎて困っているんですよね。いつかテレビでやってましたが……」

信明がすかさず言った。

「はい、ハブの話は今度こそもうおしまい。デザートにしますね」

一同がほぼ食事を終えたのを見て、佳子が立ち上がった。

「富士子、ちょっと手伝って」

佳子は富士子の肩をつついた。

「あ、はい……」

里子と潤子が二人を訝り見たが、構わず佳子は先立ち、富士子も妹達に目をくれず後に続いた。

「当麻さん、今夜本当にあなたをお嫁さんにもらいたいと言って下さるの？　それとも、単なる顔合わせのご挨拶にみえたの？」

冷蔵庫から〝巨峰〟を取り出したところで、隣で大皿と小分け用の皿を並べている富士子に佳子はそっと囁いた。

「さあ」

富士子は首を傾げ、肩をすくめてみせる。

「第一の目的は、この春ウチのホスピスで亡くなった江森京子さんの散骨で、私のことは二の次」

「そうなの？」

佳子は〝巨峰〟の皮をむきながら不服気に富士子を見返す。

「当麻さんが求婚に来て下さると言うから、潤子も後学のためとか何とか言って帰ってきたのよ」

「潤子にはまだいい人いないわよね？」

「と、思うけど……それより、何より、あなたのことが先決よ。後がつかえてるんだから」

「里子のこと？」

「ええ。お姉さんより先には式は挙げられないって、相変わらずそう言ってるんだから」

「そんなこと、構わないのに。里子の彼は急いでるんでしょ？」

「来年で三年になるから、そろそろ飛ばされそうだ、単身赴任は厭だから、その時は一緒に来て欲しいって言ってるらしいけど」

「でも、銀行員や商社マンと違って県外の学校に飛ばされることはないんだから、遠距離恋愛にはならないでしょ？」

「まあね」

里子は少学校で教鞭を執り、相手の男性は高校で世界史の教師をしている。互いの職場は車で三十分の距離にあり、青年も自宅から通っているが、彼の家と松原家も車で一時間以内の距離にある。信明は固い人間だから娘達の門限は十一時と定めている。富士子はきっちり守っているが、里子はデートの折などは危うく閉め出されかねない遅い帰宅になることがある。佳子に取りついでもらって、三十分の遅れまで許してもらったことも再々だ。デートで遅れる時は必ず相手に自宅まで送ってもらい、男は信明か佳子に挨拶することを義務付けられてきた。

「当麻さんは、いつあなたをお嫁さんにして下さるおつもりなのかしらね？」

巨峰をむき終わり、小さめのフォークを小分けした皿に添えながら佳子が言った。

「さあ……」

「さあ、て、具体的に、そういうお話はしていないの？」

「来年の秋までには、て言って下さったけど」

「一年後？　随分先ね。でも今日は、単なる顔合わせじゃないわよね？　当麻さんとは前に一度お会いしてるし……」

「そうね。でも、変な感じでしょ？　あの時は翔子が一緒だったから」

「ああ、あんな絵から抜け出てきたように綺麗な方がもうこの世の人でないなんてね、信じられないわ」

「私ね、正直なところ、自信がないの。翔子の代役が務まるかどうか……。当麻さん、もの凄く翔子を愛してらしたし……翔子も無論……」

「代役なんて考えちゃ駄目よ」

佳子がぶるっと首を振った。

「あなたはあなたなりに当麻さんにぶつかっていけばいいの」

富士子はキュッと唇を結んで頷いた。不覚にも涙がこみ上げていた。

杞　憂

年が明け、正月三が日も過ぎ、初出勤も終わった頃、遅まきの賀状が数枚届いた中に羽島富雄のそれを見出して当麻は目を凝らした。

ワープロ打ちされた横書きの文字が並んでいて闘病の経緯が書かれてある。オキサリプラチンが奏効して肝臓の転移巣が一旦消失、腫瘍マーカーCEAも四桁から一桁にまで下がり、お陰で〝生前葬〟にも臨めたが、今度は両肺に転移が見つかり、CEAも再び上昇して三桁にまでなっている。目下は空咳《からぜき》が出るくらいだが、余命窮まった、来年はもうこの地上から姿を消しているものと観念しているが、我が人生に悔いなし、と結ばれてあった。

余白に、「上記の次第。できたら生きている間にもう一度会って、歓談したいものだが……」とペンで添え書きしてある。

四月には東京で幾つか学会がある。『もう癌と戦うな』の著者菅元樹を引き摺り出した「日本癌治療学会」が、「私の自慢の症例」なる粋なセッションを設け、演題を募っている。小泉茂子さんのケースを出してみたいんですが、と大塩が、学会誌の一頁を当麻に示して言った。

抗癌剤治療を五クールしたところで、小泉の腫瘍マーカーCA125は正常域に低下、腹水は綺麗に引き、画像上、腫瘍の影は一点すら見えない。当初の排便、排尿にまつわる愁訴も失せている。

「正直なところ、年を越せないんじゃないか、というのが第一印象だったんですよ」

昨年の暮れ近く、外来に姿を見せた小泉に当麻は言った。

「私こそです」

マスクをし、頭にはウィッグをつけた上に帽子を被《かぶ》っているが、目には笑みがたたえられ、語気にも生気がある。

「抗癌剤、あと一回で止めましょう」

「本当ですか？　止めて大丈夫でしょうか？」

「多分、大丈夫でしょう」

「でも先生」

「うん……？」

「妹が心配して、月の半ばは泊りに来てくれますし、友達ともひと月に一、二度は会食してワーワーはしゃぎ回ってますけど、一人になるとどうしようもなく落ち込むんです。私の病気は、また再発する恐れが多分にあると書かれてありましたし……。良くなったら良くなったで欲が出てくるんですね。先生もさっき仰ったし、私も来年にはもうこの世の人でなくなっているんだろうな、なんて覚悟するものがありましたのにね、元気になって年が越せる見込みが立つと、じゃ来年はいつまで元気でおれるのだろう、再来年のお正月はさすがに迎えられないんじゃないか、なんて、そんな不安がよぎるんです」

「〝杞憂〟という言葉がありますよね」

当麻はメモ用紙に漢字を書いてみせた。

「あ、はい、〝きゅうに終わった〟なんて言いますね。教養が無いもので、漢字が咄嗟に浮かびませんでしたが」

小泉はメモ用紙を引き寄せて見入った。

「要するに〝取り越し苦労〟のことですが、この謂《い》われをご存知ですか？」

「いえ……」

「杞憂の杞は、古代中国にあった国の名で、その国のある人が、空を見上げる度に、天が落ちてきたらどうしようと心配して家に引き籠り、そのうち、心配が高じて食べることも眠ることもできず死んでしまった、という故事に由来しているようです」

「それはちょっと心配し過ぎですよね。空が落っこちてくるなんて、あり得ませんもの」

「でも、衛星を打ち上げて気象情報が予見されるようになった現代と違って、日食で真っ暗になったり、一天俄かにかき曇って、空に亀裂が生じたかと思われるような稲光がしたり、大粒のあられや綿のような雪、さてはどしゃ降りの雨をもたらす空は、大昔の人にとっては神秘で不可解、不気味なものだったのでしょうね」

「はい……」

小泉茂子は、一メートルも隔たっていない当麻を、遠くを見るような目つきで見返した。

「一昔前の癌も、それに似たような、不気味で不可解なものでした」

自分の言わんとしていることはもう相手は察している、これは蛇足だな、と思いながら当麻は続けた。

「日本人に胃癌が多いのは、焼き魚やご飯のおこげを好むからだろうと、根拠の無い風説がまかり通っていました。あるいは、日本人は胃潰瘍が多い、潰瘍から癌になる、病理学的にそれを証明したと、真しやかに学会誌に発表していた人もいました」

「父は胃癌で亡くなりました」

小泉がパッチリと目を見開いて言った。

「落語に〝目黒の秋刀魚〟ていうのがありますけど、焼いた秋刀魚が大好物で、母や私達姉妹は一匹で充分でしたけど、父はいつも二匹食べて、胃癌になったのはそのためかも知れない、なんて、昔ここにおられた小谷先生なんかに言われたんですよ。父には最後まで胃潰瘍で通しましたけど……」

「ああ、小谷先生ね」

甦生記念病院に着任した頃の医局での数コマがフラッシュバックした。野本の下で悩んでいた青木、若く潑剌《はつらつ》としていた江森京子も蘇ってくる。島田や小谷、脳外科の田巻の顔も。

「でも、胃癌の原因は、いまだに分からないんですよね？」

小泉の声がフラッシュバックした幻影を消した。

「そうですね。でも、最近、ヘリコバクター・ピロリという細菌で胃炎が生じ、そこから胃癌に進展するのではないかという説が有力視されてきています。まだ動物実験の段階ですが……」

「細菌、て、ウイルスのことでしょうか？」

「いや、ウイルスはもっともっと小さい生物です」

「でも、肝臓癌はウイルスによって引き起こされるんですよね？　B型やC型の」

「ええ。大方はそうですね。ウイルスの感染から肝炎になり、十数年経て肝硬変、更に十年程経て肝癌になります。でも、ウイルスによらない、原因不明の肝臓癌もあります」

「私の、腹膜癌は、どうなんでしょう？　何が原因ですか？」

小泉の確定診断は病理の竹田も悩ませた。〝腺癌〟には違いないが原発巣が特定し難い、大学へ持ち帰って皆で検討してもらいます、と言った。数日後に当麻に電話がかかった。卵巣は何ともないのでしょうか、と。腫瘍マーカーCA125の異常な高値からしても卵巣癌を疑ったんですが、ほとんど正常の大きさでした、と答えると、

「分かりました。と、なると、〝腹膜癌〟以外には考えられない、という点で皆の意見が一致しました」

弾んだ声が返った。

「卵巣癌に準じた治療をなさって頂ければいいかと思いますが……」

手術はもとより、腹水まで溜まってきている段階では、卵巣癌に有効な放射線も適応とならない。抗癌剤に望みを託すしかなかったが、それが劇的に奏功した。大塩が「私の自慢の症例」に出しましょうと意気込むのも分かる。

「卵巣癌と似たものですから、多分、ホルモンの関係なんでしょうね」

「ホルモン、て、女性ホルモンですね？」

「ええ、勿論」

「結婚もせず、子供も産まなかったからでしょうか？」

小泉の目に心なしかはにかんだような色が浮かんだ。

「乳癌は、確かに、おっぱいを含ませることが少なかった女性に多いとされていますが、卵巣癌や腹膜癌はどうでしょうね。かつて卵巣癌の手術をした患者さんは、結婚し子供さんもありましたが……」

「その方は、お元気なんですか？」

台湾の高雄博愛医院に、大阪に本社を置く製薬会社の高雄支社長の妻相川光子が蒼白な顔で現れ、開口一番、

「私、日本へ帰ってホスピスで死にますから」

と投げ遣りな言葉を吐いた光景が蘇っていた。


光子の夫相川は当麻が日本に帰って間もなく、後を追うように台湾での勤務を解かれ、大阪本社の営業部長に納まった。日本に一人残っていた息子は最初の受験には失敗したが次の年には西日本大の医学部に無事合格しました、先生のような外科医を目指しています、と光子から手紙が来た。それから程なく、光子は息子を伴って現れた。息子は光子に似た目鼻立ちで、広い額に聡明さを漂わせていた。当麻を終始眩し気に見やっていた。

術後暫く便通が定まらず、日に五、六度も便意を催し、それも軟便気味だったが、今ではもうすっかり以前の状態に戻りました、でも、再発しないか心配で、それを考えるとなかなか寝つかれません、と光子は訴えた。

「じゃ、この薬を試してみて下さい」

当麻は胃潰瘍の適応もある向精神薬ドグマチールを処方した。一カ月後、また息子と二人で姿を見せたが、嘘のように朗らかで明るい表情になっていた。

「くよくよ考えなくなりました」

光子は満面に笑みをたたえて言った。

「この子が卒業するまでは元気でいてやらねばと思っています」

と続けて、二年前より更に背の伸びた息子を光子は見やった。息子は照れ臭そうに相好を崩した。

「この子は当麻先生にお会いして、やっぱり外科医になりたいと言ってますが、外科医は余り勧められない、て先生が台湾で仰ったことが気になっていました。理由は色々ある、と仰ったことも……」

「でもまだ何年も先のことでしょうから、その時まで志が変わらなければ改めて申し上げましょう」

光子は順調に経過した。半年に一度、息子に伴われて来院し、MR検査や腫瘍マーカーを調べたが、再発の徴候はなく過ぎ、丸五年を経過した。

「もうお赤飯を炊いてもいいですよ。通院も、今日が最後でいいでしょう。後は、何か変わったことがあったら連絡して下されば――」

一点の曇りもないMRの画像を見ながら、当麻は声を弾ませた。

だが、てっきり破顔一笑が返るかと思いきや、光子の顔は冴えない。そういえば、常は診察室にも入ってきて母親と一緒に説明を聞いていた息子の姿が見当たらない。

（まだ不安を拭い切れないのかな？　それともドグマチールが切れたせいか？）

当初は、息子の下宿先の様子を窺いがてら京都に行きますから丁度都合がいいんですと言って光子は毎月まめに通っていたが、もう半年後でいいですよ、ドグマチールは近くの病院なり医院なりで処方してもらって下さいと、夫と住む堺市の医師宛に紹介状を認めて当麻の手を離れていたから、薬をきちんと飲んでいるかどうかは確かめていなかった。

「助けて頂いた先生に、こんなことを申し上げては失礼極まりないんですけど……」

「赤飯云々」にも苦笑して浮かぬ顔しか返さないでいた光子は、当麻の訝った目に耐え切れなくなったように、おずおずと顔を上げた。

「生かして頂いてよかったのかどうか、分からなくなりました」

当麻は驚いて光子を見返した。

「どうしたんです？　何か、お辛いことでも……？」

光子は目を伏せ、膝に置いた手巾を握り直すと、ややあって手巾を目もとに運んだ。

気を落ちつかせようとしたのか、「フー」と吐息が聞こえそうな程深く息をついて胸もとが上下した。

「主人に――」

光子は濡れた目を上げた。

「女が出来ました」

当麻は息を呑んだ。

「手術をして頂いて暫くはいたわってくれたんですが、男の人ですから、我慢ができなくなって、夜の営みを求めるようになりました。でも、お前の何は前と違う、濡れないし、結合感もしっくり来ない、なんて言い出したんです」

耳を疑った。久しく会っていない光子の夫の顔が朧《おぼろ》げに浮かぶ。造作の一つ一つは思い出せないが、嫌みの無い風貌だった記憶がある。

「妊娠もしていないのに、乳首からミルクみたいな液が出る、それも気持ち悪い、と言い出しまして……」

「それは、ドグマチールの副作用です。すみません、言いそびれてました」

何とか言葉を返して当麻はひと息ついた。

「いえ、そのことは、近くの病院でお薬を頂くようになって知り、安心しました。主人にもそう言ったんですが、いつからそんなものを飲んでいるんだ、止めたらどうだ、と、私の苦しみ、再発への不安をまるで理解してくれないんです。この薬のお陰で気分がうんと楽になり前向きになれたから止められません、と言い返すと、黙ってしまい、それから余り体を求めて来なくなりました」

「でももう再発の心配は無くなったから、ドグマチールは止められたらいいでしょう」

口走ってから、ピント外れな答だったと思い至った。夫はもう他の女のところに走っており、光子との夫婦生活は途絶えているのだ。

案の定、光子の目には新たな涙が滲み、額には暗い影がさしている。

「お薬は、手放せません。再発の心配をしていた時の方がまだましでした」

「息子さんは、父上のそのことを、ご存知なんですか？」

光子が一人で来ているはずはない。息子が母親を車に乗せてきたに相違ないが、これまでは一緒に診察室に入ってきたのに今回に限って見当たらないのも気になった。

「薄々気付いてはいたようですが、普段は離れ離れでしたので……でも、息子が晴れて医師免許を取り、社会人になったら、主人とは別れるつもりです」

返す言葉が無い。男女の機微に触れる事柄は苦手として来た。

「すみません」

光子は強いて笑顔を作った。

「先生は手術後一年、三年、五年を三段跳びにたとえられて、ホップ、ステップ、ジャンプと言って下さったことがとても印象に残っています、晴れてそのジャンプの日を迎えられましたのに、良いご報告ができなくて……」

「いや、またいい日が来ますよ。ご主人だって、そのうち奥さんの所へ戻って来られますよ」

「いえ、それは無いと思います」

光子はゆっくりと首を振った。

「私の体が変わってしまったんですから」

断定的に言い放たれて当麻はたじろぐ。

「でも先生」

再び黙した当麻の目を探るように光子は言った。

「私にはよく分からないんです。自分の体がどう変わったのか……」

光子の手術では、直腸と膀胱の一部、それに膣壁も一部切除し、縫い合わせた。膣は多少短縮されたが、性交に支障を来す程ではないはずだ。膣の分泌液が乏しいのは子宮と卵巣が失われたせいもあるだろうが、それは当麻が手がけたものではない。高雄医科大学で行われたものだ。それまで光子は不正出血を見ていたから、夫婦の営みは途絶えていたはずだ。しかし、心ここにあらずといった感じの光子に代わって妻の病歴を伝えた相川は、いかにも心配気に、いたわるように傍らに付き添っていたではないか。妻の体はもう尋常ではなく、夫婦の営みもままならない状況にあっただろうが、夫の妻への愛情は充分に感じ取れた。残る僅かな人生はホスピスでしかないと思い込み、ふて腐れた態度を見せていた光子が、自分の懸命の説得で涙ながらに手術を決意してくれた時、傍らで夫ももらい泣きしていたではないか。

(魔が差したのだ。妻の病気も一段落し、息子も晴れて希望の大学に入った、母国に帰り、栄転した、そんな気の弛みからだったのではあるまいか?)

声に出したい自問自答を呑み込みながら、こちらにひしと凝らされた光子の視線を当麻は無言で受け止めていた。言葉にしたところで、それは光子にとって些かの慰めにもならない、ドグマチール程の安らぎももたらすまいと思われたからだ。しかし、光子の目はなおも問いた気だ。

「あなたの体は、手術前とそんなに変わってはいないはずですよ」

午前の診察時間は迅うに終わっている。光子は最後の患者で、後はもうお話だけだからと、看護婦を先に退《ひ》かせている。正午も半時を過ぎ、一時近くになっていたからだ。立ち聞きする者はいないと見て取って、光子はため込んでいたものを吐き出したに相違ない。

「本当に変わっていないかどうか、診て頂けませんか?」

「えっ……?」

青褪《あおざ》めていた光子の顔が一瞬朱に染まった。

「自分の物が深く入っていかない、て主人はこぼしていました。だから結合感がないんだ、て……」

「ご自分で――」

当麻は半ばしどろもどろの体で光子を見返した。

「お風呂に入った時にでも、指を入れてみればお分かりになると思いますが……」

「そんなことしたことありませんから、怖いです」

拗ねたように光子は上体を揺らした。

「台湾の病院で最初に診て下さったように、先生に診て頂きたいんです」

当麻は時計に目をやった。一時十分前だ。昼休みは原則正午から一時までになっているが、厳密には守られていない。正午までに外来診療が終わる科に限られている。診療が延びれば終了時点から一時間と決められている。

「じゃ、看護婦がもうじき戻って来ますから、それからにしましょうか？」

「えっ、ここでですか？」

「いけませんか？」

「余計、恥ずかしいです。先生に診察の結果をお尋ねするのも憚られますし……それに、このベッドでは、脚も充分に広げられそうにありませんし、先生も診察し難いのではないのでしょうか？」

光子の目は壁際のベッドに流れている。実際その通りだ。婦人科のいわゆる内診は、ベッドの端にまで尻をずらし、両脚をベッドの両脇に据えつけられている足台に乗せ、股を広げた〝砕石位〟を取ってもらって行う。高雄博愛医院では産婦人科の診察室を借りて容易に行えたが、生憎ここはいまだに産婦人科を設けていないからその設備はない。しかし、手術室でなら〝砕石位〟は取れる。

膣の深さを探るだけなら〝砕石位〟を取ってもらう必要はない。前代未聞だが、手袋をはめた指を膣に挿入するだけで足りるだろう。それにしても光子と一対一では気が引ける。診察中に尾島や他のナース達が食事を終えて戻ってこないとも限らない。

「分かりました」

このままでは光子は引き下がるまい。

「二階の手術室で拝見しましょう」

「手術室、ですか？　そこにも、看護婦さんが……？」

「勿論、いますが、痔の手術ではお産の時のような体位を取ってもらいますから、外来のナースよりは慣れています」

「はい……」

光子の膣には二回メスが入っている。最初は高雄医科大で卵巣と共に子宮も切除しているからだ。膣に入り込んでいる子宮頸部も切り取られているから、その分膣腔は広がっていた。当麻がメスを入れて削り取った膣壁は精々二センチだったし、膣は粘膜で柔軟性があり、押せば伸びるから、膣口からの奥行きが性交に支障をもたらす程浅くなったとは思われない。光子の夫のペニスが余程長大なものでない限り――。

手術室に電話を入れる。折しも尾島達が何やら談笑しながら戻ってきたが、当麻と光子に気付いてお喋りを止めた。

「まだご診察中だったんですか？」

尾島が口もとを押さえながら近付いてきて言った。

「先生、お食事、まだでしょ？」

「すみません」

光子が中腰になって尾島に頭を下げた。

「厄介なご相談に及んで、先生をお引き止めしております」

更に何か言おうとした光子を当麻は制した。

「これからちょっと、オペ室で診察させてもらうから」

「あ、つかなくっていいですか？」

光子のカルテを取り上げた当麻に尾島が問いかけた。

「大丈夫、紺野さんに頼んだから」

当麻は光子を促して廊下に出た。

午後は整形の手術が二件入っている。当麻が辞めた時、やれやれ厄介払いができたと喜んだ整形の赤岩《あかいわ》は、当麻の後釜に納まった荒井猛男《たけお》と暫くはなあなあの関係でいたが、当麻排斥にタッグを組んでいた小児科の石田がさっさと開業してしまい、荒井がトラブルメーカーとなる一方で母校からかつての仲間を引き抜いてきて我が物顔にふるまうのを見るにつけ、この病院に未来は無いと見切りをつけて開業に走った。患者はそれなりに多かった整形関係の収入ががた減りし、荒井に代わってからは当麻がいた頃の半分も手術がなくなって外科の収益も落ち込んだため甦生記念病院は倒産した。当麻や矢野が戻って外科は充足されたが、整形の常勤医は補われないままだ。鉄心会の他の病院から二人が交代で来て週の半ばを埋めているが、普通の骨折程度はこなしているものの、人工関節置換術などは手に負えないから、当麻は母校西日本大の整形外科の教授に掛け合って、月に二度、助教授の月岡に手術指導に来てもらっている。

その日は月岡が七十代のかなり肥満の女性の膝関節の人工置換術に来てくれることになっていた。二時開始の予定で、その前に小手術が一件入っており、これは宇治の鉄心会病院から来ている非常勤医が手がけることになっている。

ナース達は食事を終え、その準備に取り掛るところだろう。

だが、当麻のコールに出た丘は、はい、すぐ準備します、と快く応じた。

光子を家族控室に案内すると、もう一つ指示しておいた着替え用のガウンもソファに置かれてあった。

当麻は光子が着替えている間に中材に赴いた。

「ご免よ、忙しい時に」

当麻のねぎらいに、

「先生こそ。まだ外来の続きなんですか？」

と丘が返した。

「うん。台湾で手術した卵巣癌の患者さんが最後に来たもんだから」

「えっ？ 台湾の方ですか？」

丘が発条《ぜんまい》のような目をクルクルッとさせた。

「いや、ご主人の台湾出張について行ってた人でね、向こうで病気が発見されて……」

「卵巣癌の手術を、最初から先生がなさったんですか？」

「副院長は何でもなさるから」

紺野が丘の肩に手をやった。

「いやいや、最初は高雄の大学病院で手術を受けたんだよ。ところが半年程して再発したというんで僕の所に来られて……」

「じゃ、もう大分になりますね」

紺野が言った。

「そうだね、五年になるかな」

「凄ーい！　さすがは当麻先生！」

丘が一オクターブも声を張り上げた。

家族控室からガウンをまとった光子がおずおずと出てきた。紺野がその手を引くようにして中材から手術室へと誘《いざな》う。

光子は両足を開いた砕石位で手術台に寝ている。

「これだけでいいですか？」

手袋とクスコ、ピンセット、ガーゼ等を載せたトレーを当麻に示して紺野が言った。

「診察が終わったら声をかけて下さい」

頷いた当麻に目配せして紺野は手術室を出た。

「じゃ、拝見しますよ」

光子は目は見開いたまま天井を見すえている。当麻は光子の股間に置かれた丸椅子に腰をおろし、手袋をはめた指で小陰唇を開いてクスコをそっと差し入れ、無影灯の明かりを注ぎ入れる。何が見える訳でもない。子宮が残っていれば頸部が見えてくるが、それはもはや無い。高雄の博愛医院で婦人科の内診台を借りてクスコを差し入れた時に目に飛び込んだザクロのような腫瘤が脳裏に蘇ったが、無論、それも無い。

夫のペニスを半ばも受け入れない程膣が浅くなったかと訝ったが、クスコは少なくとも五、六センチは奥に入った。分泌物がまるで無いかと言えばそうでもない。やや白みがかって粘調な液が滲み出てくる。そもそも膣液は膣壁や大陰唇の裏に潜んでいるバルトリン腺からの分泌液で成るもので、子宮の有る無しには余り関係がない。

当麻はクスコを抜き、腰を上げて左手の示指と環指を密着させて半身の姿勢で膣に挿入し、右手は下腹部に置いた。いわゆる〝双手診〟だが、子宮も癌も残っていない光子の下腹部に触れるものは何もない。

膣に挿入した二本の指は根本近くまで入って行き、そこで指先がつかえた。

不意に光子が身をよじり、

「うっ……」

と呻くように声を放った。やにわに左手が当麻の右の手首を捉えた。

「痛かったですか？」

当麻は驚いて光子の顔をのぞき込んだ。

光子は激しく首を振り、哀願するような目を振り向けた。

「先生にそうされると、とっても、気持ちがいいです。台湾で診て頂いた時も、そうでした」

痛いほど握りしめられている右の手首はそのままに、当麻はそっと左の指を膣から抜いた。

「その方が羨《うらや》ましいです」

相川光子が術後五年を経て健在であることを話すと、小泉茂子は目を潤ませた。

「彼女も、再発の不安にさいなまれたと思いますよ。さぞかし長い五年間だったでしょうけど、でも、杞憂に過ぎました」

小泉は目尻に滲み出た涙を指で払った。

「天が落っこちてくることは絶対にありませんけど、私の癌が再発することは有り得ますものね」

内診の後は目を合わせるのも憚られた相川光子との、恐らく最後の診察時のひとコマひとコマが当麻の脳裏に蘇っている。

「不安を少し和らげてくれる薬を出しましょう」

光子の幻影を振り払って当麻は言った。

「クヨクヨ思い悩むことから、少しは解放されますよ」

「どんな、お薬ですか？」

小泉茂子はもう一方の目尻も指で拭った。

「ドグマチールという、ストレス性の胃潰瘍や十二指腸潰瘍にも効く薬です」

「副作用は、ありませんか？」

「極くたまに、乳首からオッパイのような液が出ることがあるくらいです」

「それは、心配する程のものではないんですか？」

「ええ、心配要りません」

小泉に男の気配はない。独身を貫いてきたからだろう。およそ世帯やつれしていないし、体育の教師だったということもあって、均整の取れた体は若々しいから、意中の男性がいても不思議ではないが、手術前も後も、症状を尋ねてきたのは妹ばかりだ。ほろ苦い顚末《てんまつ》に至った相川光子のようなことはあるまい、と当麻は踏んだ。

一カ月後、小泉は見違えるばかりの明るい顔で現れた。

「お陰様で、クヨクヨ考えなくなりました。食欲も増々出て、もりもり食べています」

実際、体重が二kg増えている。腫瘍マーカーＣＡ１２５は一桁になった。ＭＲを撮ったが腫瘤らしきものは微塵も見当たらない。

「予定通り、今回で、ひとまず抗癌剤は休みましょう」

六クール目の抗癌剤の点滴を終えたところで、当麻は言った。

「有り難うございます！　早速妹に伝えます」

（この人は相川光子とは違う！）

足取りも軽く立ち去る小泉を見送りながら、副作用の有無について問い質すのを失念してしまったことに当麻は思い至った。

便　乗

当麻からの久々の手紙を、富士子は震える手で開封した。

前年の秋の暮れに、京子の散骨を済ませた後当麻は青木隆三と共に松原家に寄り、母佳子の懸念をよそに、夕餉の卓が終わったところで威儀を正して自分に求婚してくれた。

「お許し頂けますか？」

と言う当麻に、父の信明は慌てて正座を作り、佳子もおずおずと続いた。

「お姉さん、おめでとう」

急に改まった空気を、潤子の快活な声が和《なご》ませた。

「これで里子も安心してお嫁に行けるわね」

佳子が目尻を手巾で拭いながら言った。

「でも、お姉さんが先よ」

里子が咎めるように佳子を流し見て返した。

「あたしも彼も、そんなに急がないから」

「因《ちな》みに、当麻さんは――」

信明がため込んでいた言葉を吐き出すように言って上体を屈めた。

「結婚式は、いつ頃を予定しておられるんでしょうか？」

(性急すぎる)

と富士子は思った。そんなことはこれからゆっくり当麻と二人で話し合ってきめることだ。

結婚するとなれば自分が当麻の所へ行くことになるだろうが、そうなれば亀山病院のホスピスからも身を引かなければならない。後継者がすぐに見つかる訳でもないから、その段取りもある。それに、当麻は再婚だ。父や、恐らく母も思い描いているだろう一般的な式や披露宴を望むだろうか？

「来年の今頃までには、と思っておりますが……」

(一年後……!?)

具体的に当麻の口を衝いて出た期限を、富士子はそれから暫く毎日のように反芻《はんすう》し、かみしめた。しかし、その夜の家人の反応は富士子の思惑と少しばかり異なっていた。

「もう少し早くてもいいんじゃない?」

当麻と青木をホテルに送って戻ってきた富士子と潤子を、待ちかねたように家族が取り囲み、いの一番に佳子が切り出した。信明が相槌を打った。

「で、ないと、里子のお嫁入りは再来年になってしまうかもね」

「さっきも言ったように、あたしは構わないわよ。再来年の春にするわ」

里子が少し考えてから言った。

「じゃ、私はその次の春にしようかな」

潤子が屈託なく続けた。

「えっ、あんた、そんな人がいるの?」

佳子が驚いて調子の外れた声を上げた。

「ううん、今のところは、まだいない」

潤子は勿体ぶって答えた。

「これから探すのっ」

最後は笑わせたが、ひょっとしたら潤子の脳裏には、たった今別れてきたばかりの青木の面影がちらついているのでは？　と富士子は疑った。あなたは後片付けのお手伝いをしてらっしゃい、と言うのを「厭っ、一緒にお見送りする」と言って潤子は半ば強引に車に乗り込み、しきりに青木に話しかけていた。郷里はどこか？　当麻と知り合ったキッカケは？　奄美大島にはいつまでいるつもりか？　等々。

「僕のお腹には、当麻先生のメスの跡が残っているんですよ。先生と僕はそういう関係なんです」

たじたじの体ながら、青木は律儀に受け答えていた。しかし、潤子を異性としては見ていないな、と富士子は感じた。それは、別れ際、「奄美大島にお邪魔してもいいですか？」と潤子が問いかけた時、青木の目が一瞬泳いで、苦笑いと共に救いを求めるように当麻に流れたことで読み取れた。

「青木先生はお仕事でお忙しいんだから、物見遊山のあんたなんかにお付き合いしてる時間はないわよ」

青木の狼狽《ろうばい》振りから潤子の目を逸らせるつもりで富士子は言った。

「モノミユサン、て……？」

「あーん、また。四文字熟語に音痴の潤子ちゃん」

富士子の返しに、当麻は屈託なく笑い、青木も笑った。

「青木さん、この子の教養はこんな程度なんですから、お相手になりませんよね？」

富士子が畳みかけると、

「あ、いえ、そんなことは……」

と、青木は慌てて取り繕った。

「そうよ、青木先生はお姉さんみたいに意地悪じゃないんだから」

潤子の返しに青木は目を細めたが、それも大方愛想笑いに思えた。だが潤子は、帰宅する際も信明に、これ、私がもらっておくね、と言って、テーブルの片隅に置かれたままの青木の名刺をさっと取り上げると、

「お父さんもお母さんも、一年も先では心配なんでしょ？」

と話題を当麻と姉との結婚に転じた。

「えっ、何が……？」

佳子が訝った。

「当麻先生と富士子姉さんは遠距離恋愛だし、長すぎた春になるんじゃないかって」

「それを言うなら、里子の方だよ」

信明が佳子をかばうように口を出した。

「再来年でいいと言うが、彼氏の方はいい加減しびれを切らさないかね？」

「大丈夫よ」

里子がすかさず返した。

「あたしらは富士子姉さん達と違って、近距離恋愛だから」

「キンキョリレンアイなんて、そんな言い草あって？　はい、語いにうるさい国語の先生」

潤子が拳を作って富士子に突き出した。マイクロフォンに見立てたつもりだ。

「里ちゃんの咄嗟の造語よね。遠距離恋愛を逆手に取っての機転だから、それでいいんじゃない？」

「あーん、里ちゃんには点数が甘いんだから。いいわよ、いいわよ。そのうち富士子姉さんも知らないような四文字熟語を言ってやるから」

屈託のない笑いが広がり、結局当麻と富士子の結婚式は一年後で可ということに収まった。

それだけに、当麻の手紙は富士子を戸惑わせた。式を早めたい、東京で挙げたい、と書かれてあったからだ。

「実は、恩師羽島富雄先生のご容態がいよいよ予断を許さない状況になっているのです」

と当麻は続けていた。

「それでも先生は、できれば生きている間にもう一度会って語らいたいものだ、と仰って下さいました。去年の〝生前葬〟ではゆっくりお話できなかったことが僕としても悔いとして残っていたので、是非最後にもう一度、意識がはっきりしておられるうちにお会いしたい、との思いが日増しに募ってきたのです。

上京してお宅に伺うのが一番かと思いましたが、ふっと、妙案が浮かんだのです。東京で、先生ご夫妻に立ち会って頂いて結婚式を挙げよう、と。今暫くは奥様の介助を得て車椅子でもおいで頂けるのではないか、と。富士子さんを見て頂けば、当麻もこれでやっと落ち着けるな、安心してあの世へ旅立てるよ、と仰って頂けるような気がするのです」

この件で富士子の胸に熱いものがこみ上げた。

（でも、東京のどこで……？）

不覚にも目尻からこぼれ落ちた涙でインクの滲んだ便箋を慌ててティッシュで拭ってから、富士子は新たな便箋の文字を追った。

「かつて関東医科大の修練士であった頃、確か、卒業の前の年だったと思いますが、上智大学で教壇に立っていたスペイン出身の神父が膵臓癌で手術を受けられました。そちらの権威者ですから当然のように羽島教授が執刀、僕が助手を務めました。もう十年経ちますが、お元気でおられることを、先日、お電話をかけて確認しました。格別の信仰もない者ですが結婚式の司式をして頂けるでしょうか、と恐る恐る打診したところ、これをキッカケに信仰に目を向けて下さればいいですから喜んでお引き受けしますよ、と仰って下さいました。

羽島先生にはご都合の如何を伺いながらこれからご報告に及びますが、もし先生のご体調が許さなければ、式を挙げたその足で先生のお宅へ伺い、あなたを紹介したいと思っています。

どうかご両親様にもお許しを得て下さるよう。具体的な日時については、その上であなたとご相談したいと思います」

手紙はまだ続いていた。急なことだから、富士子が亀山病院に辞表を提出することは急がなくてよい、結婚式には、自分の方は羽島夫妻に鉄心会の理事長徳岡鉄太郎と、弟で甦生記念病院の院長である徳岡銀次郎に臨席してもらう程度だが、富士子さんもご家族程度に止めてもらって、式の後近くのレストランでささやかな食事会でもしてお開きにしたいがどんなものでしょう、と結ばれてあった。

(そう言えば翔子の時もそんなだった！)

世間で言う披露宴はなく、上野が手配してくれたレストランでコーヒーとケーキだけの二次会に臨んだことを富士子は思い出した。

二度三度読み返してから、手紙を信明と佳子に見せた。

「式が早まるのは喜ばしい限りだが、披露宴は無しかい？」

五枚の便箋を、一枚読んでは佳子に回していた信明は、最後の一枚を渡し、佳子も読み終えたのを見届けたところで言った。

「翔子の時もそんなだったの」

「翔子さんは大変な病気を抱えていて、手術を受けたばかりだったからでしょ？」

佳子が富士子の二の句を遮るように言った。

「でも、結婚式の時は、幾らか痩せたくらいで元気だったのよ」

「再婚、ということで、多少気兼ねしておられるのかな？」

信明が富士子の目を探り見るように言った。

「別に、気兼ねすることないでしょ」

佳子がすかさず返す。

「バツイチとかじゃないんだから。それに、富士子の方は初婚なんですもの」

「じゃ、どうだ？　急なことで、ましてや都心ではホテルの予約も取れないだろう。披露宴は改めてこちらのホテルでもする、ということで。当麻さんも九州の人なんだし、友達もこちらに少なからずいるだろうし……」

「ああ、そうね、名案だわ、それがいいわ」

佳子が返した。

富士子は苦笑した。信明の〝名案〟を当麻が受け入れることは絶対にないだろうと思いながら、敢えて言葉は返さなかった。


塩見悠介が思い詰めた顔で当麻の部屋に来たのは、富士子との結婚が一週間後に迫った二月下旬の週末だった。

土曜だから診療は午前で終わるが、外科のスタッフは当麻以下、週明けの手術や検査のオーダー書きに午後も暫くナースセンターに詰める。

矢野と大塩もオーダー書きに余念がなかったが、塩見はまだ主治医にはなれないからオーダーは出せない。三人の傍らでカルテを繰り、手術記録や看護記録を読んでいたが、当麻が指示を書き終えてナースセンターを出かかった時、後を追ってきた。

「ご相談したいことがあるんですが、ちょっとお部屋に伺って宜しいでしょうか？」

辺りを憚る程ではないが、それでも押し殺した声だ。

「ああ、構わないよ。暫くいるから」

「はい、では十分後に伺います」

何故十分後なのか？　今すぐでもいいが、と返そうとした時には、「失礼します」と先立って塩見は廊下に走り出していた。

十分後きっかりに塩見は副院長室のドアをノックした。

「四月からのことかな？」

塩見は三月一杯で二年の研修期間が切れる。母校に戻る気は無い、と言っている。

「はい、それもありますが……」

いつになく緊張した面持ちで塩見は返した。

「この前先生は、東京の上智大学で結婚式を挙げられる、と仰ってましたが……」

数日前、手術の後、患者の身内が差し入れてくれた吉野屋の寿司を皆でつついていた時だった。当麻は富士子との結婚式のことを打ち明け、できれば皆に参列して欲しいが、と持ちかけた。披露宴といった大層なことはしない、式の後近くのホテルのレストランでランチ兼ディナーを摂ってもらうくらいだが、と。羽島の一件も話した。

「先生に早く所帯を持ってもらわないと僕ら肩身が狭いなあと、いつも矢野先生と言ってましたから、ホッとしました」

大塩が声を弾ませた。

塩見も「おめでとうございます」と言ってくれたが、それから何か考え込んだように押し黙って、気が付くと姿が消えていた。

「上智大学が、何か……？」

数日前のそのひとコマを思い返しながら当麻は問い返した。

「大変厚かましいんですが……」

塩見が前屈みの姿勢から上体を起こし、背筋を伸ばした。

「うん……？」

「僕も、便乗させて頂くことはできないでしょうか？」

「便乗？」

「はい、ご一緒に、式を挙げさせて頂けないかと……」

青天の霹靂にも似た衝撃が当麻の胸に走った。

「ひょっとして、秘書の加納君と……？」

塩見先生、加納江梨子さんと付き合ってるんじゃないですか？　外来が引けてお茶を淹れてくれた尾島章枝が暫く前、くつろいだせいもあってか、唐突にこんなことを言い出した。自分とは部屋が別なこともあろうが、院内で二人が恋人同士らしい振る舞いに及んでいるのを見かけたことはなかったから当麻は驚いた。

「はい……すみません、申し遅れまして……」

塩見はまた上体を屈めて深々と頭を下げた。

「いやいや、それはおめでたいが、でも、急だね？　どうしてまた……？　加納君もだけど、君達のご両親も、びっくりされるんじゃない？」

矢継ぎ早に疑問が口を衝いて出る。自分は恩師との関わりで式を急いだが、塩見が急ぐ理由は何なのか？

「彼女は納得しています」

毅然《きぜん》として言い放ってから、塩見はまた落ち着かない素振りを見せた。

「すみません、彼女をここへ呼んでいいですか？」

「えっ、まだ残ってるの？」

既に二時を回っている。病院は半どんだから加納江梨子は既にタイムカードを押しているはずだ。

「いえ……近くに待機してくれていますので、十分もあれば来れます」

塩見は携帯を取り出し、江梨子が出るや、

「当麻先生のお許しを頂いたから、すぐに副院長室へ来て」

と、いつになく上ずった口吻で言った。

「彼女は確か、大津から通っていたよね？」

塩見がやや上気した顔を上げたところで当麻は言った。

「ええ。でも、今は家を出て、アパートに住んでいます」

「アパート？　どこの？」

「白鬚神社から五、六キロ行ったところです」

「大津からだと一時間かかるものね。通うのが辛くなったのかな？」

「それもありますが……」

塩見は視線を落とし、口ごもった。色白の額に青々と静脈が浮き出ている。

「実は――」

当麻の無言の凝視に耐えかねたように塩見が顔を上げた。

「僕との結婚を両親が許してくれないということで、彼女は家を飛び出したのです」

「じゃ、結婚式はご両親の承諾の無いまま挙げる、てことかな？」

「はい……」

「君のご両親はどうなの？」

塩見が絶句の体で視線を伏せた。額にまた青い筋が浮かぶ。

塩見の出自についてはほとんど知らない。何かの雑談の折、兄弟姉妹はいない、一人っ子で、父親は内科の勤務医であると、チラと耳にした覚えがある。

「僕の方は、問題ないです」

絶句の体を解いて塩見は言った。

「じゃ、式にも出て下さる……？」

「先生」

やや間を置いて、思い詰めた目が返った。

「うん……？」

「僕の方は、出るとすれば母だけです」

「お父さんは……？」

「亡くなりました」

「えっ、いつ？」

「去年の初夏です」

(去年の初夏……？)

父親が死んだとなれば、通夜や葬儀で少なくとも二、三日は帰省しなければなるまい。しかし、塩見がその頃休暇を願い出た覚えはない。

「でも、父の死に目には会えませんでした」

「手術中だったのかな？　僕の場合は学会に出かけている間に父の急変を知らされて……留守番の大塩君が看取ってくれたんだが……」

「僕は、父の死を知らなかったんです」

「それは、どういうこと……？」

「父とは、没交渉だったんです」

頭の混乱が続く。

「お父さんは、大阪の病院に勤めておられたよね？　君も阪神大学だし……ずっと一緒だったんじゃないの？」

母校の医局に残らず、何故鉄心会傘下になった甦生記念病院で研修をする気になったのか、履歴書にその動機が書かれてあった。他ならぬ徳岡鉄太郎が阪神大学の出身で医学生時代に彼の本を読んでいたく感銘を受け、医者になった暁には何としても鉄心会に入りたいと思った、と。

「父は、家にはいませんでした。少なくとも僕が物心ついてからは……」

ある想像が閃いた。

「僕は、私生児だったんです」

当麻は息を吞んで塩見を見詰めた。かつて台湾で、へべれけに酔った矢野を介抱しながら覚えたのに似た切ない感情が胸にこみ上げていた。

重荷を下ろしたような安堵感を見せて、塩見の目にはうっすらと笑みが漂った。

「もっとも、認知はしてくれていたようですから、いわゆる庶子というのでしょうか……」

自嘲気味な物言いだが、目に卑屈な色は無い。

「親父は他にも僕のような子供を一人二人作ったようです。母から聞いたことですが……」

「いわゆる、艶福家《えんぷくか》だったんだね」

「どうですか、もの凄いケチだと母は言ってましたよ。最低限の生活費はくれたが、それだけでは僕の学費はまかなえないし、小さい時はよく病気をして病院通いをしたらしく、その医療費も嵩《かさ》んでやって行けないので、母は旅館の仲居の仕事をずっと続けたそうです」

「じゃ、仲居をしていてお父さんと知り合われた？」

「らしいです。詳しい事は聞いてませんが……」

「よく頑張られたね、お母さんは」

「はい、母には感謝してます。父は、女にだらしがなかった点は軽蔑《けいべつ》の限りですが、でも僕が現役で国立の医学部に入れたのは父のＤＮＡのお陰だと思っています。私学に入るだけのゆとりは絶対になかったと思われますから。父も阪神大学で、理事長の三年程先輩に当たるようです。僕が鉄心会に入ると決めた時、母が話してくれました」

徳岡鉄太郎は還暦を迎えようとしている。二浪して阪神大学に入っているから、塩見の父親が現役で入学を遂げていたとしたらほぼ同年ということになる。

「お父さんは何で亡くなられたんだろう？　理事長と二、三年しか違わないなら、まだ六十歳そこそこだったんだよね？」

「ええ、六十二でした。死因は、心臓麻痺《まひ》と死亡診断書には書かれていたそうですが……」

〝心臓麻痺〟は俗語で、今時の医者はそんな書き方はしない。もっとも〝急性心不全〟とするだろう。〝急性心不全〟の原因の最たるものは〝心筋梗塞〟か〝心筋梗塞〟で、直接死因は〝心筋梗塞〟一語で足りる。何にしても臨終の場に駆けつけたのは、余程年配の医者だったと思われる。

心筋梗塞にしても、一昔前は確かにsudden death（急死）につながったが、昨今は緊急にカテーテルを挿入して閉塞部を広げるなり、閉塞部はそのままにバイパスをつける手術などして多くが助かるようになった。急変を聞いて駆けつけた医者はそうした先端医療の知識に欠けていたのかも知れない。

ドアに控えめなノックの音がした。

「はい、どうぞ」

当麻が返すのとほとんど同時に塩見が立ち上がっていた。

加納江梨子は病院で見るのとは別人の如く、花柄模様のワンピース姿で現れた。院内では束ねている髪も解いて耳の後ろから肩先に流している。イヤリングも揺れている。

「お邪魔します」

と慇懃に一礼して入ってきた江梨子を、塩見はソファの自分の隣に誘った。

「僕の出自のこと、当麻先生に全部お話ししたから」

江梨子が一礼してソファに浅くかけたところで塩見が言った。江梨子は頷いておずおずと当麻に目を転じた。

「君達が仲良く幸せな家庭を築けば、あなたのご両親の勘気もいつかは解けると思うよ」

「はい……」

江梨子は消え入るような声で答えたが、早くも目を潤ませた。当麻は塩見に目を向けた。

「結婚式の件は、これからでも神父さんにかけ合ってみるから」

「有り難うございます」

塩見は両手を膝に置いて上体を折り曲げた。遅れ馳せに江梨子も深々と頭を垂れた。

「それにつけて、もう一つご相談があるのですが……」

膝に手を置いたまま瞬時の躊躇《ためら》いを見せてから塩見が続けた。

「そんな訳で、この人が」

手巾を握りしめた手を膝にやっている江梨子を塩見はチラと見返った。

「暫くは親元から遠く離れた所に住みたい、と言い出したんです」

「遠く、て言うと、県外に出る、てことかな？」

「はい。この人の希望というよりも、両親や弟が、世間体もあるから、親族達の目の届かぬ所へ行ってくれと……」

江梨子が唇をかみしめて頷き、また膝の上でギュッと手巾を握りしめた。

「それは、いっときの感情でそう口走ったかも知れないが、親御さん達の本心ではないように思うが……」

塩見と江梨子が同時に当麻を訝り見た。

「親御さんは、江梨子さんがかわいくて仕方がないんだよね。だから、君達が結婚して子供が出来たら、そんなことを言ったことを後悔すると思うよ。いや、今だって本当は、近くにいて欲しいと思っておられるはずだ。塩見君の出自のことは、何も親戚の人達に事改めて話す必要もないだろうし」

「父はもう話してしまっているのです」

江梨子がきっと顔を上げた。

「何度も見合い話を持ってこられましたが、極く最近、父の姉の伯母が持ってきた時、父は塩見さんのことを話してしまったんです。自分達ではもう娘を説得できないと見て取って、伯母に私を説き伏せさせようとしたんです。伯母も父と同じ穴のムジナで、学歴とか家柄とかにこだわる人ですから」

「それで我慢できず家を飛び出したそうです」

しきりに相槌を打っていた塩見が助け舟を出すように言った。

「そうと聞いて、僕も腹を決めました。僕自身は、結婚はまだまだ先のことと思っていたんですが……」

「事情はよく分かったけれど、遠くへ行くということは、二人共この病院を辞めることになるよね？」

「はい……」

「当てが、あるの？」

「いえ……それで先生にもう一つのお願いをと思いまして……」

「うん……？」

「僕は鉄心会を出るつもりはありません。研修医の期限も来月一杯で切れますが、このまま先生の許でご指導を受けたいと思っていました。そんな矢先に、こうした問題が持ち上がってしまって……」

「すみません」

江梨子が呟くように言って肩をすぼめた。

「できるだけ遠くへ、と彼女は言うのです」

塩見が江梨子に一瞥をくれてから言った。

「でも、寒いところは厭だと」

「じゃ、冬の間雪に閉ざされているここも気に食わなかったんだね？」

「雪景色自体は嫌いじゃなかったんですけど……」

江梨子がやっと緊張のほぐれた面持ちで言った。

「雪解けの時が厭でした。雪もその頃には薄汚れて純白で無くなってますものね」

江梨子の美感に、さっぱりして男勝りの気性とは裏腹な繊細さを垣間見たように思った。

「と、なると、雪のない南の方へ行きたい、てことかな？」

江梨子が半分頷きかけて塩見を見やった。

「奄美大島か、理事長のお膝元の徳之島を、ご紹介頂けるでしょうか？」

江梨子に頷き返してから、塩見が勇を鼓したように言った。

「奄美には、院長以下外科医は四人いるから足りているだろうね。徳之島は、どうかな？院長の大久保先生は外科医だが、他には何人いるだろう……？」

当麻は立ち上がって書庫から鉄心会の名簿を取り出した。職員の出入りは結構激しい。入職者の方が退職者より多いが、同じ系列病院内での異動も少なくないから、名簿は毎年電話帳さながらに更新されている。本部の事務局の仕事で、年が明けるや、季刊誌の発行と相俟《あいま》ってこの名簿作りに職員は追われる。

「外科のスタッフは院長を含めて三人だね」

当麻は名簿を開いたまま塩見に差し出した。

「やはり皆九州の大学の出身ですね」

塩見が指でなぞるところに江梨子も肩を寄せて視線を這わせる。

「大久保さんもできる人なんだろうが、食道癌や肝臓のオペとなると、奄美の佐倉先生の応援を頼んでいるようだから、君がこれから修練を積むのは奄美の方がいいかも知れないが
……」

佐倉が徳之島に出向いていることは、青木からの情報で知ったことだ。

「でも四人いて、足りてるんですよね？」

塩見は名簿のページを繰って奄美大島の鉄心会病院の名簿に目を凝らしている。

「皮肉だね。去年の今頃は奄美の外科スタッフは三人だったんだよ」

「えっ、そうなんですか？」

「昔、と言っても六、七年前だが、ここにいた青木君という男が、関東医科大の修練士に転じて、去年卒業になってね、ここへ来たいと言ったんだが、ちょっと定員オーバー気味とい

うことで、諦めて奄美の佐倉先生の所に行ったんだ」

塩見と顔が触れ合わんばかりに名簿に目を凝らしていた江梨子が、そっと上体を引き、虚空に視線を転じた。まるでそれが合図であるかのように塩見が口を開いた。

「奄美のスタッフは、沢田先生が卒後四年、久松先生が六年、青木先生は久松先生とほぼ同年ですか……じゃ、とても無理ですね？」

「うん？　何が？」

「あ、いえ……もし青木先生が今でも当麻先生の許で働きたいと思っていらっしゃるなら、僕と交代でどうかな、て、そんな、厚かましいことを考えていたんですが、青木先生を佐倉院長は手放しませんよね？　僕なんか戦力にもなりませんし……」

（なるほど、そういうことか！）

塩見の切羽詰まった思いが胸に迫ってくる。

「あたしは、徳之島でもいいのよ」

塩見と当麻を交互に見やっていた江梨子が言った。

「うん……」

塩見が弱々しく頷く。

「でも徳之島では、ここや奄美大島のような修業ができないかも……」

江梨子が唇をかみしめてうなだれる。

「何にしても、奄美大島が第一選択だね？」

思いもかけない展開だが、若い二人のために一肌脱いでやりたいという思いばかりは当麻の胸の裡でくすぶり続けた。


二人を見送った後、奄美大島の佐倉と青木に電話を入れる前に、当麻は富士子に電話をかけた。何気に声を聞きたくなったのだ。

用件はあった。塩見と加納江梨子が自分達に便乗して上智大で結婚式を挙げたいと言ってきたことだ。

富士子は驚きの声を放ったが、機嫌を損じた風はない。むしろ逆で、「いいですわね、賑やかで」と声を弾ませた。

「神父さんが大忙しだけど、駄目とは仰らないでしょうね」

そうだ、神父に承諾を取っておく方が先決だった、と気付いたが、ついでに当麻は塩見の出自に絡む一連の流れを洗いざらい富士子に話した。塩見と青木の交代が可能かどうか、青木本人と院長の佐倉にこれから当たってみなければならない、とも。

「潤子がね、青木さんに賀状を出したらしいの」

自分の話とはつながらないが、と当麻は訝った。

「春休みに奄美大島にお訪ねしてもいいですか、て添え書きしたらしくて、賀状は来たけれどそれに対しての返事は一言もない、てむくれてたわ」

青木に電話をかけるなら、その辺も探りを入れて欲しい、ということか？

「青木さんが潤子を気に入ってくれれば、て思ったけど、どうやら、今度は潤子の片思いに終わりそうで……」

「でも、青木君は、京子さんのことはもう吹っ切れてるよ」

「ええ、それは私もこの前ご一緒に散骨をした時、感じました。だから、潤子が京子さんの代わりになってくれればいいな、て思ったんですけど……鉄彦さんがこの前博多に来て下さった時青木さんを同席させたのも、そんな意図が少しはお有りになったからでしょ？」

「少しどころか、大いにね」

富士子が笑った。

「そのお気持ち、潤子には通じたけど、青木さんには届かなかったみたいね」

「うーん、この前のお宅での二人、いい雰囲気で、青木君にも脈があるように感じたけど……」

「潤子は一生懸命青木さんを見てましたけど、青木さんの方はそれとなく潤子から目を逸らしてました」

「そうか、ちゃんと観察してたんだね？」

「鉄彦さんの意図が何となく読み取れましたから」

「一本取られたな。でも、どうなのかなあ、青木君に今意中の人がいるとも思えないが……」

「いるんじゃないかしら」

「えっ、どこに？」

「奄美に」

「奄美……？」

「だって、住めば都で奄美がとても気に入った、当分いたいと思います、て、何度も仰ってたから、きっといい人が出来たんだなって、ピンと来ました。潤子にはまだ何も言ってませんけどね」

「うん、それは言わない方がいい。でも、あなたの第六感が当たってるとしたら、塩見君とのトレードにも彼は応じそうにないね？」

「そんな気がします」

事もなげな富士子の返答に当麻は迷いを深めた。

嫉妬

佐倉周平は日直の沢田に呼ばれ、帰り支度を始めたところを急遽院長室から救急外来室に馳せた。

七十歳の男性がベッドで輾転反側《てんてんはんそく》している。沢田と日直のナースが押さえつけ、沢田が「ちょっとじっとしててくれないかなあ」と持て余し気味の体で、それでも何とか腹を探ろうとしている。嫁か娘か中年の女性が眉根を寄せて佇んでいる。

「お腹がカチカチで、腹膜炎《パンペリ》だと思うんですが、なかなか触らせてくれないので……」

佐倉を見るなり、ほっと安堵の面持ちで沢田は言った。

「病院には久しくかかったことがないそうで、今医事課でカルテを探してもらっていますが……」

佐倉にベッドサイドの位置を譲って沢田が言った。

「十年くらい前——」

オロオロした素振りで佇んでいた女が半歩進み出て言った。

「ハブに足を嚙まれてやはり救急車でこちらへ寄せてもらったことがあります」

「それっ切り、一度も……？」

佐倉が患者の右の胸から腹を打診しながら尋ねた。

「はい……私の知ってる限りでは……」

「あなたは、この方の娘さん？」

「いえ、嫁です」

「息子さんは？」

「二日酔いで頭が痛いと言って寝込んでます」

「じゃ、ゆうべはこの人と一緒に飲んでたの？」

「はい……」

「あては？」

「はっ……？」

「酒のつまみだよ。漁師さんなんだから、自分で釣ってきた魚をさばいてあてにしてたんじゃないかな？」

「ええ、それはしょっ中……」

「パンペリに間違いないね。ＬＬＢが、ほら、消えている」

佐倉は患者の嫁から沢田に目を転じた。

「やってみたかい？」

「いえ……何せ体を捩ってじっとしていてくれないので……」

「ソセアタを打って、何とか立位で単純腹部写真を撮ろう」

「はい……」

ＬＬＢとはLung Liver Border（肺肝境界）のことだ。肺は空気を含んだスポンジ様の臓器だから胸壁を打診するとポンポーンと明るい反響音が返る。肺は横隔膜の上で尽き、横隔膜を介して肝臓と一線を画する。肝臓はいわゆる実質臓器だから、打診でボンボンと濁音になる。ところが、胃や腸に穴があくと、中のガスが腹腔内に漏れ、フリーエアとなる。エアは軽いから腹腔の上部、肝臓表面から横隔膜下に流れ広がる。するとＬＬＢが消え、肺が尽きても反響音を呈するのである。

これを証明するには、患者を立たせて腹部の写真を撮ることだ。立位にすると、肝臓の表面に広がっていたフリーエアも上昇して天井の横隔膜の下に集まる。このガス像を捉えれば胃か腸の穿孔だと診断がつく。

鎮痛鎮静剤のソセゴンとアタラックスＰを打たれた患者は、数分後には大人しくなった。沢田とナースが両脇を支えて透視台に立たせ、佐倉が操作室でスイッチを入れる。

「間違いない。僅かだが、フリーエアがあるよ。念の為写真を撮っておこう」

患者は透視台から単純撮影の台に移され、その後一旦病棟に運ばれた。手術室に直行という段取りも考えられたが、手術室のナースは皆出払っている。これから召集をかけるとしても三十分やそこらは要する。土曜の午後だから遠方に出かけている可能性もある。

佐倉はナースが現像した腹部単純写真を沢田と共に見る。

「あ、これですね？」

右の横隔膜下に、横隔膜とは一線を画してベレー帽状に写っている黒い影を沢田は指さした。

「胃か腸か、どっちだと思う？」

「一般的には胃から出たものですが……家族の知る限り、胃や十二指腸の潰瘍を患ったことはないと言うんですよね」

「うん、胃ではないだろう」

「それはどうして分かるんでしょう？」

「胃や十二指腸の穿孔だったら、もう少しフリーエアが大きくていいが、小さいだろう？」

「はい……ほとんどあるかなしかくらいですね。僕だったら透視で見逃していたかも知れません」

「しかし、念の為、オペの前に胃カメラ《GF》をやっておこう」

「じゃ、内視鏡室へ運びますか？」

「いや、オペ室へ運んでからでいいだろう。麻酔のかかったところでやれば……」

「でも、胃や十二指腸の穿孔でないとしたら、どこでしょう？　小腸か、大腸、ということになりますが……」

「大腸なら胃穿孔並みのフリーエアが見られてもいい。多分、小腸だ」

「前の晩に刺身を食べている。最も疑われるのはアニサキスだね」

「と、言いますと——？」

「アニサキス……!?」

沢田の声が裏返りそうになる。

「経験ないかな？」

「はい……」

「サバや、タラ、カツオなどに潜んでいる寄生虫で、その刺身を食うことによって胃や腸に運ばれ、粘膜にもぐり込むか、時に壁を突き破って頭を出し、腹膜炎をもたらす。大概は胃で悪さするからGFをやれば見つけられるが、腸にまで行ってしまうとそうはいかない。開腹しないとね。君は、森繁久彌っていう俳優を知ってる？」

「あ、名前だけは。確か、〝知床旅情〟を作詞作曲した人ですよね？」

「そうそう。もう七、八年前になるかな、彼が舞台出演中突然腹痛に見舞われて病院にかつぎ込まれ、緊急手術を受けたらアニサキスだったと三面記事に載っていたよ」

「術前に診断がついたんですか？」

「いや、術前診断は絞扼性《こうやくせい》イレウスだったかな？」

「フリーエアは認められなかったんでしょうかね？」

「そんなことはないと思うが、余りに小さくて見逃したんだろう？」

「開腹して分かったんですね？」

「そうらしい。胃のアニサキスはGFで分かるが、小腸のそれは分からないからね、問診《アナムネ》をよーく取れば疑わしいと見当がつくだろうが……」

森繁久彌に手術の既往歴があったなら絞扼性イレウスも疑われるが、もし無いのにその診断で開腹に及んだとしたら、主治医は余り見立てのよくない並の医者だな、と、当時佐倉は新聞記事を見て思ったものだ。

バッグの中で携帯が鳴った。

「すみません」

三宝はチラとこちらに流し目をくれた青木に言って携帯を取り出し、耳に当てた。

「あ、ミホちゃん?」

ハスキーな声に青木が耳をそばだてる。

「今、ちょっと外に出てますけど……三十分で戻れると思います……」

青木はアクセルを緩め、更に聞き耳を立てる。

「はい、分かりました」

三宝が携帯を閉じるのに合わせて青木はブレーキを踏んだ。

「泉《いずみ》さんの声だったみたいだが……」

シートベルトを外すと、上体を半身によじって青木は顔も半分三宝に向けた。

「ええ。緊急手術だそうです。戻らないと……」

青木は頭をかきむしった。

「ついてないなあ。折角いいところで出会ったのに」

「すみません」

三宝は口の中で呟くように返した。

つい三十分前、三宝はスーパーでの買い物を終えてマンションに戻ったところを、たまたま通りかかったという青木に呼び止められた。食材が切れたので今日はこれから外食に出るところだ、付き合ってくれないか、と誘われ、断り切れず青木の車に乗ったのだった。

「いや、仕方がないけど……でも僕にはコールがかからないなあ」

青木はポケットから携帯を取り出した。

「電池切れではないし、マナーモードにもしてない……」

携帯を手に弄《もてあそ》んだまま青木はしきりに首を捻り続ける。

「久松君が呼ばれているのかなあ？　オペ室に聞いてみようか……」

「あ、そんなことをしたら――」

慌てて青木の手を押さえつける仕草をしたが、三宝はすぐに手を引っ込めた。

「先生とあたしが一緒にいること、分かってしまいます」

青木は携帯を引っ込めた。

「僕は、別に、あなたと一緒だと分かってもいいけど……」

「あたしは、困ります」

青木の視線を右のこめかみの辺りに熱く感じながら、三宝は俯《うつむ》いたまま小さく返した。

「仕様がないな。じゃあ、明日はどう？」

「明日は、他に用事があります」

「どんな？」

「看護研修会です。鹿児島で」

「それは、ウチの？」

「ええ、鉄心会の九州地区の」

「じゃ、ウチのナースも何人か行くのかな？」

「はい、各部署から何人かずつ。院長先生が基調講演をなさるんです」

「そう言えば……」

一カ月も前、鉄心会の月報の片隅にそんな予告記事が載っていたことを青木は思い出した。

「講演のタイトルは？」

「看護のスキルとハート、です」

青木は佐倉に嫉妬《しっと》を覚えた。佐倉の話に目を輝かせて聴き入っている中条三宝を思い浮かべたからだ。

「皆同じ飛行機で行くのかな？」

「はい」

「佐倉先生も？」

「ええ……」

妬ましさが否が上にも募ったが、それに追い打ちをかけるように疑心暗鬼が頭をもたげた。

(明日一日病院を離れるなら、何故院長はその旨を自分に言ってくれなかったのだろう？久松や沢田には言ってあるのだろうか？)

年齢的には久松が一つ下だが、肩書きは久松が「医長」で上の立場になっている。一年様子を見させてもらって、問題なければ、〝医長〟の辞令を出すからね、と、去年の春の着任時に佐倉から申し渡されたが、その日はもう目前に迫っている。

「すみません、遅れるといけませんから……」

中条三宝の催促に、青木は自問自答から我に返った。

「じゃ、約束してくれない？」

レバーをパーキングからドライブに入れ直して青木は三宝の目を探った。

「来週の土曜日に、デートのやり直しをしてくれると」

三宝はハンドバッグから手帳を取り出した。青木がのぞき込む。

「今のところ予定はありませんけど、お約束はちょっと……」

青木は唇をかみしめた。

「あなたに、付き合ってもらいたいことがあるんだけど……」

横顔を見せ、俯いたままの三宝に、唇をかみ直してから青木は言った。

「何でしょうか？」

視線を返して三宝は小さく口を開いた。そのクールな響きにたじろぎながら、青木は二の句を放った。

「ある人の弔いを、一緒にしてもらえれば、と思って……」

佐倉の診断は図星だった。執刀を託された沢田は、腹膜を開こうとしたところで、佐倉に待ったをかけられた。

「腹膜を開いた瞬間、何か音がしないか耳を澄ましてごらん」

佐倉は腹膜を無鉤鑷子でつまみ上げた。

「メスで、いいですか?」

「ああ、電メスでは音がかき消されるからね」

沢田は首を捻りながら佐倉の手にした二本のピンセットの間にメスを入れた。

「聞こえたかい?」

「いえ……何も……」

沢田は首を捻ったまま佐倉を訝り見た。

「うん、聞こえなかったね」

佐倉の目が笑っている。

「腹腔内にはフリーエアがあるからね。腹膜を開いた途端それが外へ漏れ出る。その瞬間、ポッと音がするはずなんだが、それも、フリーエアがある程度ないと分からない。胃や大腸の穿孔だと分かるが、小腸には、イレウスでない限りガスはないからね。まして針でついたような穴から出るフリーエアは知れているから、腹膜を開いてもほとんど聞こえない」

器械出しをしながら、三宝はそっと頷く。

二年程前、名瀬に来て初めて佐倉の手術に就いた時のことが思い出されていた。やはり週末で、久松が日直だった。緊急手術ということで今日のように主任の泉に呼び出され、手洗いを命じられた。

患者は三十そこその若者で、十二指腸潰瘍の穿孔による腹膜炎だった。その時佐倉は同じような講釈を久松に垂れ、腹膜を開く段階で三宝にも耳をそばだてるように言った。

「あっ……？」

久松とほとんど同時に三宝もマスクの下で声を放った。〝ポッ〟と空気が抜け出る音が実際に聞こえたのだ。三宝が卒業してそのまま勤めることになったセント・ヨハネ病院で、手術室にも一年程配属され、十二指腸潰瘍や胃潰瘍、稀に胃癌の穿孔による急性腹膜炎でかつぎ込まれてきた患者の手術にも二、三度立ち会ったが、レジデントと称される若い医者達に囲まれながら、執刀医が佐倉のような講釈を垂れるのを聞いたことはなかった。久松と共に耳をそばだてて捉えた〝ポッ〟は、それ故に新鮮な驚きと感動をもたらした。今は亡き母志《し》津《づ》が、乳癌の手術を求めてはるか秋田の地まで佐倉を頼って行った理由に、初めて思い至った気がした。かつて愛した、否、別れてからも忘れることのなかった男だからというだけでなく、佐倉の外科医としての卓越した技術に全幅の信頼を置いていたからだ、ということに――。

「あ、ありました。ここですね？」

沢田が興奮気味に放った大声で三宝は我に返った。トライツ靭帯（十二指腸が小腸の上部の空腸に移行する部分）から空腸をゆっくり下方にたぐっていた沢田の手が止まっている。ピンク色の空腸の一点がプクッと盛り上がり、赤くただれたようになっている。

「この、白いものは……？」

盛り上がった先に見える白子の頭のようなものを沢田は訝った。

「アニサキスだよ。ピンセットで引っ張り出してごらん。泉さん、標本びんを用意して」

佐倉が事もなげに言って三宝と泉に目配せした。

三宝は慌てて器械台の無鉤鑷子を沢田に手渡す。外回りの泉と今村がひしと沢田の手許を見すえる。

沢田が恐る恐るといった感じで白子の頭のようなものをピンセットに捉え、引き出す。

「キャア！」

と今村が叫び、

「ウワァ、気持ちが悪いっ！」

泉が上体をのけぞらせながら手にした標本びんを沢田に差し出した。頭をピンセットに捉えられた体長五センチ程のアニサキスは、体をうねらせたままホルマリンの入ったびんに収められた。

中材で電話が鳴った。今村が走った。暫く電話の主とやり取りしていたが、手術室に戻ってくると、メモ用紙のような紙切れを三宝に見せた。

三宝の瞳孔が広がった。

手術を終えた佐倉が部屋に戻ったところで、卓上の電話が鳴った。先刻三宝に外線を取りついだ日直の医事課職員からだ。

「トーマさんと仰る方から外線です」

思い当たることはない。首を捻りながら受話器を取った。

「不躾《ぶしつけ》なご相談ですが……」

簡単に挨拶を交わし合ったところで、相手は切り出した。

「青木君もご厄介になっておりますし、先生のところ、外科のマンパワーは足りておりますよね？」

「ええ、まあ……」

当麻と話すのは長池幸与の件で相談に及んで以来だ。

「実は、この春で研修を終える塩見君という若い外科医が、できれば先生の所で以後の研鑽《けんさん》を積ませて頂ければ、と申し出てきまして……」

「その、しおみ君、というのは、こちらの出身なんですか？」

当麻をさしおいて自分の所へ来たいというのは、それくらいの理由しか思いつかない。

「いえ、大阪の人間なんですが……ちょっと複雑な事情がありまして……結婚を機に、是非そちらへ伺いたいと」

「相手の女性が、こちらの方とか？」

「いえ、そういう訳でも……」

当麻にしては歯切れが悪い。

「何でしたら、当人と直にお話しさせて頂いても……」

「そうですか。でも先生の所は、青木君を含めて外科のスタッフは四人ですよね？」

「ええ」

「塩見君は外科医としての筋はいい男ですが、当分ご指導頂かないと、戦力にはまだまだなり得ないので、かえって足手まといになるのではないかと思いますが」

「先生が筋がいいと仰るんでしたら、鍛え甲斐があります。でも、そうなると、先生の所が一人減って、確か、お三人になるのではありませんか？」

「ええ。でもまあ、ウチは何とか……」

「代わりに、青木君をお戻ししましょうか？」

「えっ……!?」

「彼はもともと先生の所で働きたかったのを、その、しおみ君ですか、彼を含めて四人いてマンパワー的に足りているということで私の所へ来られた訳ですので」

「その節はご無理をお願いしました。でも青木君は、去年の秋福岡の学会で会いましたが、先生の許で楽しく働かせてもらっている、と、大変喜んでおりましたが……」

「あ、そうそう」

佐倉の記憶が蘇った。

「当麻先生、ご結婚なさるんですね？」

「あ、はい……お陰様で……」

「博多の方で、素敵な女性だと青木君から伺いました。何でも、ホスピスのコーディネーターをなさってるとか」

「ええ、福岡の亀山総合病院で」

「亡くなられた奥様のご親友だった方とか？」

「ええ、まあ……」

「ご人徳の賜物《たまもの》ですなあ。あやかりたいものです」

「えっ、佐倉先生は……？」

「もう長い間、別居中で、形ばかりの夫婦です」

「奥様は、どちらに……？」

「宮城の塩釜におります。あ、ところで当麻先生」

ドアの向こうで足音が響き、こちらに近付いてくる気配に佐倉は声を低めた。

「ご結婚は、いつですか？」

「それが——来週の日曜になっております」

「えっ⁉ 青木君の話では今年の秋くらいかな、ということでしたが……」

佐倉の頭がめまぐるしく回転し始めた。

「私の恩師で、先生もご存知の羽島先生がいよいよ最期を迎えようとしておられるので、先生にも式においで頂きたいと思い、急遽、東京で挙げさせて頂くことにしました」

「東京のどちらで？」

「上智大学です。昔羽島先生が手術をされたカトリックの神父さんがご健在でおられたので、司式をお願いしました」

「さしつかえなければ当麻先生、私もお式に参列させて頂けませんか？　あ、ひょっとして青木君も行くのかな？　何も聞いておりませんが」

「わざわざ出てきてもらうのは大変ですから、何も言っておりません。それに、彼はついこの前の学会の折に私の婚約者に会ってくれていますので……」

「実は、前日の土曜日に、仙台へ参ります」

性急に口走ってから佐倉は一呼吸を入れた。こちらに近付いてきた足音がドアの向こうでピタリと止んだからである。佐倉は電話器を持ち上げて机に移し、ドアに背を向けて椅子にかけた。

「家内と今後のことを話し合いたいと思いまして」

「じゃ、翌日、東京までお越し下さるんですか？」

「ええ。羽島先生がおいでになるなら、最後の機会でしょうから、是非ともお目に掛りたいです。私もお世話になりましたから」

「分かりました。式は教会の礼拝堂ですから、それこそ出入り自由ですので……」

「お式には、大勢いらっしゃるんでしょうね？」

「いえ、ほんの身内程度です。実は、当初お願いに上がりました塩見君も、私共と一緒に挙式することになっております」

　こちらが吃驚の声を上げる前に当麻の声が弾んだ。

「おいで頂ければ、塩見君の面接試験もついでにして頂けますね？」

「ああ、そうですね。是非そうさせて下さい。何せ家内とは気の重い話をしなければならないので、気が滅入っていたところです。お二人のご結婚は何よりの朗報です」

「では、これから式場の案内図をＦＡＸさせて頂きます。前に頂いたお名刺に書かれてあった番号で宜しいですか？」

〝前〟とは徳岡鉄太郎の東京本部へ召集された時のことだ。自分の名刺にＦＡＸも明記してあることを当麻は記憶に留めていてくれたのだ。

　受話器を置いて一分も経つかと思われたところでドアにノックの音が響いた。

「はい、どうぞ」

　佐倉は椅子を回してドアに向き直った。

　ほとんど音を立てることなく、そっとドアが開かれた。

「ああ、三宝……」

半開きのドアからスーッと体を滑り込ませて笑顔を見せた若い女に、佐倉は目尻を下げた。だが、相手の顔からすぐに微笑が消えたのを見て、佐倉は居住まいを正した。

こもごもの旅

二月下旬のこの時期、東京方面へ向かう者はさすがに少ない。それでも一日一便の羽田行JAL便は六割方の客で賑わっている。

離陸して間もなく、シートベルトサインが消え、ベルトを外したところでやっと三宝と佐倉は顔を見合った。

空港には別々の車で来た。

東京では必要を感じなかったが、島では車が無ければ身動き取れないことを悟って、名瀬へ来て間もなく三宝は教習所に通った。無論、車もこちらで買った。否、正確には買ってもらった。自分でローンで買いますと言ったが、佐倉が許さなかった。次に車を替えるまでには貯金もできるだろうから、その時は自分で買いなさい、という言葉に甘んじた。

佐倉とは職場では常時顔を合わせるが、口を利くことはほとんどない。職員には叔父と姪の関係にしておく、自分は〝ミホちゃん〟と呼ぶが、三宝は、血縁関係を匂わす呼び方、〝お父さん〟はもとより、〝おじさん〟と呼んでもいけない、〝院長〟と呼ぶか〝佐倉先生〟と呼ぶように、と言い含められている。廊下や食堂ですれ違う時はにっこり会釈してくれるが、手術場では他人行儀だ。〝ミホちゃん〟と呼ばれることも滅多にない。

たとえ〝叔父と姪〟の関係でも一つ屋根の下に住むのはいらぬ誤解を招くからと、近くのマンションを佐倉は世話してくれた。1LDKだが家賃は五万円で、援助しようかと言われたが、もう社会人ですからと断った。それより、独りでは煩わしいだろうから勤務の都合によるが自分の手の空く時は夕食を作りましょうか、と申し出たが、昼と夜は病院で食事を摂っている、朝は自分で簡単に済ませるから支障ない、困るのは休日くらいだが、息抜きになっていいから外食にしている、馴染の店が数軒できたから困らない、と佐倉は言った。

実際、月に一度はその馴染の店に連れて行ってくれた。

「普段は郷土料理の〝一村〟か島唄を聴かせてくれる民謡酒場〝吟亭〟へ行くんだが、若い人には創作料理の店がいいだろう」

と言って、最初は〝こころ〟という店に連れて行ってくれた。一瞬、仙台や東京のレストランに入ったかと錯覚するほど、店内は洒落た若者向きのたたずまいで、実際、三宝と同年配かと思われる若い女性客で賑わっていた。佐倉の年の客はちらほら見受ける程度で、それもペアか数人の団体だ。

「独りでここへ来ると、どうも居心地が悪くてね」

席に着いてざっと店内をねめ回してから佐倉は言った。

おしぼりと水を運んできた四十そこそこかと思われるウェートレスが、

「あら、先生、おめずらしいですわね。今日はこんなかわいらしいお嬢さんとツーショットですか？」

と艶《つや》めいた流し目をくれて言った。

「うん、まだまだ捨てたもんじゃないだろ？」

三宝を誰とも紹介しないで思わせ振りに佐倉が返すと、

「奥様に言いつけようかなあ」

と女は絡んできて、三宝にニッと笑ってみせた。

「どうぞどうぞ。ここは治外法権だからね。構わないよ」

佐倉は塩釜に家族を残して単身赴任だと聞いている。母の志津と別れて以来の父の足跡を知りたい、いつか聞き出さなければと、屈託なく冗談を言い交わしている佐倉の横顔を見すえながら三宝は思った。

三宝が急遽帰省することになったのは、兄の正樹《まさき》の妻で今は一児の母となっている嘉子《よしこ》が、中条正男が危篤状態にあることを知らせてきたからだ。

正月に帰った時、正男は既に名取の県立がんセンターに入院していた。前年の夏が終わる頃から食欲不振と下痢が続き、暑さと水分を過剰に摂る所為だろうと自己診断していたという。久々に会ったらげっそりと痩せている父を見かねて、「近くの医者に診てもらったら」と正樹が受診を勧めた。

糖尿病が発見され、薬が処方されたが、血糖値は下がらず、体重もどんどん落ちて行った。開業医では駄目だ、専門医がいる病院へと息子にせっつかれ、正男は渋々名取の市立病院を受診した。一連の血液検査、エコー、CTを受けた結果、膵臓にデキモノができている、糖尿もその所為かと思われる、すぐに県立がんセンターへ行くようにと紹介状を手渡された。

「膵体尾部癌で手術不能。唯一の手だては、およそ根治は期待できないが抗癌剤による治療」

これが、帰省を兼ねて付き添って行った正樹と嘉子に告げられた最終診断だった。

膵臓癌特有の腫瘍マーカーCA19-9が、正常値（二五g／dl以下）の百倍も高い値を示している、向後はこのマーカーの推移で薬が効いているかどうか見当がつくが、精々持って半年、下手すれば三カ月の余命、と宣告された。

正樹は近くで父の介護に当たりたいと、年が明けると共に名取の実家に嘉子と子供を伴って移ることにした。

ＣＡ19−9は右肩上がりに上昇し、入院後には一万台にも達したが、抗癌剤ＴＳ−１の点滴と内服を受けて一カ月もすると十分の一に下がり、体重の急激な減少と下痢も治まってきた。正月も近いことだから、一旦退院しましょうか、と主治医は言った。帰省中に何かあったら名取の市立病院へ行くようにと、紹介状を持たされた。病院も冬の休暇体制となる暮れの三十日に正男は家に帰った。嘉子と三宝が出迎える形になった。正樹は引っ越しの準備を正月返上で一人で行い、三が日が過ぎて間もなく、奄美大島に帰る三宝と入れ代わるように名取に転じた。

母親が残した日記によって自分の出自を知った三宝が、奄美大島に佐倉を訪ねて行ったのは、志津が亡くなって半年近く経た夏の初めだった。

佐倉はてっきりまだ尾坂《おさか》鉱山病院にいるものと思って秋田に出かけたものの空振りを食った三宝は、一旦はセント・ヨハネ病院に戻ったが、ひと月もじっとしておれなかった。

嘉子に苦しい胸の裡を打ち明けた。

「三宝さんの気の済むようにしたらいいわ。思い切って奄美大島に行ってみることね」

嘉子の言葉が最後の逡巡《しゅんじゅん》を断ち切らせてくれた。

万が一ということもある。裳脱けの殻だった尾坂の二の舞いは味わいたくなかったから、佐倉を訪ねて行くと決めた数日後、名瀬の鉄心会病院に電話を入れた。

佐倉は手術中で、終わり次第こちらから電話をかけるから念の為携帯の番号を聞いておいてくれ、とのことですが、と、電話口に出た手術室のナースが言った。

長い時間待たされたように思った。ひょっとしたら「後でかける」とは逃げ口上で、このままなしのつぶてにする腹づもりかも知れないと思い始めた刹那、まるでこちらの胸の呟きを盗み聞きしたかのように、携帯が鳴った。手術室のナース達も退出する五時前だったから、三時間も経った頃だ。

震える手で携帯を開いた。

「ご免よ、遅くなって」

エコーの効く所にいるのか、よく響く声は覚えのあるものだった。

「急な手術が入ってしまったものだから」

と佐倉は続けた。まるで旧知の者に語りかけるように屈託の無い口吻だ。外科医は難しい手術を成し遂げた後が一番気分がいい、機嫌もいい、おねだりするならその時がチャンスよ――セント・ヨハネ病院でオペ室勤務になった時期、手術室の主任が冗談紛れに言った言葉を思い出した。

「すみません、お疲れの時に」

意外な程愛想の良い対応に戸惑いながら、三宝はやっと言葉を出した。

「いやいや。それより、私がここにいること、よく分かったね？」

冒頭に相手の口を衝いて出るものと覚悟していた問いかけだった。

「事務長の、田村さんから伺いました。あ、尾坂病院の……」

「ああ、田村君か。懐かしいな。でも、どうして？」

不意に語尾がくぐもった。三宝は息を大きく一つついて携帯を握り直した。

「お伝えしなければならないことがあったのです」

相手の沈黙は、自分がこれから告げようとすることを既に悟ったことを物語っていた。

それでも三宝は言った。

「お世話になった母が、亡くなりました」

絶句が続いた。二の句をまさぐりかけた端、少しトーンの落ちた声が響いた。

「〝カナンの郷〟、だったかな？　ホスピスに入ったことを、手紙で知らせて下さったが……いつ亡くなられたのかな？」

「お正月が明けた翌々日です」

「ホスピスだから、苦しむことはなかっただろうね？」

「はい、前の夜まで意識はしっかりしていたそうです」

「そう……？」

「生憎、私は夜勤だったものですから……臨終には何とか間に合いましたけど……」

志津の最後のひとときが思い出され、胸にこみ上げてきたものに三宝は声を詰まらせた。

暫く沈黙がわだかまった。

「よく知らせてくれた」

二の句を継がなければと目尻を拭った刹那、佐倉の方から沈黙を解いてくれた。

「せめてもう四、五年生きて欲しかったが、力及ばず、ご免よ」

「あ、いえ……先生には充分して頂きました。母も、悔いはなかったと思います」

〝先生〟と、極く自然に出たことに、後になって三宝は訝った。我知らず〝お父さん〟と呼びかけてしまうかも知れないと、覚悟を秘めて電話をかけたはずなのに。

「あの……」

本題に入らなければと、相手の言葉を待たず三宝は続けた。

「そのこともご報告がてら、母から預かったものもありますし、一度、お訪ねしたいと思っているのですが……？」

「お母さんから預かったもの？　私宛てに？」

「はい……」

「こんな遠い所へ、わざわざ来てくれなくても、何だったら、送ってくれれば……」

志津から佐倉に宛てたものなど何もない、〝嘘も方便〟と割り切っての言い草だ。

「お送りできなくもないのですが……あなたの手から直接お渡しするようにと言われました。それに、私自身、ご相談に乗って頂きたいこともありますので、是非、伺わせて下さい」

一気に言った。こちらへ来たことはあるのか、とか、どんな風にして来るのか、とか、独りで来るのか、とか、今度は相手から矢継ぎ早の質問が放たれたが、とどのつまり三宝の要求を佐倉は受け入れた。

日取りと、二泊三日の予定であることを告げると、佐倉は交通の便を教えてくれ、宿泊の段取りもつけてくれた。

当日は空港に迎えに来てくれた。羽田からは午後の便しかなく、着いたのは午後三時前で、空調の利いたロビーを出ると、南国を思わせるムッとした生温かい空気を肌に感じた。

「空港は島の北端にあってね、ここから名瀬までは四十分程だ」

車を回してきた佐倉が言った。

「夕食は宿で用意してもらっているが、まだ早いし、名取でも東京でも海を見ることは余りなかっただろうから、少し海辺を走るよ」

佐倉はそう言って海岸沿いに車を走らせた。

(もうすっかりこちらの人になっている。永住するつもりなのだろうか?)

数キロも走ったところで車から降りるよう言われ、

「向こうにかすかに見えるのが喜界島、さんご礁《しょう》で有名だよ」

などと、コバルトブルーの海の東方を指さしながら説明してくれる佐倉の横顔をそっと盗み見ながら三宝はひとりごちた。

「南の方には、鉄心会の理事長徳岡先生の郷里徳之島があるが、奄美大島との間にはもう一つ、加計呂麻《かけろま》島という、あの喜界島よりは少し大きいが、それにしても小さな島がある。そこにも立派な病院があってね、時々手術に呼ばれることがある。あなたくらいの若い医者しかいないんでね」

〝あなた〟と言うところで初めて佐倉は三宝を見返ってくれた。助手席に乗り込んだ車では、佐倉はずっと目を前方に凝らしたままだったのだ。

宿には五時前に着いた。病院は海に近いと聞いたから宿とは民宿かと思ったが、車は市街地に入っていって、五階建てのビジネスホテルの前で止まった。

「チェックインしてひと息つくといい。私はちょっと病院に行ってくるから。食事は六時と言ってあるから、五分前には来るよ」

正面玄関前で三宝を降ろすと、ここから車で十分の距離にあるという病院へ佐倉は向かった。手術を終えたばかりの患者を診てくるという。

部屋は四階で、遠くかすかに海が見えた。ものの一時間が倍の長さに感じられたが、約束通り六時五分前に佐倉から電話が入り、今ロビーにいる、食堂はこの奥だから、と告げられた。

テーブル席で差し向かいに食事を摂った。食事中は専ら佐倉が語りかけ、三宝が受け答える形になった。亡き母の話題は出なかった。三宝の近況をひとしきり尋ね終えると、後は専ら奄美大島のこと、名瀬の鉄心会病院がいつ建って、スタッフはどうのこうのという話を佐倉は続けた。それはそれで興味は尽きなかったが、自分が心に期してきたことを今夜中に切り出せるか否か、三宝の頭はその一事に占められ、佐倉の話はほとんど上の空で聞いていた。料理も喉を通り過ぎるだけで、気が付くと終わっていた。

佐倉は逸早く食べ終え、デザートもうまそうに平らげると、コーヒーを一口一口かみしめるように飲みながら、三宝が食事を終えるのを待ってくれた。

客の何人かが物珍し気に二人に流し目をくれて傍らを通り過ぎる。

「その腕時計――」

三宝がコーヒーカップを手にして一口二口飲み込んだところで佐倉が三宝の手首を見すえて指さした。

「お母さんから受け取ってくれたんだね?」

三宝は思わず、手首に目をやった。

「あなたの左の手首にはめられている時計――それこそは、実の娘として、佐倉先生、いえ、あなたのお父さまがあなたを受け入れてくれた証拠です。お父さまの左腕にもあなたのそれと同じものがしっかりとはめられているはずです」

繰り返し幾度も読み返して暗記するまでに至っていた志津の日記の最後の件《くだり》が思い出されていた。

だが、改めて見直した佐倉の手首に時計はない。

「すみません、お礼も申し上げなくて……」

瞬時の戸惑いから我に返って三宝は顔を上げた。

「いやいや。お役に立ててくれて嬉しいよ。携帯で時間なども分かるから、最近は腕時計などする人は少なくなってるからね。かく言う私もその一人だが……外科医は職業柄しょっ中手術室で着換えるから、時計などはめているとロッカーに忘れてきたりする。だから、携帯を持つようになってからははめなくなったんだよ」

母の日記の続きが思い出された。

「一つのケースに男ものと女もののペアとして入っていたものを、あなたとご自分に分けたのです。〃夫婦《めおと》時計〃と称するものだそうで、私が欲しかったものを、私よりはるかに愛《いと》しいと思うようになっていたあなたにくださったのです」

（本当だろうか？）

コーヒーカップを持ち上げた佐倉の、少し毛が生えて男臭い手首にもう一度チラと目をやりながら、三宝はふと疑問に囚《とら》われた。

（母にはそう書いたかも知れないが、本当は私のものだけ買って、ペアの時計など買っていなかったのでは？）

「ところで」

頷きだけを返した三宝に、佐倉がグイと目を据え直した。改めて、澄んだ大きな目は、自分のそれと似ている、と思った。

「お母さんからの預かり物とは？　ここには持ってきてないの？」

佐倉の目が、空いた椅子に置いたバッグに注がれた。

「あ……汚してはいけないと思って、お部屋に置いてきました。持ってきます」

「じゃ、ひとまずここを出よう。ロビーで待ってるよ」

佐倉もナプキンをたたんで腰を上げた。

数分後、先刻までとは打って変わって緊張した面持ちで三宝は佐倉と相対した。ロビーには一人掛けや数人掛けのチェアやソファがしつらえてあるが、佐倉は窓際の、丸い小さなテーブルを挟んで二人掛けのチェアで待っていてくれた。

「これは、日記、だね？」

三宝がおずおずと差し出したものを手に取って佐倉が訝った。

「はい。全部読んで頂かなくても……私への遺言として書かれてある終わりの部分だけでもいいです」

佐倉が頁を繰ろうとした。

「あ、すみません」

三宝は慌てて制した。

「お持ち帰り頂いて、お宅で読んで頂けませんか？」

佐倉は手を止めて三宝を見返し、無言でコクコクと頷いた。

「でも、私にくれる訳ではないよね？　あなたへの遺言が書かれてあるなら、あなたのものだね？」

「はい……」

「じゃ、明日のお昼にここで会おう。帰って、早速読ませてもらうよ」

佐倉は日記を閉じて立ち上がった。

部屋に戻ってひと風呂浴び、床に就いたものの、三宝はなかなか寝つかれなかった。眠れぬままうとうとした一夜が明け、遅まきの朝食を摂り、部屋に戻ると睡魔に襲われ、ベッドに倒れ込んだ。目覚めた時、ざっと一時間も眠り込んだことを知った。身繕いを済ませると、佐倉と約束した正午が迫っていた。急いで下へ下りて、昨夜と同じ場所で佐倉を待った。

正午きっかりに佐倉は現れた。手には何も携えていない。

「日記、全部は読み切れなかった」

三宝の挨拶を受けてからゆっくり腰を落とすと、開口一番佐倉は言った。

「今夜残りを読ませてもらって、明日、帰り際に返すね」

微笑んではいるが、何かよそよそしい。実の父であるはずの男の顔を正視できないもどかしさを三宝は覚えた。

我知らず視線が落ちるのを、〝待った〟をかけるように佐倉が二の句を放った。

「後半は読ませてもらったよ。あなたへの遺言という、最後のメッセージは真っ先にね」

三宝はおずおずと視線を戻した。まだ他人行儀だ。密かに求めてきた反応を見せない相手に、苛立ちを覚える反面、切ないものがこみ上げてきた。

「母の書いていることは、本当ですね？」

語尾を濁さずに言い切るのが精一杯だった。

佐倉は一つ大きく息をついた。

「本当かどうかは、私には分からない」

微笑が失せている。

「こういうことは、女の人にしか、いや、ひょっとしたら、神様にしか分からないことかも知れない」

相手を見すえたまま、目尻に溢れ出たものを三宝は手巾で拭った。

「三宝さんの血液型は？」

初めて名前を呼んでくれた。余所余所《よそよそ》しさが幾らか和らいだ、と思った。

「A型です」

「お母さんもA型だったね。お父さんは？」

「B型です」

「フム……」

口ごもるなり、佐倉は目を閉じた。が、ほんの一、二、三と数える間で、すぐに瞼が上がった。

「三宝さんには、お兄さんが一人いたよね？」

「はい……」

兄の正樹と佐倉は、一度限り、秋田の尾坂鉱山病院、他ならぬ、母志津が佐倉を頼って乳癌の手術を受けに行った病院で会っている。

「お兄さんの血液型は、知ってる？」

「B型です」

「B？」

鸚鵡《おうむ》返《がえ》ししてから佐倉は再び目を閉じた。が、それも束の間だった。

佐倉は瞼を上げてからもう一度大きく息をついた。

「昔、こういうことがあった」

佐倉の目にかすかな微笑が戻った。

「私が研修医の頃だ。最初の半年程を産婦人科に回って、お産も二、三十件程手がけたんだが、ある産婦が、お産を終えた翌日だったか、私のベビーの血液型は何型？　て聞いてきてね。A型ですよ、と答えると、途端に顔色を変え、B型とO型の親からA型の子は生まれませんよね？　て尋ねる。勿論、生まれるはずはない。彼女はO型で夫はB型だという。B型かO型の子供しか生まれませんよ、て答えると、子供の血液型をどちらかに直してくれませんか、と言う。結婚直前の忘年会で、酔った所為もあって会社の上司と一夜の契りを結んでしまった、と言うんだね。俺の子でなかったら殺してやる、なんて夫は言うんですよ、何とかなりませんか、と泣きつかれたが、血液型を偽って書くなんて、そんなことしたらこっちの手が後ろへ回りますよ、と返して逃げた……」

「なぜそんなお話をなさるんですか？」

悲憤と共に涙がこみ上げてきた。

「あたしも、その赤ちゃんと同じようにして生まれてきた、と仰りたいんですか？」

「いや、そうじゃない。そうじゃないよ、三宝さん……」

ボトボトと涙を滴らせながら俯いた肩に、にじり寄った佐倉の手が掛るのを覚えた。

「お母さんはそんなんじゃない。日記に書いてあったように、必死の覚悟で、確かな意志を持ってあなたをみごもり、産んだんだよ。そして、その子が母親の言葉を信じて、実の父であるかも知れない私の所へ来てくれた以上、私もいい加減な気持ちではおれない。あなたが紛れもなく私の子であるかどうか、確認したいんだ。血液型を聞いたのもそのためだ」

「佐倉先生は、何型なんですか？」

溢れ出る涙を拭い切れないまま三宝は顔を上げた。

「O型だよ。だから、あなたが娘であっても矛盾はしない。しかし、A型の母親とB型の父親からだって、確率は少ないがA型の子は生まれる」

「でしたら、DNAを調べて下さい」

佐倉の顔が強張《こわば》った。

「髪の毛一本でも分かると聞いています」

三宝は畳みかけた。佐倉の表情が弛んだ。

「三宝さんのおじいさん、おばあさん、つまり、お父さんのご両親はまだご健在かな？」

「祖父はもう亡くなっています。祖母も、頭が大方ぼんやりしてしまって……」

「そうか。お二人の血液型は、じゃ、もう分からないね？」

「父に聞けば、あるいは……」

「一応、聞いてみて下さるかな？」

「はい。でも、どうして……？」

「血液型は、一般にA、B、O、ABの四種があると言われているが、詳しく言うと、遺伝子型というのがあって、たとえばA型はAAかAO、B型はBBかBOのいずれかなんだ。お父さんの、マサオさんて言われたかな、その方の遺伝子型がBB型であったら、お母さんがAA型であれAO型であれ、A型の子供は生まれない」

「父が両親の血液型を知っていたとしても、A型かB型かO型かといった程度で、遺伝子型までは分からないと思います」

「そうだね」

意外にも佐倉はあっさりと頷いた。

「と、なれば、三宝さん、あなたの提案に同意するよ」

「それは……？」

「DNA鑑定。明日、帰り際にその髪の毛を一本預けてもらおうか」

佐倉は三宝のこめかみにかかった前髪を指さした。

「もしそれで──」

「うん……？」

「私が先生の娘に間違いなかったら、こちらへ来ていいですか？」

ペンの動きと共に、しなやかで綺麗な指をしている、と見惚れていた手が引っ込んだ。両腕が胸に組まれた。並んでいるから正視はできない。斜め下のテーブル辺りに視線が流れている佐倉の横顔に、三宝はじっと目を凝らした。

その凝視に耐えかねたかのように、佐倉はひょいと立ち上がると三宝の視線をゆっくりと受け止めた。

「お母さんのたっての願いだからね。こんな辺鄙《へんぴ》な所でも構わないというなら、いいよ」

不思議な感覚に包まれた。どこからか亡き母の視線が注がれている。

「地球を見下ろした宇宙飛行士のように、天国からあなた方のこれからの人生を見詰めておれたらいいわね」

志津の日記の一節が蘇っていた。

「但し——」

夢ともうつつとも知れぬ境から、不意にうつつに引き戻された。再び座った佐倉は椅子の背にもたげた上体をグイと三宝の方に屈めた。先刻隣り合わせていたのと同じ間隔にまで顔が迫っている。

「たとえ実の娘と分かっても、ここでは、当分、親子とは名乗れない。疎遠になっているが、私にはまだ塩釜に妻子がいる。単身赴任であることは皆に知れているからね」

「はい……」

志津の日記には、佐倉の機微に触れることも書かれてあった。長男を交通事故で亡くしたこと、薬剤師であったという妻とはうまく行っていないこと、だから遠く秋田の鉱山町に単身赴任したこと。

「お知り合いの娘、ということにでもして下さい」

咄嗟の思い付きだ。佐倉は首を振った。

「叔父と姪、ということにしよう。それなら時々は一緒に食事やドライブしても怪しまれない」


「そんな、プライベートなことは、構わないで下さい。女ですから、一人で料理でも何でもできます。ただ、お仕事を手伝わせて頂けるだけで充分です」

「じゃ、オペ室に来るかね？」

「はい、お願いします」

「一つだけ、聞いていいかな？」

佐倉が一つ二つ瞬きをした。

「あ、はい……」

「恋人は、いないのかな？」

セント・ヨハネ病院に入職時、面接官の婦長に同じことを尋ねられた記憶が蘇った。婦長は〝恋人〟とは言わなかった。「お付き合いしている男性はいる？」と聞いてきた。

「いません」

あの時は即座に首を振ったが、今回は、微笑を返してから、ゆっくり、首を振った。

「それなら、安心だ」

佐倉が初めて顔を綻ばせた。

夕食に佐倉が再びホテルへ来てくれた時、別れ際、三宝は部屋で引き抜いた髪を一本佐倉に託した。

東京に戻った三宝は、一日千秋の思いで佐倉からの連絡を待ち侘びた。本当に自分の髪の毛と、恐らくは佐倉のそれとで親子関係のＤＮＡ鑑定をしてくれているのだろうか、奄美では勿論できないから然るべき所へ送って判定してもらう、少し時間がかかるだろう、と佐倉は言った。

待ち切れず、嘉子に電話をかけた。会って話したかったが、嘉子は乳呑み子を抱えている。三宝の勧めるセント・ヨハネ病院でお産をした。母志津の予感通り、女の子だった。

「やっぱり、お義母さんの生まれ変わりみたいね」

祝いに産科病棟へ駆けつけた三宝に、赤子に乳を含ませながら嘉子が言った。正樹の子だから亡き母にとっては孫だ。しかし、正樹と父親を異にしているとしたら、自分にとってこの赤子はどういう関係になるのだろう、どことなく志津の面影を髣髴とさせる乳呑み子を見詰めながら、三宝は複雑な思いに囚われた。

正樹達の住む社宅——と言ってもマンションの一角だったが——には、都電を一つ乗り継いで行くだけで三十分もあれば行けたが、正樹が異父兄と知らされて以来、敷居が高くなった。嘉子とだけ会いたいと思っても、乳呑み子を抱えながらも嘉子は以前止宿していた叔母の家に週に二日は通ってピアノ教室を続けていて忙しく、三宝も不規則な三交代勤務に身を置いていたから、会うことはほとんどままならなかった。極くたまに電話をかけるのがやっとだった。

嘉子が母と、ひいては自分と佐倉周平との関係を知っているかどうかは分からない。母が何故嘉子に日記を託したのか、自分が臨終に間に合わないこともあると慮《おもんぱか》ってのことだろうと、受け取った時はさして疑問に思わなかったが、日記を読み終えて、愕然たる思いと共に、様々な思いが取り留めもなく脳裏を駆け巡った。正樹が志津の生前、母親と佐倉は旧知の間柄に相違ないと、曰《いわ》くあり気に仄《ほの》めかしていたこと、日記はきちんと包装されていたが、その包装は母の手になるものではなく、ひょっとしたら、裸のまま日記を受け取った嘉子がしつらえたものではないか？　母は嘉子に日記の内容を予《あらかじ》め告げていたか、嘉子も読んだ上で三宝に渡してくれと言ったのではあるまいか、つまり嘉子には自分の出自を明かしたのではないだろうか……。

暫くコール音が続いた後で嘉子の声を耳に捉えると、堰《せき》を切ったように言葉が溢れ出て来た。母の遺言に、近い将来僻地へ——佐倉の許へとは流石《さすが》に言えなかった——行くといいと書いてあった、母が手術を受けた秋田の尾坂鉱山病院に行きたいと思ったが、その病院はもう診療所に縮小されてしまっている、主治医だった佐倉が奄美大島に転じたことを事務長の田村という人物から聞き知り、改めてのお礼も兼ねて佐倉を訪ねて行った、佐倉はここで働いてもいいと言ってくれたので、思案中である、等々。しかし、自分の出自にまつわる佐倉とのやり取りには触れなかった。あるいは嘉子の方から切り出してくれるのではないか、との期待があった。

だが嘉子は専ら聞き役に徹し、機微に触れることは何も言わなかった。

「三宝さんが遠くに行ってしまうのは寂しいけど、でも、お母さんがそう望んでいらして、三宝さんも新たな生きがいを見つけられそうなら、思い切っていらしたらいいわね」

最後に嘉子はこう言った。義姉が母の日記を読んだかどうか、あるいは母から自分の出自を聞いて知っているかどうかは曖昧模糊《あいまいもこ》としたままに終わった。

中条正男に体当たりする他無い、と三宝は意を決し、数日後に、名取の家に電話をかけた。

「元気でやっているか？」

と切り出すと、正男はこれまでと変わらぬ口吻であれこれと気遣いの言葉を投げかけた。半ば上の空のまま、なかなかタイミングを見出せないもどかしさに苛立ったが、近況報告のネタが尽きた瞬間を捉えた。

「お父さんの血液型はB型でしたよね？」

口吻が改まったなり、二の句が続かない。三宝は畳みかけた。

「お父さんの両親の血液型は知ってます？」

気まずい沈黙が流れた。何故そんなことを聞くのかと問い返されるに違いない、と思った刹那、正男が沈黙を解いた。

「生憎、覚えてないよ。父親はもう他界してるし、母親も年取ってまともな会話ができなくなっている。血液型のことなど覚えていないだろう。それより、嘉子さんはセント・ヨハネでお産をするんだって？」

「うん……？」

見事にはぐらかされた。

後になって三宝は、当初はさして不自然に感じなかった話題の切り換えも多分に意図的なもので、血液型云々は正男にとって触れられたくない話題ではなかったのか、と疑った。

退路を断たれたように思ったが、数日後、佐倉から手紙が届いて、閉ざされた扉が開き、眩《まばゆ》い光に照らされた白い道が水平線の彼方《かなた》に伸びているのを三宝は感じた。

手紙は便箋二枚ほどの短いものだったが、自分と三宝のDNAが一致したこと、亡き志津は、これまでで最も愛した女性であること、それにつけても志津の夫正男には申し訳無いことをしてしまった、償いの意味でも、中条正男がこれまで三宝を育《はぐく》んでくれた恩義に報いるべく、三宝のためにできる限りのことをしたい、何でも忌憚《きたん》なく言ってくれたらいいと、淡淡とした筆致ながら、佐倉の誠意が痛い程伝わってきた。

手紙ばかりかと思ったが、もう一枚、佐倉周平と中条三宝は紛れもない親子である旨記したDNA鑑定書のコピーが同封されてあった。

嗚咽《おえつ》に身を委ねながら、繰り返し手紙を読んだ。

涙が乾いた時、年が改まったら佐倉の所へ行こう、と決意を固めていた。

別れ話

仙台の空港に降りてからも、佐倉と三宝は暫く一緒だった。

空港で夕食を済ませると、二人はタクシーに乗り込んで塩釜に向かった。行く先は、三宝の育ての父正男の入院している宮城県立がんセンター、佐倉は妻の品子《しなこ》と秀二《しゅうじ》のいる実家だったが、佐倉は先に三宝をがんセンターで降ろしてくれ、自分はそのまま自宅へ向かった。

がんセンターの正男の病室には正樹と嘉子が詰めているはずだった。もっとも嘉子は子供連れで、仕事を終えてから病院へ駆けつける正樹と交代する形で早めに家に帰り、また翌日の昼から出かけて行く、正樹は消灯時間が告げられてから帰宅して遅まきの食事を摂る、と聞いていた。

しかし、三宝が佐倉に見送られてがんセンターに着いた時、ベビーカーを押した嘉子が向こうからこちらへ向かってくるのに気付いた。消灯時間が過ぎようとしている時刻だから、普通なら嘉子は病院におらず、正樹が詰めているはずだ。

「嘉子さん！」

「あ、三宝さんっ！」

ほとんど同時に二人は互いの名を呼び合い、立ち止まった。子供はすやすや眠っている。

「正樹さんが来たので帰ろうと思ってたところへ、お義父さんが急に血を吐いて、個室からＩＣＵへ移されたものだから、バタバタして……帰るに帰れなくなったの」

いつになく取り乱した様子で嘉子が訴えるように言った。

正男の膵臓癌は抗癌剤だけで治療しているからそのまま残っている。吐血をしたということは胃の中に血がたまったからだ。膵臓は胃の真裏に位置するトウモロコシ状の臓器だから、癌が胃壁を突き破って胃の中に食い入ったことを示唆する。

（昭和天皇も膵臓癌だった）

嘉子と入れ代わるように正男が入院している内科病棟を目指しながら、三宝の脳裏にこんな記憶が蘇った。セント・ヨハネ看護大学に入ったばかりの頃で、学校でもその話題で持ち切りだったことが思い出された。

新聞が連日天皇の下血とそれに対する輸血を報じるようになってからだ。

(天皇の癌は膵臓の頭に出来たもので、十二指腸に顔を出していたから、そこからの出血は下へ流れて行ったんだわ)

今では明確に膵臓と周辺臓器の位置関係を思い描くことができる。

(昭和天皇が下血を繰り返したように、義父は毎日吐血を見るのだろうか？　いや、そんなはずはない。胃にたまる血は鼻から胃に排液用のチューブを入れれば外へ出せるから、チューブが詰まったりしない限り、吐血を繰り返すことはなかったはずだ)

ガウンテクニックをしてＩＣＵに足を運んだ三宝は、同じように帽子、マスク、ガウンを身につけ、一見誰と見分けられないが、紛れもない兄正樹の傍らに寄って病人を見た時、自分の推測に誤りがなかったことを確認した。正男の鼻腔には先端が胃に入っていると思われるチューブが挿入されている。そこから別のチューブが接続され、それは、吊り下げられたバッグに血を滴らせている。病人は別人かと見違える程痩せて小さくなっている。瞼は閉じて、眠っているかのようだ。

「ああ、三宝……」

病人を挟んで反対側のベッドサイドに体を滑り込ませた時、こちらに顔を向けたものの寸時怪訝な目を返していた正樹が、小さく驚きの声を放った。他のベッドの脇にも家人と思われる男女が付き添っている。

三宝は無言で会釈を返し、咄嗟に病人の手首に脈を探った。弱々しい脈が時々欠代して触れる。

「血圧が大分下がっているんで、昇圧剤を点滴に入れて下さったらしいんだが……」

〝昇圧剤〟などという医学専門用語が兄の口から吐き出されたことに驚く。医者の受け売りだろうが、それだけ長く病人に付き添っているということだ。

「さっきまで喋っていたんだけどね」

変わり果てた病人の様子に胸が詰まり、答えられない。

「お父さん」

頷くだけの三宝から目を転じて、正樹が不意に病人の耳もとに呼びかけた。

正男がうっすらと目をあけた。

「三宝が来てくれたよ」

正樹が続ける。三宝は脈を探っていた病人の手首から指を離し、痩せ衰えて筋が浮かび上がっているその手に自分の手を絡めた。

正男の瞼が僅かに開いた。唇も開いて、何か言葉が漏れ出たようだが、耳には捉えられない。ほとんど触れ合わんばかりに顔を寄せた三宝の目尻から溢れ出た涙が正男の額にポタポタと滴り落ちた。

「お別れの言葉を、言ってあげて」

反対側から上体を乗り出すようにして正樹が三宝の耳もとに囁いた。

「もう、ここ一両日がヤマだって主治医の先生に言われているから」

頷いたものの、こみ上げてくる熱い塊に喉を塞がれて声を出せない。血のつながらない義父であったと知れた今にして、正男と過ごした日々が次々と思い出される。母の志津に当ったことはあったし、酔って帰ったりして、傍目《はため》にも、荒れているな、何故だろう、と訝った時もあったが、自分には一度だって手を上げたり声を荒らげたりしたことはなかった。優しいばかりの義父だった。

「おとうさん」

病人の耳もとに口を寄せて三宝は呼びかけた。正男がかすかに頷いた。

「ありがとう、ここまで育てて下さって……」

尖った顎が小刻みに上下した。絡めた手に僅かな力を感じた。三宝は強く握り返した。

瞼の下にスリットのようにのぞいている目に、果たして自分は見えているのだろうか？

訝りながらもひしとその目を見すえる。

「聞こえたと思うよ」

正樹が言った。

「頷いていたからね。でももう半分、お母さんの所へ行ってるね」

志津の日記の件が思い出された。

「あなたの戸籍上のお父さんは、何年かしたら新しい奥さんをもらうでしょうし、また、そうであって欲しいと思うから」

自分の出自を明かした日記の最後の件は、ほとんど諳《そら》んじている。

(おとうさんは、お母さんひと筋のまま旅立つのね)

「昨日はまだ意識がしっかりしていたから、聞いてみたんだ」

正樹が、辺りを憚ってだろう、押し殺した声のまま続けた。

「今一番したいことは、て」

残酷な質問ではないか？　瀕死の病人が、何かを望んだとて、今更何ができようか？

「そしたらね」

三宝の訝った目に正樹は顔を近付けた。

「母さんに会いたい、て言ったよ」

遠い昔にしても、自分を裏切った妻を、正男は終生愛し続けたのだ。いや、正男が妻の不貞に気付いていたかどうかは覚束ない。日記のどこにもそれを匂わす記述はなかった。

「もうすぐ会えるじゃないか、て言ったら、コクコク頷いてた……」

正樹の声がかすれ、途絶えた。かみしめた唇が震えている。

「今夜はあたしがずっと付いてるから、お兄さんは家に帰って休んで」

そのつもりで来た。途中で眠ってしまうかも知れないが、病人のベッドサイドで一夜を明かそうと――。

「三宝は、明日、帰るんだよね？」

正樹がかすれたままの声で言った。

「ええ、でも、おとうさんの容態次第では、帰れなくなるかも……」

「仕事は、休めるのかい？」

週明けの月曜には手術は入っていない。火曜日には直腸癌と、二、三の小手術が組まれている。

「事情を話せば……」

この分では明日かあさってには正男は息を引き取るだろう。一旦帰っても通夜、葬儀に出直してくることになる。考えただけでも大儀だ。

「一緒に帰ろう」

思案顔でいた正樹が、我に返ったように言った。

「今夜ってことはなさそうだし、何かあったら駆けつければいいから。こんな所で寝たら体にも悪い……」

「あたしだったら大丈夫」

三宝は微笑を返した。

「夜勤には慣れているから」

「嘉子から聞いたけど、今の病院ではオペ室勤務だろ？　夜勤はしてないんじゃ？」

「月に一、二度、外来当直があるのよ。外来の看護婦さんだけでは大変だから」

「それにしてもねえ。ひょっとして明日かあさってあたりバタバタすることになるかも知れないから、休んでおかないと……」

「ありがとう。でも、本当に大丈夫だから。それに、今夜はこうしておとうさんのそばについていたいの。親不孝の償いに」

「親不孝？」

不眠と疲労が重なっているのだろう、そんな年ではないのに、マスクと帽子の間からのぞく目には隈《くま》が出来ている。その目を瞬いて正樹は鸚鵡返しした。

「三宝は何も親不孝をしていないよ」

「遠くに行ってしまったこと」

一瞬言葉に詰まってから返した。

「だから、嘉子さんが知らせて下さるまで、おとうさんのその後の病状を知らなかったこと……」

「三宝さんにも知らせた方がいいかしら、と嘉子が言うので、僕が止めたんだよ。近くならいざ知らず、簡単に帰ってこれる所にいないんだから、それに、折角の新天地で、気がそぞろになって仕事に差し障りがあってもいけないから、てね」

「そう……？　ありがとう……」

今更にして正樹の優しさに胸を打たれながら、僻地医療に従事したいからとだけ告げて東京から奄美大島に転じた本当の理由をこの人は知っているのだろうか、と三宝は訝った。


その頃佐倉は、塩釜の自宅で妻の品子と向かい合っていた。高校一年になる次男の秀二は、チラと顔を出して「お帰り」と言っただけで二階の部屋に引っ込んでしまった。

帰省することは前もって言ってある。当麻先生の結婚式に出るべく上京する、話したいこともあるから前の日に寄るよ、と。

品子は驚いた。当麻鉄彦が何者であるか、薄々記憶にはあったが、まさか夫と同じ鉄心会の医者になっているとは露知らなかったからだ。

「当麻先生は東京のご出身なの？」

上智大のチャペルで式を挙げると聞いて品子は怪訝な顔をした。

「いや、郷里は確か熊本のはずだ」

「じゃ、相手の方が東京？」

「その辺は聞いていない。東京で挙式をするのは、関東医科大時代の恩師羽島先生が余命幾許もないというんで、最後にもう一度会いたいから式に出てもらいたいと願ってのことらしい。

羽島先生は、私にとっても恩師というべき人でね、昔、そのメス捌きの妙を盗み取ろうと、関東医科大にせっせと通ったものだ」

「わたしと結婚する前ね？」

「ああ、公立昭和病院時代だ」

「同級生の、何とかという先生に誘われたと言ってらしたわね」

「坂東《ばんどう》君」

「でもその先生はすぐに、愛媛だったかしら、郷里へ帰ってしまったのよね？」

（よく覚えている！）

いつそんな話をしたのか佐倉は覚えていない。自分に声をかけてくれた坂東が二年足らずで郷里に帰ったのは、開業医の父親が体調を崩して連日の診療がきつくなったからだ。半分医院を手伝いながら、坂東は地元の大学病院で研鑽を続けた。

佐倉は坂東が辞めた後も八年程病院に留まり、週に一日の研修日を得て、後に当麻が赴くことになった関東医科大の消化器病センターや、癌研究会病院、国立がんセンターの門を叩き、国手と謳《うた》われている外科医のメス捌きを盗み取った。

テクニックに於《お》いてもレパートリーの広さでも、佐倉は五歳年長の部長の原島を凌ぐに至ったが、公的病院は年功序列だ。部長が辞めない限り、佐倉はナンバー2に留まるしかなかった。七、八年も経つと、部長から患者を回されなくとも、自分が週二日割り当てられている外来からピックアップした患者を自分の裁量で手術に持って行けたが、近在の開業医からは専らトップの部長宛に紹介状が送られてくるから、原島が抱え込み、佐倉以外の同門の若い外科医望月《もちづき》と郷田《ごうだ》に振り分け、自分とペアを組む。佐倉を前立ちにすることはなかった。

乳癌に対して従来の乳房諸共大小胸筋までも切除してしまうハルステッド手術は女性に対する傷害的手術で自分には忍び難い、背中の筋肉と皮膚を用いて乳房を再建する形成外科医の手術を見学して目から鱗の思いであった、是非形成外科医の指導を得て乳房再建術を手がけたい、と原島に申し出た。

「ハルステッドが一番手っ取り早くていいんじゃないか。それに、乳癌は大体閉経前後の女性に多いから、乳房を一つ無くしたってどうってことないだろう。命には代えられんと言えば納得するよ」

佐倉は引き下がらなかった。

「乳癌のピークは四十代と六十代が相半ば、三十代の女性にも見られます。二十代でも報告例もあります。そういう人達に、あばら骨が浮き出た胸を抱えて後半生を送れ、と言うのは酷ですよ。独身の女性だったら、結婚にも差し障りがあるでしょう。たとえば僕が、見合いの席で、相手が乳房を失っていると聞かされたら、どんなに美人で人柄が良くても二の足を踏みますよ。部長の奥さんはまだ三十代そこそこと伺いましたが、奥さんが乳癌になったら、即ハルステッド手術に踏み切りますか？」

原島は二の句を継げず、佐倉の提案を渋々受け入れた。

見学先の形成外科医の手を借りて最初に乳房再建術を行ったのは四十代半ばの女性で、乳房を失うと悲愴な覚悟を秘めて来ただけに、再建術という手だてがある、手術は単なる乳房切断術の三倍かかるが、乳房らしいふくらみは保て、パットを当てる必要もなくなる、どうしますか、と尋ねると、目を輝かせ、是非その再建術をお願いします、と二つ返事で言った。

手術翌日、回診の折にガーゼを取り除いて再建乳房を見せると、患者は随喜の涙を流した。

「どうですか、再建術はいいでしょ？」

と、患者の喜び様を伝えると、原島は苦笑を返した。

「まあな。しかし、俺は元々乳癌にはあんまり食指が動かないんだ。婦人科医がやったらいいんじゃないかと思うしな。ま、いい、乳癌は君に任せるよ」

形成外科医にはその後五、六回来てもらったが、

「どうぞ、今日はやってみて下さい」

と、自分にメスを譲ってくれ、佐倉が何とかそつなく形成術までこなしたのを見届けると、

「もうそろそろ僕が来なくてもいいんじゃないかな？」

と言った。

「とんでもない、まだまだです」

と佐倉は充実感をかみしめながら返した。

部長との溝はこの頃から深まって行った。原島は常に後輩の望月と郷田とつるんでおり、手術を終えると宿舎の公舎に二人を呼んで雀卓《ジャンたく》を囲んだ。三人では足らないから出入りの製薬会社のプロパーを引き込んだ。当然ながら彼の会社の医薬品を優先して採用した。

佐倉の外来診察日は病棟の回診に回ることになっていたが、月に一度か二度、原島は早々

と回診を終えて病院を抜け出し、昼の休憩時間が終わる頃戻ってきた。若い二人も一緒だ。車で三十分程の郊外に新しくオープンした打ちっ放しのゴルフ場に出かけたのだ。昼休みは混むというので、その前を狙ってのことだ。

それと発覚したのは、三人が病院を抜け出すと入れ代わるように救急車が入った時である。腹痛を訴える四十代の女性で、当初は内科医が駆けつけたが、ゆうべ遅く酔って帰った夫に腹を蹴られたそうで、どうも腸が破れて腹膜炎を起こしているようなので外科部長を呼んだんですが、どこにも見当たらないというんです、先生、お願いします、と下駄を預けられた。

紛れもなく穿孔性腹膜炎の所見だ。破れて十時間は経っていて腸液か便汁が相当腹腔内に漏れ出ている疑いがあり、もとより緊急手術が必要だ。部長がいないなら下の医者を呼んですぐに麻酔をかけ、開腹の準備をしてもらってくれ、と佐倉は手術室の主任ナースに指示を出す。自分は外来を切り上げてすぐに上がるから、と。望月先生も郷田先生も院内におりません、と、すぐに主任から電話がかかった。携帯で呼び出してくれ、と返す。三十分後になら戻る、とのことです、と折り返しの電話に、佐倉は頭に来て怒鳴った。

「勤務中に一体三人とも何処《どこ》へ行ってるんだ!?」

「何も聞いてないので……」

常勤の麻酔医はいない。定期の手術中に部長らの母校の麻酔医が非常勤で来るが、不定期の緊急時には外科医が自分達で行うことになっている。

佐倉は外来の診療を急遽ストップするよう外来の婦長に指示し、手術室に駆け上がった。急いで挿管し、レスピレーターにつないで、ナースを前立ちに開腹した。

腹腔内は膿を交えた腹水が溢れんばかりで、便臭はしないから穿孔部は大腸ではなく小腸と見当がついた。腸管の絡みをほぐしていくと、ほぼ中央部にパックリと口をあけた穿孔部が見出された。

手術自体は造作もない。裂けた部分の前後で腸管を切除し、切り口を縫い合わせるだけだ。縫合後は膿苔《のうたい》を一掃すべく生理食塩水で繰り返し腹腔内を洗浄し、ドレーンを置いておしまいである。

一連のそうした操作を終え、後は閉腹するだけという段階で、望月と郷田がおずおずと現れた。

「昼休み前にどこへ行ってたんだ！　不在にするなら、私に一言断って行くべきだろ？」

「すみません」

望月がペコリと小さく頭を下げた。

「部長のお供で、ちょっと……」

「ちょっとってどこだ？　公用じゃあるまい？」

「あ、いや……それより、手伝い、要りますか？」

「もういい。閉腹するだけだから、看護婦さんで充分だよ」

「あ、はい……」

望月はまたペコリと頭を下げ、郷田を促すようにしてさっさと踵を返した。

「これですよ、きっと……」

二人が出払ったところで、主任がゴルフのスイングのゼスチャーをした。

「時々三人でコースも回ってるようですし……」

手術を終えたところで佐倉は部長室に直行し、単刀直入に切り出した。

「ゴルフに行かれてたんですか？」

原島は視線を宙に泳がせながら、机に置いた腕時計を摑んで佐倉の目の前で振り子のように揺らした。

「こいつが悪いんだよ、こいつが。いつの間にか一時間狂ってたんだ。正午ちょっと前のつもりがまだ十一時前だったんだな」

とってつけたような言い訳だった。

些事《さじ》では済ませなかった。佐倉は院長にこの不祥事を伝え、たまっていたものを一気に吐き出した。部長が紹介患者を、唯一乳癌を除いて一切自分に回さないこと、部下を自分の回診には付かせるが佐倉には付かせないこと、製薬会社のプロパーとの癒着、等々。

院長は整形外科医で週に一度外来に出て、時に手術も手がけているが、何故か部下の二人の整形外科医とは別行動を取っていた。

「原島君も内科の太田先生と並んでこの病院の古株だからねえ、少々のことは許されると思ったんかな？　僕も昔、大学から派遣された病院が面白くなくってねえ。上司ともギクシャクしてたんで、無断で病院をとんずらして一日中テニスに興じてたことがあった。ま、今から思えば若気の至りだったがね」

「原島先生のさぼりは若気の至りでは済まされませんよ。苟《いやしく》も部長なんですから」

「それはそうだ。お手本を示してもらわなければな」

のれんに腕押しと歯がゆさを噛みしめた時、思いがけない言葉が院長の口を衝いて出た。

「どうかね、佐倉君、第二外科を作らないか？」

佐倉は言葉に詰まった。

「乳腺外科を設けるんだよ。君の手がけている再建術はまだそんなにやられていない、先駆的なものだろ？　当院の看板の一つになるよ」

「しかし、乳癌の患者はそんなにはウチに来ておりません。月に一例あるかなしかくらいです」

「看板を打ち出さないからだよ。大々的にアピールし、第二外科は乳腺専門と銘打てば患者は集まる。君も原島君との確執から免れて伸び伸びとやれるんじゃないか。原島君がいる限り二番手に甘んじなきゃならんが、第二外科を作れば君をそのトップに据えられる」

院長の温情は身に沁《し》みた。部長のポストも魅力的だった。乳房を単に切り取るだけの手術は女性に対する傷害的行為に思えて好きになれなかったが、再建術を手がけるようになって手間暇がかかる分やり甲斐がある。何より、患者が喜んでくれることに外科医冥利《みょうり》を覚えた。

しかし、何百、何千例と実績を積んできて自他共に認める専門家ならいざ知らず、まだ形成外科医の助けを借りずに何とかやりこなせている新人の分際で「乳腺外科」の看板を掲げることには気が引けた。最も数多く手がけてきたのは消化器の手術であり、そのエキスパートを目指して都下の国手達の手術を盗み取りにせっせと通ってもいる。

原島や彼と徒党を組むスタッフと一線を画せるのは何よりの魅力だが、乳癌の手術一本で向後の人生を送るのはためらわれた。

逡巡を重ねるうちに一年有余が過ぎた。院長は時々顔を合わせる度に「どうだ、腹は決まったか？」と声をかけてくれたが、佐倉は言葉を濁し続けた。

挙句、辞表を書くに至った。きっかけは、郷里塩釜に鉄心会が病院を建設していてもうすぐオープンだ、外科のスタッフも求めているんじゃないか、と父親から連絡を受けたことだ。鉄心会の存在は日頃から気になっており、定期購読している「週刊医事新報」の求人欄にほとんど毎回のように「新病院及び離島の病院での僻地医療に情熱を燃やす医師募集」の広告を見かけていた。原島一派との確執に神経をすり減らして懊悩《おうのう》が極まっていた時期には、余程辞表を叩きつけて離島へ馳せようかと思い、両親に相談したこともある。しかし、そんな遠くへ行かないでおくれ、お父さんもこのところ病気勝ちだから、近くにいて欲しい、という母親の哀願にほだされて思い止まった。

転職と結婚がほぼ同時になった。母親の知り合いの娘で薬剤師の品子と見合い結婚した。そうして十年余りが過ぎ、品子との間に二児を得たが、佐倉にとっては不肖の息子達だった。長男の高志《たかし》は高校に入って不良仲間と付き合い出し、登校拒否を重ね、暴走族のグループに入ってオートバイを乗り回すようになった。次男の秀二は母っ子で、佐倉には余り寄りつかなかった。品子との関係もギクシャクして来た。

離島への思いが再び頭をもたげて来た。母親に家庭内のいざこざをぶちまけ、このままでは仕事に専念できなくなる、塩釜を離れたい、と訴えた。

「お父さんが、あんなだから」

と母親は、縁側で何をするでもなくボーッと籐椅子《とうい す》にかけてあらぬ視線を庭に投げやっている父親を指さした。

「この頃呆けがひどくなって、昔のことはよく覚えていて何度も同じ話を繰り返す癖に、つい最近のことはすぐ忘れてしまって、一日中探し物をしているの。そんな具合だから、あんたに遠くに行かれたら心細い。せめて車で帰ってこれる所にいて」

父母にとって唯一の子供であることを佐倉は恨めしく思った。

悶々《もんもん》と過ごしていたある日、仙台の学会でたまたま同級生の浅沼と出会った。浅沼は秋田の大館の出身で、母校の関連病院を二、三回ってから、郷里に近い尾坂の鉱山病院の外科のチーフ兼副院長として赴任していた。

「俺は、オペにはもう飽きたよ。バトンタッチしてくれないか。そろそろ開業して内視鏡を専らにしたいと思ってるんだ」

一献傾けた席で浅沼が言った。

(天の声だ!)

と佐倉は思った。中学三年頃から荒れ始め、何とか二流の私学に入ったものの、ややにして登校拒否が始まり、不良仲間を家に呼び込んで夜もすがらどんちゃん騒ぎをやらかす長男高志、その不行跡にも見て見ぬ振りを決め込む妻品子との同居に息苦しさを覚えていた。このままじゃ仕事も手につかない、車で四、五時間だからひと月に一度は戻れる、と品子を説得し、それから間もなく佐倉は単身秋田に飛んだ。

その実、何やかやの口実を設けて、ひと月と言っていたのが二月《ふたつき》、三月《みつき》と家に帰らなかった。息子と顔を合わせたくなかったからである。

登校拒否が続き、留年か退学かと迫られた高志は、勉強を続ける気はないと後者を選んだ。佐倉は学校に呼び出され、屈辱的な思いで息子の退学届に署名捺印した。益々実家から足が遠退《とおの》いた。

高志は暴走族仲間と遊び回る生活に堕した挙句、女の子を乗せて松島海岸沿いをバイクを走らせていたある夜、カーブをし損ねてスリップし、凍《い》てついた地面に放り出され、胸と腹を強打、ほとんど即死に近い状態で若い命を散らした。

食事の間は専ら当麻の話題で場が持ったが、それが途切れると暫く気まずい沈黙が流れた。それに耐えかねたか品子が、

「コーヒーでも淹れましょうか?」

と席を立ちかけた。

佐倉は待ったをかけるように言った。

「当麻さんの結婚式のこともあるが――」

品子は上げかけた腰を椅子に戻した。

「折り入って話し合いたいことがあって帰って来たんだ」

品子が顔色を変え、眉間に険が立った。

「尾坂、奄美と、私は単身赴任で君とはもう久しく別居状態が続いている」

「コーヒー、淹れます」

テーブルに肘を突き、両手を組んでやおらという感じで見すえた佐倉の視線を、ほんの数秒受け止めただけで品子は立ち上がった。佐倉は気勢をそがれ、やれやれという感じで椅子にもたれ込んだ。

キッチンに立った品子は佐倉の視野からはみ出ている。

「尾坂の病院が鉱山の閉鎖で無くなると聞いた時は――」

顔は見えないまま、品子の方から沈黙を破った。

「高志もういないことだし、あなたはここへ帰ってきて下さるものと思ってました」

最後は涙声になってかすれた。

佐倉は敢えて振り返らず、品子の二の句を待った。

「でもあなたは帰って下さらなかった」

声はかすれたままだ。シュッシュッと薬缶《やかん》が湯気を立て始めている。

「お母様もどんなにか心細かったでしょうに」

晩年はすっかり呆けてしまった父親はその筋の施設に入って間もなく、食物を誤嚥《ごえん》して肺炎を起こし、呆気なく死んだ。夫の介護に振り回され、肉体的にも精神的にも張りつめていた日々から解放された安堵感から、暫くは気丈に独り身の生活を楽しんでいたが、佐倉が奄美大島に転ずる前、欧州航路の貨物船の船医になって間もなく、外に出ようとした端玄関の敷居に躓いて転倒し、起き上がれなくなった。大腿骨頸部骨折だった。緊急手術になったが術後の経過が思わしくなく、脚から飛んだ血栓が肺の血管を詰まらせ、あっという間に息を引き取った。そのいきさつを記した品子からの電報を、大西洋からパナマ運河を経て太平洋に出て数日後、佐倉は通信長から受け取った。

「元気だった時の母しか記憶にはないからね」

漸く佐倉は、薬缶を取り上げてコーヒーカップに湯を注いでいるらしい妻に返した。

品子は返事をしない。

「君には色々尽してもらって感謝しているが……」

佐倉が続けた時、品子はトレーにカップを置いてテーブルに戻りかけていた。

「それで、改まったお話というのは？」

椅子に戻り、佐倉の前にカップを差し出し、自分の前にも一つ置いてトレーを脇へやってから、品子が面と向かって言った。目が赤い。涙が少し滲んでいる。

「こういう別居生活に、そろそろけじめをつけたいんだ」

「と、仰ると……？」

品子はカップを取り上げ、コーヒーの立てる湯気に半分顔を隠すように持ち上げて反対の手を添えた。

佐倉もカップを取ったが、一口二口すすってすぐにテーブルに戻した。

「離婚、してくれないか？」

品子の目が据わった。カップを握った手が小刻みに震え出している。それを気取られまいとするかのように、品子はカップを傾け、唇をつけた。

「事実上、僕らはもう夫婦ではないんだし……」

佐倉はテーブルに肘を突き、その先で組んだ手に顎を乗せた。その分、顔が品子に近付いた。反射的に品子は、カップを手にしたまま、後ろに上体を引いた。

「幸福なカップルが誕生する前日に、あなたは悲しい別れ話を持ち出すのね」

歪めた頬に、うすら笑いが浮かんだように見えた。

「当麻さんは、再婚なんだよ」

今度は紛れもないうすら笑いが品子の目にも浮かんだ。

「だから、あなたも再婚したいの？　いい女《ひと》がいるのね？」

言い切って品子は唇をギュッと結んだ。途端に目尻から涙が溢れ出た。

品子は椅子を引いて立ち上がると佐倉の目の前から姿を消した。

二階でかすかな物音がする。やはり椅子を引いたような音だ。秀二のことは念頭から失せていたことに佐倉は気付いた。

品子はすぐに戻って来た。手巾を手にしている。椅子に戻り、目尻を拭ったところで、充血した目を佐倉に向けた。

「娘が出来たんだ」

「えっ……？」

品子が頬をひきつらせた。

「その女の人との間に……？」

疑問と驚きと悲憤がごちゃまぜになったような目だ。佐倉は視線を逸らしてカップを取り上げ、半ば冷めたコーヒーを一気に飲み込むと、口を拭った。

合同結婚式

カルロス・チースリク神父は日本に来てもう久しい。スペイン北部の港町サンタンデルに生まれ、イエズス会の創設者イグナチウス・ロヨラの伝記を少年期に読んで心打たれ、イエズス会に入会、十八歳の折、日本での伝道を志して海を渡った。上智大学のイグナチオ教会の修道院で修行を積みながら日本語を修得、レオン・パジェスの「日本切支丹宗門史」にいたく感銘を受け、時の天下人豊臣秀吉が布告した切支丹禁止令に背いて、〝踏み絵〟を踏むことを拒否したためにキリストと同じ磔刑《たつけい》に甘んじた長崎の二十六聖人や、秀吉の股肱《ここう》の臣でありながら切支丹になり、棄教を迫られるもこれを拒んだためにフィリピンに流され、彼の地で終焉を迎えた高山右近を研究テーマとして学位論文も仕上げた。

当麻は神父の正確な年齢を知らない。自分が修練士時代に関東医科大消化器病センターに入院して手術を受けているから、カルテがあり、そこには生年月日が当然記されていてチラとでも見たはずだが、五十歳前後だった程度のおぼろな記憶しかない。

さすがに頭髪は薄くなっているが、温顔に変わりはない。

式は午後四時からで、参列者は三十分前にイグナチオ教会で落ち合うことになっている。当麻は、矢野、大塩、塩見と江梨子と共に上京した。兄の鉄太郎が少し体調の不備を訴えているから様子伺いに先に行ってるよ、と院長の徳岡銀次郎は前日に旅立っていた。富士子の方は両親と里子と共に空路福岡を発った。潤子は新幹線で上京した。塩見の母親も一人大阪から上京していた。塩見が母親似であることを当麻は知った。江梨子とはこれが初対面とも知れた。

藤城には数日前に葉書を出してある。羽島先生に最後の別れを告げたい意味もあって東京で式を挙げることにした、君も覚えているだろうカルロス・チースリク神父に司式を頼んである、都合がつくようだったら出てくれ給え、披露宴はしない、式の後は近くのホテルニューオータニの中華料理店で有志十名程で早めのディナーを摂ることにしている、会食にも付き合ってくれるなら、席の都合もあり、一言連絡を乞う、と書いた。が、直前になっても連絡はない。

藤城とは羽島の生前葬で見《まみ》えた限りだが、その後彼は念願の教授職についた。羽島の正式な引退表明と共にその後釜の栄に浴した藤城の〝挨拶〟文が送られて来たのは昨秋で、当麻は賀状に祝意を添えた。藤城の賀状には、「今年は年男、羽島先生の後任拝命という何よりの祝砲で、幸先の良いスタートが切れたよ。君も年男だよな？　君の祝砲は？」とあった。

数日前の結婚の通知の末尾に、「僕の祝砲はこれかな？」と書き添えた。出て来れるかと懸念した羽島は、二人の女性に付き添われて姿を見せた。

「女房と娘が、俺の介護兼、愛弟子の晴れ姿を見たい、と言ってね」

大型タクシーのドライバーがトランクから引き出した車椅子に身を移したところで、どっと自分達を囲んだ面々に二人を紹介しながら羽島は言った。

（さすがにやつれられた！）

初めて見る紋付き羽織袴姿に瞠目《どうもく》しながら、一言発する度に深い皺が刻まれるそげ落ちた頬に胸が痛んだ。

「いやあ、君達の男っぷりもいいが、結婚式の華は、何と言ってもウェディングドレスの花嫁だな。それも、二人とは！」

並び立った富士子と江梨子を羽島は目を細めて眩し気に見上げた。

「この世の、何よりの見納め、冥土への、いいみやげになるよ」

夫人と娘が目を瞬いた。

「よかったわね、ご招待頂いて」

羽島の妻が夫の肩に手をやって言った。

「すみません、母は腰を少し痛めているものですから、私が車椅子係で晴れのお席のご相伴に与らせて頂きます」

　羽島の郷里の茨城で医院を開いているという長女が当麻に名刺を差し出しながら言った。羽島は娘四人の子福者で、一人は関東医科大に学んで医者になっていると聞いていたが、それがこの人かと、羽島の血を引いたか大柄で、目もと口もとに父親を偲《しの》ばせる勝気さと上品さをたたえた中年の女性に当麻は瞠目した。

「皆さん、そろそろ中へお入り下さいませんか」

　羽島を取り巻いている輪の向こうで、男の声がした。数メートル隔たった教会の入口に、独特の、ラテン語で〝カロッタ〟と呼ばれるベレー帽を被ったチースリク神父がニコニコと佇んでいる。

　輪が解けて車椅子の羽島が露わになった。チースリクは「おー！」と声を放って自ら歩み寄ると、羽島の前で腰を屈めた。

「お久し振りです、先生。その節は、お世話になりました」

　神父は皺くちゃで黒ずんだ羽島の右手を両手で包み込んだ。

〝I'm glad to see you again.〟

　羽島が英語で返した。

「パパ、神父様はスペインの方でしょ」

娘がたしなめるように言った。

「それに、日本語がペラペラでいらっしゃるのよ」

「アハハ、大丈夫。英語も分かりますよ」

チースリクが一同の哄笑に合わせるように笑った。

〝I'm going to……〟

哄笑が引いたところで、羽島は娘に抗うようにまた英語で言って、最後は指を空に向けた。

「何？ もうあちらへ行こうとしている、て？」

娘がまぜっ返した。

「怪し気な英語。〝to〟の次が出てこないのね？ 天国？ それとも、極楽？ それとも、ドナルドダックに相応《ふさわ》しく、雷様のいる地獄かな？」

どっと哄笑が起こった。一番大きな笑い声を立てたのは大塩で、手まで叩いた。

「おー、地獄なんてとんでもない！」

神父が首を左右に振り、羽島の手を握った両手も振った。

「先生は多くの人の命を救った立派なドクターですから、天国に決まってます。〝to the kingdom〟」

今度は真っ先に当麻が手を叩き、一同がそれに和した。

徳岡銀次郎と佐倉周平は定刻ギリギリに礼拝堂に駆けつけた。二組の新郎新婦がチースリク神父の前に並び立った頃あいだ。

もう一人、やや遅れて入ってきた人物がいた。当麻は式が終わるまで彼女の存在に気が付かなかった。

マニュアル通りの、しかし、合同結婚式という点だけが型破りのセレモニーは一時間そこそこで終わった。

当麻は富士子に、塩見は江梨子に腕を貸してチャペルの外に出た。一斉に拍手が起こり、誰からともなく放たれた花吹雪が、四人の頭上に舞った。そのライスシャワーは、里子と潤子が用意して参会者の手に一握りずつ渡していたものだ。

式の前に羽島を囲んでいたあたりまで歩を進めた時だった。

「この憎たらしい花婿め！」

と口走って恰幅《かっぷく》のいい中年の女が当麻の顔をめがけライスシャワーを投げつけた。

「あ、久野先生……！」

当麻が不意に立ち止まったので、その腕に寄りかかっていた富士子は危うくつんのめりそうになった。

「招かざる客が来た、て顔をしてるわね」

「いえ、そんな……」

当麻がしどろもどろになるのを、久野章子はいたずらっぽい目で見返した。

「でも、どうして今日のことを……？」

「私が知ったか、て？」

久野がすかさず返す。

「御大からの情報よ」

「羽島先生……？」

当麻は思わず背後を振り返った。夫人と娘に付き添われて車椅子に納まっている羽島は、徳岡と佐倉の挨拶を受けている。

「そうよ。何日か前だったか、電話を下さって、当麻君が結婚するぞ、知ってるか？　て。知りません、私などお呼びじゃないんですよ、て言ったら、俺のために急遽東京で式を挙げてくれることになったんだ、俺は勿論這ってでも出るつもりだが、万が一ということもある、その時は関東医科大消化器病センターを代表して出てやってくれ、なんて仰ったの。それだったら私より藤城君でしょ？　て返したら、藤城は当然友人代表として出るだろう、俺か、万が一の時の君は、彼の上司の代表としてだよ、ですって。でね……」

当麻は久野章子が何者であるか、そっと富士子に耳打ちしたが、久野はそれを見咎めたようにすかさず続けた。

「羽島先生からその後連絡はないし、無事お出になれるんだ、て思ったけど、あなたにどうしても伝えたい不測の事態が生じたから、羽島先生にもお伝えしなければと思って押しかけたの」

〝不測〟というからには吉事ではあるまい。久野の目から笑みが消えていることでもそれと窺わせる。

（まさか……？）

遂に姿を見せなかった藤城の顔が咄嗟に浮かんだ。

「おー、久野女史！」

辺りを憚らない大きな声に一同が振り返った。羽島が車椅子で当麻と久野に近付いてくる。

「心配をかけたが、何とか出てこれたよ。君も、何か？　お呼びじゃないと言ってたが、他ならぬ当麻君の晴れ姿を見ずにおれなくなって押しかけてきたのかい？」

「パパ、そんな失礼なことを……」

車椅子についていた娘がポンと羽島の肩を叩いた。

「久野先生は私の大先輩ですからね。口を慎んで」

「いえいえ、いいんですよ、その通りですから」

久野はさりげなく返した。

「花婿の晴れ姿もさりながら、私を出しぬいて当麻君のハートを射止めたご麗人はどんな方か、一目見たくて伺ったんですっ」

語尾を切り上げ、「イーだ」をするように羽島に顎を突き出した久野の仕草に新たな哄笑が起きた。大塩がひときわ大きな笑い声を立て、里子と潤子も甲高く笑った。

「何だ、君は当麻君に横恋慕していたのか？」

哄笑を尻目に羽島がやり返した。

「遅かりし由良之助だな。その押し出しでアタックしていれば、こちらの花嫁さんといい勝負になったかも知れんのにな」

「また、パパぁ、もうその辺で止め」

娘が羽島の車椅子を左右に揺らした。

「美貌ではどっこいどっこい、て感じだけど、若さとスタイルの良さで勝負になりませんわ。白旗です」

久野はワンピースの胸もとから、レースのついた白っぽい手巾を取り出すと、広げてひらひらと富士子の前に振ってみせた。

「いいえ、若さだけが幾らか取り柄で、後は先生に太刀打ちできるものは何もありません」

富士子が笑いをこらえながら言った。当麻が相槌を打った。

「そんなところで相槌を打っていいの、当麻君。花嫁さんは謙遜して私を立てて下さっただけよ。後のお仕置きが怖いわよ。私程じゃないでしょうけど、グラマーさんで力もお有りのようだから」

潤子が里子に寄り掛るようにして嬌声《きょうせい》をあげた。富士子がたしなめるように腕を振り上げてみせた。

「それじゃ、当麻先生、私共はこれで……」

羽島の娘が車椅子を回転させ、父親の顔を久野から当麻に向き直らせた。

「思い切ってお式に出させて頂いて良かったです。改めて、当麻先生、富士子さん、塩見先生、江梨子さん、おめでとうございました。月並みですけど、いつまでもお幸せにね」

「俺も」

と羽島が当麻に手を差し出した。

「天国か極楽か知らないけど、あの世があるなら、そこから君達を見てるよ」

「あの世はあります。魂は永遠不滅です」

終始にこやかに、時に声を立てて笑いながら輪に加わっていたチースリク神父が、つっと羽島の前に回って胸の前で十字を切った。

「そうであったらいいね。そしてまた皆で会えたら……」

羽島の妻と娘が大きく頷いて涙ぐんだ。羽島も目をしょぼつかせながら当麻の手を握り返すと、次いで富士子に手を差し出した。富士子は上体を屈めて両手で羽島の手を包んだ。

「私は沢山の弟子を育てたが、出藍《しゅつらん》の誉と言えるのは、当麻君と、後は数える程です。当麻君は私とはまた違った意味で頑固で譲らないところがある。いわゆる世渡り下手で融通が利かんから奥さんは苦労するかも知れんが、見放さずに見守ってあげて下さい。宜しく頼みます。

外科医はね、医者の中でも格別ストレスが多い。職場で吐き出す訳にはいかんからどうしても家で女房や子供に八つ当たりをする。怒鳴り散らす、お陰で私はドナルドダックなどと……」

「パパ、パパ、もうそれくらいにして……」

もらい泣きしていた羽島の娘が手巾を握った手で父親の肩を車椅子の背越しに打った。

「娘はいいよ」

羽島が神妙な面持ちになって言った。

「ご覧の通り、幾つになっても父親の世話を焼いてくれる。君達も、早く子供を、それも、女の子を作るんだね」

当麻と富士子は口もとを綻ばせたが、塩見と江梨子は羽島の視線を避けて互いの顔を見やった。塩見の母親が目を細めて二人に顎をしゃくってみせた。

「ところで、当麻君」

羽島が左右に目をやってから改まった風に言った。

「久野女史は来てたが、藤城が来てないな。呼ばなかったのか？」

「いえ、数日前、葉書で伝えました」

「ふん、緊急のオペでも入ったんかね？」

「そうですね、多分……」

「そのことでしたら――」

佐倉周平と何やら話し込んでいた久野章子が、「ちょっと失礼します」と断って佐倉に背を向けると羽島の車椅子に寄った。

「彼が来れない理由、私が聞いてます。それもあって、招かれざる客を承知で押しかけてきたんです」

「何だい？　勿体振らないで聞かせてくれよ。何故当麻君が知らなくて君が知ってるんだい？」

久野章子の大きな目に困惑の色が浮かんだ。

「先生、ちょっと……」

久野は車椅子の背に手をかけて押し出そうとした。それと察して羽島の娘が久野の動きに合わせた。

「当麻君も、ちょっと……」

久野は歩み出しながら当麻を手招いた。

車椅子がほんの二、三メートル進んだところで歩みを止めると、久野は羽島と当麻に向き直った。

「藤城君、ウチの大学の内科に入院しています」

「入院⁉」

久野は声を押し殺したが、羽島の声は辺りに響いた。

「どうしたんだ？　いつ入院したんだ？」

「劇症肝炎です。おとつい入院して……」

「B型か？　C型か？」

「B型のようです」

「どうしてまた……？」

当麻がやっと言葉を挟んだ。

「入院する前の日、食道静脈瘤の患者のシャントオペをしたのよ。私と一緒に。終わった時、彼の手袋が破れて指に血が滲んでた、てナースが言ってたけど、私は生憎気付かなかった。本人は気付いていたでしょうし、オペ患がＢ型ウイルスによる肝炎から肝硬変になった患者だってことも知ってたでしょうにね」

「それで――」

当麻に話しかけている久野の視線を探り見るように羽島が頭をもたげて性急に口走った。羽島の妻と娘もひしと久野を見すえている。

「藤城は、どんな具合だ？」

「血漿交換もしたようですが――」

久野が語尾を引いた。

当麻の脳裏に、羽島の許を去って武者修行に出、最後に訪れて半年の長期滞在となったピッツバーグ大学のプレスビテリアン病院の初日のひとコマが蘇った。ドームと称される見学者用の部屋から、階下の手術室に運ばれてきた患者は、全身黄疸のため黄色くなって意識も混濁している肥満体の中年男だった。劇症肝炎で使いものにならなくなった肝臓を取り換える手術が夜を徹して行われた。初めて見る肝臓移植術だった。それまで当麻は日本で二例程劇症肝炎患者を見ていた。一人はまだ看護学校を出たての若いナースで、Ｂ型肝炎患者を採血した針で誤って自分の指を突いてしまったのだ。いま一人は、修練士時代に一年間出張した地方の民間病院で、病棟婦長の理髪業を営む弟が、客の髭剃り後の剃刀《かみそり》でやはり指を切ったことが原因で発症した。客はC型肝炎を患っていたことを婦長は突き止めたが、後の祭りだった。半日かけて血漿交換を行ったが、二人とも意識の戻らないまま数日後に他界した。

ピッツバーグの患者は一命を取りとめた。その後半年間に何例か劇症肝炎で運び込まれる患者を見たが、一度目の肝臓は生着しなかったが、矢継ぎ早の二度目の新たな肝臓が生着して九死に一生を得た患者もいた。文献を渉猟《しょうりょう》した限りでは、日本では年間約三千人の劇症肝炎を見ており、助かるのは精々一千人弱、三人に二人は呆気なく死んでいるが、アメリカでは逆の成績だ。それと知ったことが、一刻も早く日本でも脳死肝移植を手がけるべきだと当麻が思い至った最大の理由だった。

しかし、よもや藤城がそれに冒されようとは！　式に現れなかった謎は解けたが、本人が返事を寄越せないのは道理としても、藤城の妻はこちらから送った葉書を見ているはずだ。夫の急変で気が転倒し、出欠の如何を求めているのでもない他人の慶事になど構っていられなくなったのか？

「もう、助かる見込みはないんだな？」

羽島がボソリと言った。

「ええ、今日明日がヤマだろう、て……」

久野が答えてから当麻に曰くあり気な目を向けた。

「俺の生前葬を取り仕切った奴が、先に逝っちまうとはな」

誰にともなく羽島が呟くように言った。

「折角後釜に据えてやったのに……」

「そういうのを、何て言うんでしょうね？」

当麻を見すえたまま久野が言った。

「親不孝ならぬ……」

誰も答えない。

(恩を仇《あだ》で返す……も違うな)

久野の言わんとすることは分かるが、当麻にも適切な言葉が見つからない。

「俺は充分生きたからいいが……」

これも独白のように羽島は吐いた。

「人生八十年の時代に、四十、五十で終わりというのはな……しかも、ウイルス如きにしてやられるとは！　藤城も不覚を取ったな」

久野と当麻は無言で頷き合う。

「お見舞いは、できるのでしょうか？」

羽島の娘がそっと久野に尋ねた。久野は首を振った。

「行かれても、ベッドサイドには近寄れませんし、奥さんも、体調を崩して大方は家に帰られてるようです……」

藤城の妻に会ったことはないから、その人となり、藤城との交情がどのようなものであったか知る訳もないが、夫の急転直下の異変に心乱れ、体調まで崩したというからには、自分が宮原武子《みやはらたけこ》や翔子を失わんとした時の心情そのものだろうと当麻は思いやった。自分の結婚式の通知など、妬ましい限りのもので、夫に代わって何かコメントを返す気持ちの余裕などなかったに相違ない――久野のもたらした情報で漸く当麻は腑に落ちた。

「死者は静かに逝くべし、生者を煩わすなかれ」

唐突に、という感じで、羽島が詩の一節でも朗読するように言うと、自分の力で車椅子を回し、久野と当麻、少し離れた所の面々に向き直った。

「私も、そこで、もう動かないで、静かに見送ってくれ給え。諸君、さらばじゃ」

深い皺を刻ませて笑顔を作ると、羽島は両腕を上げ、左右に小さく振った。思いがけないパフォーマンスに意表を突かれた感じの夫人と娘だったが、一瞬後には我に返った面持ちで一同に向かって深々と頭を下げた。

「有り難うございました」

当麻は両腕を脇に頭を垂れた。富士子がそっと寄って当麻に倣った。富士子の両親や塩見と江梨子、塩見の母親が遠慮気味に二人の背後についた。

「富士子さん、当麻君は両親もいない。師とも父親とも任じていた私ももうすぐ旅立つ。同門で、良きライバル、且つ親友であった男もいなくなる。いわば天涯孤独だ。宜しく、支えてやってくれ給え」

「はい、私の命に代えても、お支えします」

言い切った富士子の目に涙が溢れ出た。松原信明と佳子がもらい泣きした。

当麻は富士子の手を握った。羽島がコクコクと頷き、車椅子を回した。我に返ったように娘が一同に一礼し、車椅子を押し出した。一瞬遅れて夫人が黙礼しながら娘の横についた。

羽島は一同に背を向けたまま片手を頭の横で振り続けた。

「私も、これで失礼するわ」

一行の姿が見えなくなったところで、久野章子がゆっくりと当麻に向き直った。富士子は遠慮して半歩引き下がった。

「ホテルニューオータニの中華レストランで一席設けることになっていますが、おいで頂けませんか？」

「藤城君の席が空いたのかしら？」

「ええ、それもありますが……」

「どうしようかなあ」

久野は柄にもなく口の端に指を立てて悪戯っぽい目を返した。

「是非、おいでになって下さい」

富士子が半歩足を踏み出して言った。

「羽島先生にも、できれば出て頂きたかったようですし……」

「と、愛する夫が申しておりました？」

「あ、はい……」

一瞬絶句の体を示してから、富士子は戸惑い気味に返した。

「ご馳走様。もうそれだけでお腹が膨れました」

富士子は思わず当麻を見やった。

「本当に、いらして下さい」

促された格好で当麻は言った。

「極く極く内輪の会ですから」

「うーん……」

久野はボリュームのある胸を誇示するかのように胸をそらした。

「この美貌で華を添えて差し上げたいけど、徒花《あだはな》だ、て声も聞こえてきそうだし……」

哄笑が起こった。

「ほらほらね」

久野は自分も白い歯を見せてから富士子に目を移した。

「それに、私の白馬の王子様を奪い取った幸せなお姫様の顔をじっと見ているのも癪《しゃく》だし、辛いから、やっぱりご遠慮しとくわ。徒花はさみしく散って消えます」

再び、しかし今度は少し遠慮気味に哄笑が起こった。

「それより、当麻君」

哄笑がまだ尾を引いていたが、久野は不意に真顔を当麻に向けた。

「藤城君には悪いけど、今度こそあなたの出番よ」

顔の脇に手をやって小声で囁くように言ったから、聞き取れたのは富士子と背後の両親くらいだったろう。ましてその意味するところは当麻にしか分からないことを久野はわきまえている。

「考えておいてね」

苦笑を返した当麻を睨《にら》みすえてから、「じゃ、私はこれで」と、一礼するなり久野はさっと踵を返した。

ホテルニューオータニの中華料理店のテーブルに集ったのは、極く内輪の人間で、ざっと十名程が一つの円卓を囲んだ。当麻と富士子、塩見と江梨子、塩見の母親、松原夫妻と里子に潤子、それに佐倉周平、矢野と大塩だ。矢野と大塩は明日の診療に備えて早めに引き揚げるつもりでいたが、当麻が最終の便までいてくれと引き止めた。

徳岡銀次郎は、帰ってから話すが少々厄介な問題が起きた、それへの対応の打ち合わせもあるのでこれで失礼するよ、と、羽島を見送った後当麻に耳打ちして足早に去っていた。

江梨子は式の間ずっと涙ぐんでいたせいで瞼が腫れぼったい。塩見の父親と江梨子の両親が式に参列しない理由を、当麻は富士子に伝え、富士子の口から家人にその旨話しておいてくれるよう頼んでいた。

「潤子がえらく感動して、どんなお二人か是非見たい、会うのが楽しみ、て、興奮してました」

式の何日か前、当日の打ち合わせが終わったところで、富士子が言った。

「君達の事情は話してあるからね」

と当麻は塩見に言って、佐倉の隣に塩見を座らせ、自分は専ら松原家の輪の中に入った。

「来年はあたしの番ですから、よろしく」

信明が紹興酒の注がれた盃で乾杯の音頭を取ったところで、里子が言った。

「再来年は、私」

潤子がすかさず畳みかけた。

「おいおい、決まった人もいないのに」

信明が茶々を入れた。

「まだ二年あるから、そのうち白馬の王子様が出てくるもーん」

潤子がおどけてみせる。富士子との婚約を申し出た席に青木を同伴した目論《もくろ》みは富士子に告げてある。自分の思惑通りに事が運んでくれたらいいが、と当麻は後日の電話でそれとなく潤子の感触を聞いた。

「潤子は青木さんにひと目惚れしたみたいだけど、青木さんはどうかしらね？　他に意中の方がいらっしゃるみたいだけど……。一度、それとなく聞いてみて下さいます？」

「うん、そうだね」

と返しながら、その機会は見出せないでいる。青木と会う機会もなかったし、電話でわざわざ問いただすのも気が引けた。そのうち手紙でも書くことがあれば打診してみてもいいが、潤子はまだ学生の身であり、青木もやっと江森京子の面影が吹っ切れたばかりだ、佐倉に世話になったところでもある、急ぐことはあるまい、と自分なりの判断を下していた。そこへ羽島からの賀状が舞い込み、塩見と江梨子の一件が持ち上がり、思わぬ形で青木の去就問題が浮上した。

松原一家の団欒《だんらん》に加わっているが、隣の会話は否でも断片的ながら耳に入ってくる。佐倉の口からしばしば青木の名が出てくる。塩見を受け入れるかどうかは青木次第だというニュアンスが感じ取れる。以前の電話でも佐倉は、青木と交換に塩見を受け入れるようなことを匂わせた。その時は不自然に思わなかったが、よくよく考えてみれば少し妙な気もする。青木は新天地での生活に新たな希望と生き甲斐を感じていると、躍るような筆致で書いてきた。昨秋の学会でも、富士子の家で同席した折も、その辺は充分に感じ取れたから、青木はいい選択をした、当分奄美に留まるだろう、と思った。

メジャーの手術も任されているようだから、充分戦力になっているはずで、佐倉にとっても青木がスタッフに加わったことは是とすべきことのはずだが、それにしては、研修医としての二年を終えるところで青木の半分も戦力にはならない塩見の受け入れを打診した折、青木と交換でどうか、と、あっさり青木の放出を口にした佐倉の真意が、今になって不可解に思われてきた。

青木は確かに新たな戦力にはなっているだろうが、佐倉の下には青木とさして年の違わない二人のスタッフがいるから、青木が抜けたら困るということはないだろう、そもそもは甦生記念に行きたかった、恐らくは今でもそう思っているのではないかと佐倉は思いやってくれて、塩見の件を持ち出した時、塩見を受け入れる代わりに青木を本来の希望に沿ってそちらへ、と言ってくれたのかも知れない。佐倉に他意はないと思ったのだが……。


二時間後、宴は引けた。

塩見の母親は改めて当麻に丁重に礼を述べてから、息子と江梨子にも別れを告げた。

「少し、お時間を頂けますか？」

と、一同が腰を上げかけたところで、佐倉が当麻ににじり寄って言った。

「じゃ、僕らもこれで」

と矢野が気を利かせ、大塩と示し合わせるように言った。矢野は明朝当麻の代診で外来診療に出ることになっている。「もう一時間程、ラウンジで時間を潰しててくれないか」と当麻は二人を留めた。

富士子に部屋のキーを渡すと、当麻は佐倉とラウンジに赴いた。松原一家と塩見夫妻はそれぞれの部屋に向かった。

「先日の電話で、先生にあやかりたいと申しましたのは」

相対するなり、佐倉は切り出した。

「お恥ずかしい限りですが」

と続けて、佐倉は伏目がちになった。

「私は久しく火宅の人を続けて家内には不義理を働いております。いい加減けじめをつけなきゃいかんと思いまして、今回の上京を機に、塩釜の自宅に寄って別れ話を持ち出しました」

自分を捨てて他の女に走った夫の面影を偲ばせると言って佐倉に淡い横恋慕を抱いたという長池の告白が蘇った。佐倉は単身赴任のようだが奥さんはほとんど一度も赴任先に顔を見せたことがない、夫婦仲はうまく行っていないようだ、そこに一縷《いちる》の望みを抱いた、云々という……。

「奥さんは、同意されたんですか？」

白目と黒目がはっきりし、普段は明眸に相違ない。事実、最初は奄美大島で、二度目は鉄心会の本部で相見《あいまみ》えた時は正しくそんな印象だったが、今日はどことなく憂いを帯びた佐倉の目を当麻は探り見た。

「円満な協議離婚を提案したんですが、子供を楯に拒絶されました」

「お子さんは……？」

「長男は不肖の息子で、幸か不幸か登校拒否の挙句オートバイ事故を起こして呆気なく逝ってしまいました。次男がおりまして、こちらは高校一年になります。この次男が大学に入るまで待ってくれと言われまして……」

「すると、あと……」

「うまく行って三年です。それまでは到底待てないので家裁に調停を願い出ようかと思っているのですが、そうしますと私の方がしばしば仙台に出向かねばならず、それも厄介なことだと、思案に暮れている次第です」

「奥さんと、縒《よ》りを戻すことは、おできにならないのですか？」

「そうですね」

ぼそっと漏らしてから、形の良い唇がキュッと引き締められた。視線が一瞬宙に流れた。

(自分は限りなく幸せだが、この人は大いなる不幸と孤独をかみしめている)

「家内は決して性根の悪い女ではないんです」

(では、何故……？)

当麻は無言で問いかける。

「しかし、長男が暴れていて、私が仕事との板挟みにあって最も苦しい時に、家内は傍観していたのです。坊主の退学届も、学校から呼び出され、私が一人で判子を押しに行きました。

当時私は、秋田の片田舎に、それこそ息子の不行跡に耐えかねて単身赴任していたのですが……慰めにもならぬおべんちゃらを弄する教師を前に、屈辱感に打ちのめされながら判子を押しました」

愛する者を失った悲しみや、医者仲間の妬み恨みのるつぼに投ぜられての相克や葛藤は人一倍味わったつもりだが、家庭のしがらみに根ざす煩悶《はんもん》に呻吟した覚えはなかったから、妻との離縁まで思い詰めている佐倉の苦衷をどこまで察し得ているか当麻は心許ない。

佐倉は冷めたコーヒーを口に運んだ。次いで、グラスの水を一口二口すると、やおら、といった感じで当麻を見詰め直した。

「私が離縁を思い立ったのは、私自身のためばかりでもないのです」

「他に、意中の方がおられて、その方のために、ということでしょうか？」

思いつくのはそれくらいだ。

単身赴任していたという秋田か、何年か前に移った奄美大島で、佐倉には新たな出会いがあったのではないか？　自分よりひと回り上だが、それにしてもまだ五十半ば、ロマンスグレイの目もと涼しい美男を女性は放っておかないだろう。思えば、長池幸与もその一人だった。妻帯者でも、妻と疎遠ならばそのうち自分に振り向いてくれるかも知れないとかすかな望みに賭けた、と長池は言った。同じ思いを佐倉に寄せ、佐倉も憎からず思っている女性がいて、そのために佐倉は身辺を綺麗にしたいと思っているのではないか？

「鋭いご指摘ですが」

佐倉の表情が少し和らいだ。

「意中は意中でも、家内にとって代わる女性ということではないのです」

（えっ⁉）

当麻は声にならない疑問を胸に落とす。

「私には、娘がいるのです」

「娘、さん……？」

胸の中で吐いたつもりが、声になった。

「今の家内との間の子ではありません」

当麻は絶句してひしと相手を見すえた。

佐倉はグラスを手に取って、今度は一気に半分程水を飲んだ。

「家内と結婚する何年も前に、ある女性との間に出来た子です」

似たような告白をどこかで聞いた、と思った。他ならぬ先妻翔子の父大川松男のそれだったと思い出すのに時間はかからなかった。後に乳癌に冒されたというその女性と、二人の間の子はどうしているのだろう？　大川と接触はあるのだろうか？

するとつい先刻まで一緒だった塩見の顔が、まだ見たことのない大川の息子とオーバーラップして脳裏に浮かび上がった。

「その女性は、数年前に亡くなりました」

当麻の視線が自分から逸れたのを咎めるように佐倉が続けた。

「彼女は遺言を日記に残していました。私が実の父親であることを告白し、育ての親、つまり、彼女の夫は遠からず再婚するだろうから、あなたは実の父親の所へ行きなさい、と書いていました。娘は、母親と同じく、看護婦になっていたのです」

「それで、娘さんは……？」

「随分悩んだようですが、私の所へ来ました」

「ひょっとして、名瀬の病院の、オペ室の……」

「ええ、先生もお会い下さいました。病院では姪っ子ということにしてあります」

確かに目鼻立ちから口もとまで佐倉に似ていたように想起される中条三宝の愛くるしい顔がまざまざと目の前に浮かんだ。

「家内にも今回、つい昨日ですが、娘のことを打ち明けました」

「中条家の方達は、三宝さんと先生の関係をご存知なんでしょうか？」

この手の詮索は余り好まないが、ひと回りも年少の自分に佐倉がここまで胸襟を開いてくれた以上、無関心を装うことはできない。否、鉄心会に籍を置く限り、佐倉とはこれからも付き合いが続くだろう。現に今、塩見、ひいては青木の進退について膝を詰めている。そのためには、佐倉が奄美大島にずっと留まってくれることが肝心要《かなめ》であり、自分に折り入って相談したいことがあると言ったのは、あるいはひょっとして自らの進退にまつわることかも知れない、と、頭の片隅にそんな懸念が閃いたのも事実だ。佐倉が何らかの事情で早々に奄美大島を離れるようなことがあったら、塩見は江梨子と共に宙に浮いてしまう。

「分かりません」

佐倉はゆっくりと首を振った。

「その点は三宝、あ、娘ですが、彼女に問い質しましたが、やはり、分からない、とのことでした。無論、母親の日記のことは秘めたままです……」

「でも、娘さんが東京を離れて先生の所へいらしたことを、中条家の人達は不思議に思われたでしょうね？」

「……かも知れません」

佐倉の目に苦笑が浮かんだ。

「娘の母親の乳癌のオペを、私は秋田の鄙《ひな》びた病院でしました。娘はそこが気に入って、こんな所で働いてみたい、と思ったそうです。つまり、僻地医療に従事したい、と。私のことを母親の日記で知って、当初は私を問い詰めるつもりで来たらしいんですが、秋田の病院はもう無くなるからここへ来たんだよ、と申しますと、暫くして、自分も来たい、それが亡き母の希望でもあるし、と言うのです。家族にはどう言って出てくるのか、と言いましたら、私と母親のことは何も話さない、僻地で働くのが夢だったから、とだけ話す、と申しました、それならいいだろうと、OKしたのです。降って湧《わ》いたような娘の出現に当初は戸惑いましたが、息子には散々苦労をかけられましたから、その分、娘がかわいくなりまして、誰憚ることなく親子と名乗れる日が来るといいな、と思っております。年頃ですから、いつかは、塩見君のような男を見つけて巣立って行くんでしょうが、当分は手許に置いておきたいと思っております。娘も、どこまで本気にしていいか分かりませんが、あと十年は結婚しない、お父さんのそばにいる、と言ってくれてますが……」

佐倉の目尻が下がり、頬が弛んだ。

相槌を打ちながら、当麻はふっと不吉な予感を覚えた。青木が鉄心会の名瀬の病院を居心地が良いと筆を躍らせていたのは、佐倉に理想の上司像を見出したばかりではなく、ひょっとして中条三宝がいるからではないのか？

長池幸与の手術を終えた後佐倉が設けてくれた宴会のひとコマも思い出された。佐倉をそれとなく流し見る中条三宝の目に、まるで恋人を見るような色合いがこめられている、と感じた瞬間があった。

若い頃に読んだロシアの作家ツルゲーネフの『初恋』が思い出された。相思相愛と信じていた女性が、それにしては自分の求愛をのらりくらりとかわしている。ある日、女性が自分との逢瀬の約束をすっぽかしていずれかに姿をくらましてしまった。血眼《ちまなこ》になって彼女の姿を探しに出た青年の目に、信じられない光景が飛び込んだ。自分の父親と彼女が、まるでこちらをあざ笑うように抱擁を交わしていた……。

「お恥ずかしい私事をお話ししてしまいました」

居住まいを正した佐倉の声に当麻は我に返った。

「塩見君の件ですが、好青年ですし、地元を離れたいという事情も、先に先生から伺い、先刻、本人や、江梨子さんでしたか、新妻となった彼女からも伺い、私なりに納得もできました。ただ、現状では私の所もマンパワーが足りておりますので、これは一度本部にお伺いを立ててみなければ分かりませんが、青木君を当初の彼の希望通り先生の所にお返しする、ということなら、本部もすんなり了解してくれると思うのですが如何なものでしょう？」

佐倉のもとには青木と年の近い二人の外科医がいる。二人とも独身と聞いた。宴席でのやり取りで、露骨にそれと思わせる仕草なり物言いは無かったが、中条三宝を憎からず思っていることは読み取れた。が、佐倉がそれに一々目くじらを立てている気配はなかったように想起される。

（しかし、この人は青木を出したがっている。中条三宝と青木の間に何か見咎めることがあったからだろうか？）

〝何か〟とは他でもない、青木が中条三宝に思いを寄せて具体的な行動に出たか、ひょっとして、その逆かも知れない。いずれにしてもそれを佐倉は快く思わないでいるのではないか？　塩見の話は、青木を娘から遠ざける格好の口実が出来たという意味で、〝渡りに船〟だったのでは？

佐倉に返答をしなければと思いながら、当麻はとりとめのない自問を胸に落とし続ける。これは一度それとなく青木に探りを入れてみる他ない、と断を下したところで、漸く当麻は佐倉に頷いてみせた。

「奄美と先生の病院にもうすっかりなじんだようで、塩見君とチェンジせよと言っても、ではそうしますと青木君が素直に言ってくれるかどうか分かりませんが、先生のご意向も伝え、彼とよく話し合ってみます」

佐倉は薄く笑って頷き返した。

当麻は佐倉の携帯の番号を自分の携帯に登録してから、向後の予定を尋ねた。

「今夜は品川プリンスホテルに泊り、明朝一番の新幹線で大阪へ行き、伊丹空港から奄美の便に乗る予定です」

「ひょっとして――」

当麻は携帯で八時になっているのを確認してから言った。

「一、二時間後に、お電話をかけさせて頂くかも知れませんが……」

佐倉の目が訝った。

「私はホテルに戻ってテレビを見るくらいですから構いませんが、先生は奥様と……」

後は言わずもがなとばかり佐倉は言い淀んだ。

「今日初めて知ったのですが、修練士時代の同期生が劇症肝炎で死線をさ迷っているということなので、これから様子を見に行ってきます。彼も式に出てくれるはずだったのですが……」

佐倉も取り出した携帯で時刻を見た。

「そうですか、それは時間をお取りしてしまいました」

佐倉が腰を浮かし、当麻も立ち上がった。

半時後、当麻は矢野と大塩を伴って新宿に向かうタクシーにいた。

タクシーに乗り込む前に一旦部屋に戻った。「藤城さん、おいでになりませんでしたね？」

と富士子がすかさず言った。久野章子からの情報を伝えると、

「このままお別れしてしまっていいんですか？」

と富士子は目を曇らせた。

「いや、これから様子を見に行ってきます。明日、帰り際にとも思ったんだが、それでは遅いような気もするので」

「ええ、是非そうなさって」

富士子はためらいなく返した。

関東医科大の大学は消化器病センターと道を挟んで建っている。当麻も手がけ始めた腎臓移植数で全国一を誇っているが、移植に至らない慢性腎疾患患者のための人工透析センターもワンフロアに設けられている。藤城はその一隅で血漿交換を受けていると聞いた。

センターまでついてきた矢野と大塩は、デイルームを見つけると、ここで待っています、と言った。刹那、先にその一隅に座っていた老若男女四、五人のグループから一人の若い、と言っても富士子より五つ六つ年長と思われる女性が立ち上がって、つかつかっと当麻に寄って来た。小柄な愛くるしい顔立ちだが、泣き腫らした跡が窺える。

「当麻先生でしょうか？」

振り返ったところへ、再びこみ上げてきたのか、腫れ上がった瞼の下で目を潤ませて女が

尋ねた。当麻が黙礼を返すと、

「藤城の家内です」

矢継ぎ早に女が言った。

「お葉書を頂きながら、ご返事もせず、失礼しました。主人が急に……」

「久野先生から伺いました」

声を詰まらせて手巾を目尻にやった女の語尾を当麻は捉えた。

「青天の霹靂ですね。何とお慰めしていいか分かりません」

藤城か、妻の両親だろう、禿頭《とくとう》、白髪の初老の男女がじっとこちらを見ている。

「部下の矢野君と大塩君です」

目もとに手をやったまま声を放てないでいる相手に、一歩下がった背後に佇んでいる二人を見返って当麻は言った。二人は半歩踏み出して、黙礼した。

「すみません」

藤城の妻が喉の奥から声を絞り出すように返した。

「おめでたい日に、余計なご心配をおかけして……」

「藤城さん、お子さんは……？」

「まだ小学生にもならない子が二人、います。子煩悩な人でしたから、子供達が不憫《ふびん》で……

先生、何とかならないでしょうか？　血漿交換も、まず望みは無いと言われています」

センターの奥に白衣姿の人物が二、三人見える。主治医達だろう。

「ご主人がアメリカにおられたら、すぐに肝臓移植に踏み切ったでしょうが、日本ではまだ……」

「人様の肝臓を頂くことはできない、とは心得ています。先生がそれをなさって大変な目に遭われたことを主人から聞きました。でも、私のを使って頂くことはできるのではないでしょうか？」

「それは、できなくはありません。劇症肝炎に対する生体肝移植も岡山の西中国大学などでやられ、何例も成功を見ています」

「本当ですか!?」

藤城の妻の目が輝いた。

「でも主人はここを動くことはできませんよね？　岡山まで行くことは……」

「ええ、やるなら、ここでやるしかありませんね」

大塩が矢野に目配せした。

藤城の妻が濡れた目をかっと見開いた。

「ここで先生にして頂けるなら」

ややあって、唇が上下にはっきり開いた。

「私の肝臓の半分でも、四分の三でも、必要なだけ取って、主人の肝臓と、入れ代えて下さい。ゆうべも主人の夢を見ました。まだ死ねない、まだやることがある、て、必死の目で私を見て叫んでいました。つい数日前まで、ピンピンしていた人ですから、死んでも死に切れないのだと思います。

どうか、どうか、少しでも望みがあるなら、助けてやって下さい。お願いします！」

今にも縋りつかんばかりの藤城の妻を、当麻はキュッと唇を結んで見すえた。

死の淵よりの声

夕食を終えて母親とお茶を飲みながら雑談に及んでいた久野章子は、時ならぬ電話に不吉な予感を覚えた。

休日の夜に携帯にかかってくる電話は大概勤務先からのものだ。当直の医者か病院のナース、最近はたまに手術室の婦長からで、まず陸なものはない。

当直医からのそれは、久野の専門領域である食道疾患に関わるもので、多くは静脈瘤破裂による大吐血で運び込まれた患者についての相談だ。咄嗟の手段としてS・B《ゼングスターケン・ブレイクモア》チューブを鼻腔から差し入れ、出血部をS・Bチューブに取りつけられた風船で圧迫止血するテクニックを心得ている医者ならいいが、若い修練士でそこまでの技術が無いと、内視鏡に長《た》けた医者か久野が呼ばれることになる。一昔前までは、S・Bチューブで時間稼ぎをして手術に持って行ったものだが、近年は内視鏡下で静脈瘤に硬化物質を注入して止血する方法が開発され、平日の夜中や、休日に緊急手術で呼ばれることは少なくなった。

病棟のナースからの電話は、手術患者の急変にまつわるものがほとんどで、電話での指示で済むこともあるが、縫合不全で傷口がパックリ開いたり、ドレーンから血や膿がどっと流れ出てきました、と告げられれば、何はさておいても出かけて行かねばならない。

「毎日帰宅は九時十時、休日も呼び出される、こんな生活をしてたら旦那に逃げられるわね。あんたがお嫁に行かなかったのは正解よ」

七十半ばを過ぎてかくしゃくとし、朝夕のおさんどんを一手に引き受けてくれている母親が、かつてこんなことを言った。その実彼女も関東医科大の卒業生で、勤務先の病院で知り合った外科医と結婚、章子を産み育てながら定年間近まで医者を務めた。内科医だった。夫は数年後、心筋梗塞で呆気なくこの世を去っている。章子が外科医になったのは、父親の蔵書の手術書や外科系の雑誌をそれとなく見ているうちに、父親が折に触れて口にする人体の構造の不可思議さに興味を覚え、それを目の当たりにできる外科医に憧れたからだ。父親が病院から持ち帰ってやってみせる糸結びの妙に瞠目させられ、お前もやってごらんと言われ、見よう見真似で練習しているうちに、なかなか器用だ、どれ、お父さんと競争してみよう、と父親が言い出した。暫くは敵《かな》わなかったが、半年もするといい勝負になった。

「あたしも外科医になれるかもね？」

半ば冗談のつもりだったが、

「うん、案外合ってるかもな」

と父親は真顔で返した。

「お父さんの術中にまんまとはまったわね」

関東医科大に進み、国家試験を終えて同大の消化器病センターの外科修練士に応募し合格したと聞いて、母親は失笑気味にこう言った。

「あんたをいつまでも手許に置いておきたいからよ。外科医の女性と一緒になろうなんて思ってくれる殿方はそうざらにはいないだろうからね」

母親の予言は現実のものになった。早朝から夜遅くまで、目の回るような忙しさに明け暮れた修練士時代を終えた時には三十路にかかっていた。

「君はやはり親父さんの血筋を引いているようだ。外科医として大成できそうだ。このまま大学に残れ」

と指導教授の羽島に言われ、その気にさせられて手術に明け暮れる日々を送っているうち

に、五年、十年と経ち、気が付いたら四十路に入っていた。その間、見合いの話は一度も持

ち込まれなかった。

「あーあ、白馬の王子様に完全にふられちゃったわ」

当麻と塩見の結婚式から帰った章子は、開口一番母親に言った。

「どういうこと？」

母親が訝った。

「ほんと、失恋したみたいな顔してる」

茶をキッチンから運んできながら、リビングのソファに体を投げ出している娘をしげしげ

と見やって母親が続けた。

「茶化さないで。みたいでなくて、本当に失恋したんだから」

テーブルに置かれた湯飲みを手に取りながら、隣に斜め座りをして自分の顔を覗き込んだ

母親を章子は恨めしげに見やった。

「おやおや、いつの間に恋をしてたの？」

「もう何年も前からよ」

「何年も？　さてはお父さんが亡くなって、暗黙の呪縛が解けた頃から、かな？」

「もっと前からよ」

章子は上目遣いに部屋の天井に目をやったまま答えた。

「分かった！」

母親がかすかに音を立てて親指と人さし指をこすり合わせた。

「〝白馬の王子様〟って、当麻ドクターね」

章子は瞼を閉じて茶をすすった。

「今日は彼の結婚式だったわね。それで、万事休す、て訳か……」

「知らないわ、あんな奴」

茶を一気に飲み干すと、章子はまたドサッとソファに背をもたせかけた。

「羽島先生の生前葬の時も、先生の跡を継ぐのはあなただからセンターに戻って来なさい、て言ってあげたのに。まんまと野心家の藤城君に油揚をさらわれて……その藤城君が当麻君を出し抜いた報いで青天の霹靂に見舞われ、死の淵に立っている、今度こそあなたの出番よ、て言ってあげるつもりで出かけたけど……花嫁を見た途端、気持ちが萎《しぼ》んだわ。人の気も知らないで、もう勝手にしろ、て気になった」

「アハハ」

母親は声を立てて笑い、章子の顔を覗き込んだ。

「素敵な人だったのね？　若くて綺麗でとても太刀打ちできない、て……」

「美人というなら私の方が上よ」

「フン」と鼻を鳴らし、母親に流し目をくれて章子は返した。

「でも、肌の艶とスタイルでは負け。当麻君もぞっこんという感じでやに下がってたし

……」

母親がまた声をたてて笑った。

「花嫁さんは幾つなの？」

「知らない。披露宴があったら仲人さんが年齢まで言うでしょうけど……後で身内だけのデ

イナーでおしまい、て言うから、藤城君のことだけ話してさっさと引き揚げたわ」

「花嫁はさておき、当麻さんだってまだお若いでしょ？　あんたと幾つ違うの？」

「ひと回り——はいかないかな？　でも、私は所帯やつれしてないし、これでもまだ処女で

すからね、同期の女性方よりはうんと若く見えるしね。彼と並んだって不自然じゃない。式

の時ね、花嫁を突き飛ばして私が彼の横に滑り込みたかったわ」

「おー怖っ！」

母親が大仰に目をむき、両手を広げた。

「そういう一途なところもお父さん似だけど……でもまあ、思いを打ち明けてふられた訳でもないでしょ？」

「そうでもない」

「えっ……!?」

「去年の羽島先生の生前葬の後でね、彼が話があると言うからスワ求婚か、て胸をときめかしたけど、昭和天皇の執刀医に羽島先生は指名を受けなかったんでしょうか、とか何とか、今更どうでもいいことをグチャグチャ聞くから、癪に障って、プロポーズめいたことを言っちゃったの」

口走ってから、話の順序が違っているな、冗談めかして、その実半ば本気で、当麻が独り身であると知って求愛めいたことを仄めかしたのは会場にたどり着く前だった、と章子は気が付いた。しかし敢えて訂正する必要はあるまい、と割り切った。

「おやおや」

母親が、呆れた、といった顔で章子の膝をポンと叩いた。

「じゃ、もう、一度ダメージを受けているんじゃない？　でも、一年前だと、まだ免疫はついてないか……？　病院での人間関係ではいい加減修羅場をくぐってるでしょうけど、そっちの方は疎《うと》いものね」

ズケズケとした物言いはこたえるが、外連味《けれんみ》の無いだけにかえって小気味良い。章子は幾らか慰められた。


電話は折角落ち着いた気分を新たに乱した。

かけてきたのは手術室の婦長水越《みずこし》だ。三年前に都下の日赤医療センターから移ってきた四十代半ばの女だ。病院全体の看護部を取り仕切る部長が日赤出で、その伝で看護部長が引き抜いたということだが、真相はそうではなさそうだ、と章子は踏んでいる。高校の同期生に、東日本大の医学部に進み日赤の医療センターに長年勤めて部長に栄進している男がいる。水越が来た時、章子はそれとなく彼に探りを入れた。医療センターでも手術室の看護婦長をしていたと知ったからだ。

「いやあ、彼女には手を焼いてね」

開口一番同期生は言った。

「とにかく時間外の緊急手術を厭がるんだ。こっちだって夜中にオペはしたくないさ。しかし彼女は、ナースがオーバーワーク過ぎます、とか何とか言って、明朝まで持たせられませんか、と、医者の裁量権にまで踏み込んでくる。パンペリなんだ、持たせられる訳がないだろ、あんたが責任を取るというなら話は別だがね、とやり返して、やっと渋々、それならと返す。腹ん中じゅう膿がたまって患者は高熱を発し七転八倒苦しんでいるんだから、麻酔だけでも早くかけたい、準備してくれ、て言うんだが、オペ室のナースが外来当直に入っている時はまだしも、そうでないことがほとんどだから、慣れていないナースが寝惚け眼で準備にかかったらそれこそ事故につながりかねません、オペ室のナースが来てからにして下さい、と言い返す。

私が言うならばさすがにまだしもだが、部下の中堅どころが当直に当たっていてヘルニアの嵌頓《かんとん》やアッペで夜中に飛び込んできた患者をオペすると言おうものなら、それこそけんもほろろ、朝まで持たせて下さいよ、と、命令口調で来る。

とにかくナース至上主義だ。その分部下には受けがいい。自分は彼女達の生活と健康を守ってやっている、医者の思い通りにはさせない、などと、患者のことは棚上げ、医療人として本末転倒の考えに固執している。

そんなことが再々なんで、遂に私も堪忍袋の緒が切れた。看護部長に直談判し、水越をオペ室から出せ、と言い渡した。日赤は労働組合がかっちりしていて、院長に掛け合っても、組合の突き上げがうるさいから徒疎《あだおろそ》かに首にはできないと分かっていたからだ。

看護部長は苦渋の体で返答を濁したが、水越を呼んで私の意向は伝えてくれたようだ。

二、三カ月して、悟るところあったのか辞めて行った。どこへ行ったか知らなかったが、
そうか、あんたの所へ行ったか」

待ってましたとばかり長舌に及んだ同期生の一言一句に、章子は失笑を漏らしながら聞き入っていた。

「少しは学習して大人しくなっていることを、あんたのためにも祈るよ」

と同期生は締めくくった。

確かに当初一年程は猫をかぶっていた。普段はてきぱきと動き、前任の婦長が、手術前の張り詰めた空気のさ中、「風邪を引いちゃって調子悪くて」とか、「ゆうべは寝つかれなくて頭が重いわ」などと、姿を見せるなり私語を弄し、部下のナースや医者達が仕方無く愛想笑いを返しているのにもとんと思い至らない鈍感さに終始していたのに比べれば、今度の婦長はさすが日赤出、切れる、できる、動く、と思わせた。

だが、二年目に入る頃から本性が現れ始めた。日赤時代にしみ込んだイデオロギーを振りかざし、自分はナースの健康保持と権利の代弁者だから、いつもいつも患者や医者の都合にハイハイと合わせてはおれない、時間外、ことに夜中のオペは極力控えて欲しい、と言い出したのだ。

日赤医療センターとは趣を異にして、関東医科大消化器病センターの手術室勤務のナース

達は独身者が圧倒的で、若く、エネルギーもあり、仕事にも情熱を持っているから、夜間の呼び出しに愚痴をこぼす者はほとんどいない。

手術は午前九時に始まるから、大抵は午後五時までに終わる。手の遅い外科医が執刀した時は稀に六時七時と時間外に食い込む時もあるが、水越以外のスタッフは気にする様子もない。

ある日、食道癌の手術が長引いて十時間を要し、終わったのが午後七時過ぎになったところへ、急患が運ばれてきた。当直の研修医から、胆管炎を起こしている、すぐにオペをしたい、と連絡が入った。

「待って下さいよ、先生」

後片付けはスタッフに任せて真っ先に帰宅しようとしていた水越は、いきなりこう返した。

「朝からお昼ご飯も碌に摂らず十時間も立ちっ放しで、いい加減スタッフは疲れています、これから後片付けもあります。せめて二時間後にして下さい」

「二時間も待てないよ。炎症が膵臓にまで波及したらイチコロだ。すぐに開腹しないと」

受話器の向こうで医者が怒鳴る。

「そう言われてもまだ器具を片付けているところです。新たに手術器具を消毒するだけでも一時間やそこらはかかります」

水越がやり返す。医者がまたそれに怒鳴り返す。

「婦長さん、開腹だけなら別に一式ありますから。それに、ついでですからあたしが手洗いします」

「わたしもいいわよ」

床を拭いていた外回りの同僚が言った。

「でも、あなた達……」

送話口を押さえて水越が振り返る。

「ひと息入れないと……」

「いいです。まだ宵の口だから、終わってからゆっくりします」

器械出しのナースが毅然と言い放って一件落着となった。


「生体肝移植⁉　当麻君がやるって……⁉」

水越が堰を切ったように喋り出したのを遮って久野章子は受話器を握り直した。

「はい、だから先生に連絡を入れてくれって……もう無茶ですよねえ。断ってもいいですか？」

久野は手術部長を兼任している。手術室を開けるか否かは部長の一存でいいのだが、それは極く一般的な内輪の手術に限る。

「当麻先生はここの出身かも知れませんが、もうウチのドクターではありませんし……」

それは、その通りだ。だからこそ自分の許可を求めてきたのだろう。

「ちょっと待って」

章子は改めて受話器を握り直す。

「当麻君はそうだけど、患者は、ひょっとして、藤城君……？」

「ええ。でも、劇症肝炎で昏睡《こんすい》状態なんですよね？　幾ら藤城先生でも、ここへ運ぶのは
……それに、もう焼け石に水じゃないですか？」

頭が混乱して整理がつかない。

「当麻先生は、どこにいるの？」

本来なら、初夜を迎え、新妻を抱いているはずなのに、何を好き好んで死を待つだけの病人の許に出かけたのか？　結婚式の案内状を出したが返事が来ないのは急病のせいだと分かった以上、顔だけ出してくる、と切羽詰まった思いに駆られてホテルを束の間抜け出すのは分かる。一時間も要しないことだ。それでいい。もうそれだけでいいではないか！

「本学の、藤城先生の入っている病棟だと思います。奥さんがドナーになる、て言ったそうです」

水越の声が耳に突きささる。章子は絶句した。考えがまとまらない。

「もしもし？」

水越の声がせっつく。

「もしもしっ……？」

「ああ……」

「お断りしていいですか？　先生におつなぎするまでもないですよね？」

気が遠くなりそうだ。

「ちょっと待って……」

やっと章子は声を振り絞った。

「あなた、当麻先生の携帯のナンバー、聞いてるわね？」

「えっ？　ええ、でも、まさか……」

水越が声をくぐもらせた。

「いいから、早く教えて」

「ど、どうされるんですか？」

「早く、教えなさい」

初めて上司の口調になった。

「彼と話してみるから」

「でも……」

「待機してて頂戴。また連絡するから」

有無を言わさぬ口吻で言うと、携帯を手に章子は二階へ駆け上がった。


「もう、何を考えてるの、あなたは？」

携帯に当麻の声を捉えると、章子は食ってかかるように言った。

「奥さんが、必死の思いで訴えられるので……」

こちらの剣幕に気圧《けお》されたように当麻は言い淀んだ。

「奥さんは当然そうでしょうけど、でももう死人に鞭打つようなものじゃない！　彼は、ある意味、あなたを出し抜いた男でしょ？　羽島さんに取り入って、まんまと後釜に納まって……何故助けてやろうなんて思うの？」

「僕はそんな風に思っていません。第一、あの時久野先生にもお話ししたように、僕は大学に戻る気は毛頭ありませんし、彼をライバル視したこともないんです」

「それは、当麻君、彼は所詮あなたの敵じゃないからよ。人間的にも、技量においてもね。でも彼は違うわよ。あなたを自分の出世を妨げるライバルだと思っていたのよ。練士の最後の年辺りかな、門外漢の私にも、そんな雰囲気は厭という程伝わってきたわ」

「久野先生……」

「何？　私の目は節穴じゃないわよ。あなたをじっと観察していたし、藤城君もそれなりに見ていたから」

「そのお話はまた伺います。今は、時間がありません。奥さんならずとも、我々も死の淵から呼んでいる彼の声が聞こえるんです。一分でも、一秒でも早く、藤城君と奥さんのオペに取り掛りたいんです」

「だからァ、そんなに唐突に無理よ。手術場の水越がおでこに角を生やして訴えて来たわ。絶対承諾しないでくれ、て。第一当麻先生はもうここの人じゃないから、て……」

「先生から藤城君のことを伺った時、その場で先生の携帯番号を伺うべきでした。水越さんが何と言おうと、オペ室の最高責任者は先生なんですから、先生さえOKを出して下されば、それで事はスムーズに捗るはずでしたから」

「そうよ。遅きに失したわね。何故あの場で聞かなかったの？　あなたのことだから、後になって思いついたんじゃない、肝移植をやれば藤城君は助かるかも知れない、て、チラとは閃いたんでしょ」

「ええ、それは……確かに。ですから、一緒に来た部下を帰さずにいます」

「でもあなたの頭は新妻のことで一杯だった。よりによって何故こんな時に！　こん畜生！　て思ったでしょ？」

答が返らない。階下から、

「お風呂、沸いたわよ」

と母親が呼びかけた。

「先に入ってて」

部屋のドアを開けて答えると、章子は慌てて携帯を耳にあてがった。当麻の声が返ったからだ。

「病院で、奥さんやご両親に会わなかったら、そこまでは考えなかったかも知れません。病院に向かうタクシーの中では、ピッツバーグで初めて見た移植患者が劇症肝炎で、全身黄疸で昏睡のまま運ばれてきたなあと、漠然と思い出していた程度で……」

「藤城君の奥さんや身内としては、そりゃもう藁《わら》にも縋る思いであなたに泣きついたんでしょうけど……でも、それだったら、本当にあなたに助けてもらいたかったら、もっと早く、昨日にでもあなたにSOSを打ってたんじゃない？　あなたが東京に来ることは分かってたんだから」

「さすがに、遠慮されたんだと思います。で、僕が病院に行かなかったら、もうそのままだったと思います」

「そうよね。新婚の花嫁を放ったらかして、見舞いに来てくれるなんて、まさかと思うわよね」

「そうかも知れません。でも妻は、すぐに見舞いに行ってあげて、と言ってくれました。二人の部下に待ったをかけていたのも、ひょっとして、という思いがあったからです。万が一オペになったら、手伝わせようと思って……」

章子は引きつった喉に生唾を落とした。

「具体的にどうするつもりなの？　私がＯＫを出しても、まさかあなた一人ではやれないでしょ？」

「勿論です」

当麻の声が弾んだ。

「先生にもお手伝い頂きたいんです。奄美から来て下さった佐倉先生も今夜は品川プリンスホテルでお泊りと聞きましたからお願いしてみます。先生と佐倉先生でドナー肝の摘出をやって頂けませんか？　僕は部下の一人と、レシピエントの肝臓の取り出しに掛ります。麻酔医を一人、できれば二人、手配して頂けませんか。駄目なら、一緒に式を挙げた塩見君を呼んでやらせます」

「残酷な人。若い二人の初夜も台無しにしてしまうのね？」

「外科医になると決めたんですから、その辺は覚悟ができていると思います」

「どこまでもクールね。一生恨まれるわよ。で、勝算は、あるの？」

「五分五分です」

「フーン、大した自信ね。私なら精々二分八分、てところだけど……」

階下で、「上がったわよ」という母親の声がした。いつもながらカラスの行水だ。

(風呂に入っている暇は無い！)

焦燥感が俄かに章子の胸を熱く痛く焦がした。

あとがき

「孤高のメス」第十二巻「死の淵よりの声」を上梓《じょうし》し得た喜びをかみしめています。

思い返せば、二〇一〇年に成島出監督の手で映画化されたのは前六巻分で、法制化されていない脳死肝移植を敢行したために当麻鉄彦は内外のバッシングを受け、恋人の翔子を置いて台湾の知人の病院に赴くところで終えていました。

映画では、台湾でなく国内の僻地に、翔子ではなく、看護婦の浪子に失意を抱かせて去って行くストーリーに作り変えられています。そうして二十年後、浪子は故人となり、母親の形見の日記を繙《ひもと》くうちにいつしか当麻に憧れて医者になった一人息子が僻地の病院に当麻を訪ねて行くところで終わっています。

しかし、映画化の話が持ち込まれるより早く、読者の声に背を押されるようにして続篇を書き進め、映画がクランクアップする一年前に、「神の手にはあらず」のサブタイトルで全四巻を書き上げていました。台湾での当麻、二年後、日本に戻っての、翔子との、悲喜こもごもの結婚生活を描きました。

作者としては全十巻で尽くしたつもりでおりましたが、読者の方々から、これで終わるのは納得できない、舞台に上げるだけ上げておいて引き際が描かれていない登場人物が何人もいる、との鋭いご指摘が寄せられ、成程、ご尤もと得心がいきました。作者冥利に尽きることこの上ありません。ご批判をエールと受け止め、それにお応えすべく、続々篇を「遥かなる峰」のサブタイトルで一昨年の春に書き上げました。

当麻鉄彦は不惑の年を超えましたが、無論まだメスを執り続け、民間病院でも可能な腎移植に新たな情熱を燃やし、私生活では翔子の無二の親友であった松原富士子と第二の人生に踏み出そうとします。

一方で、予期せぬ幾つかの出会いがありました。腎移植の千波誠一、心臓外科医雨野厚、かつて恩師羽島富雄の手術見学に通っていた佐倉周平等々。

佐倉周平は『孤高のメス』前六巻に続いてやはり幻冬舎文庫から上梓された『緋色のメス』(上下巻)の主人公です。併せてお読み頂ければ幸いです。

映画では二十年後の当麻を垣間見せて先走られましたが、「遥かなる峰」のフィナーレは、当麻をバッシングに追い込んだ脳死肝移植が許容される〝臓器移植法案〟が国会に提出されようとしている一九九七(平成九)年に漸くさし掛ったところです。

それかあらぬか、この第十二巻目を〝最終篇〟と銘打ちたいと申し出た作者に〝待った〟をかけ、更なる続篇へのステップとして下さった袖山編集長を始め、示唆激励を下さった担当編集者木原いづみさん、悪筆の原稿にさぞかしご苦労なさったであろうワープロ打ちの諸兄姉、幾多のミスを指摘して下さった校閲の方々に、末筆ながら深甚の謝意を表させて頂きます。有り難うございました。

物語はまだ完結に至りません。〝最終篇〟と銘打つまでお付き合い頂ければ幸いです。

平成二十八年春好日

著　者

この作品は書き下ろしです。原稿枚数736枚（400字詰め）。

幻冬舎文庫

●最新刊
廉恥　警視庁強行犯係・樋口顕
今野　敏

ストーカーによる殺人は、警察が仕立てた冤罪ではないのか？　そして組織と家庭の間で揺れ動く刑事は、その時何を思うのか。傑作警察小説「警視庁強行犯係・樋口顕」シリーズ、新章開幕!!

●最新刊
仮面同窓会
雫井脩介

高校の同窓会で七年振りに再会した洋輔ら四人は、体罰教師への仕返しを計画。翌日、なぜか教師は溺死体で発見される。殺人犯は俺達の中にいる!?衝撃のラストに二度騙される長編ミステリー。

●最新刊
土漠の花
月村了衛

ソマリアで一人の女性を保護した時、自衛官達の命を賭けた戦闘が始まった。絶え間なく降りかかる試練、極限状況での男達の確執と友情――。一気読み必至の日本推理作家協会賞受賞作！

●最新刊
山女日記
湊　かなえ

真面目に、正直に、懸命に生きてきた。なのに、なぜ？　誰にも言えない思いを抱え、山を登る女たちは、やがて自分なりの小さな光を見いだす。新しい景色が背中を押してくれる、連作長篇。

●最新刊
ギフテッド
山田宗樹

未知の臓器を持つ、ギフテッドと名付けられた子供達。彼らは進化か、異物か。無残な殺人事件を発端に、人々の心に恐怖が宿る。人間の存在価値と見識が問われる、エンターテインメント超大作。

孤《こ》高《こう》のメス

死《し》の淵《ふち》よりの声《こえ》

大鐘《おおがね》稔彦《なるひこ》

平成28年8月5日　初版発行

発行人――石原正康
編集人――袖山満一子
発行所――株式会社幻冬舎
〒151-0051東京都渋谷区千駄ヶ谷4-9-7
電話　03(5411)6222(営業)
　　　03(5411)6211(編集)
振替00120-8-767643
印刷・製本―株式会社 光邦
装丁者――高橋雅之

幻冬舎文庫

ISBN978-4-344-42505-7　C0193　お-25-14

幻冬舎ホームページアドレス　http://www.gentosha.co.jp/
この本に関するご意見・ご感想をメールでお寄せいただく場合は、
comment@gentosha.co.jpまで。